Heinrich Christian Rust (Hg)

Zuversichtlich leben

Über den Herausgeber

Heinrich Christian Rust, Dr. theol., Pastor i. R., evangelisch-freikirchlich, Studium der Theologie 1974 bis 1979 in Hamburg. 1979 bis 1983 Landesjugendpastor Niedersachsen im BEFG, parallel zum Dienst als Gemeindepastor in Hannover (1983–1996) Studium an der Evangelischen Faculteit Leuven/Belgien (Promotion 1992). Engagement im BEFG in Deutschland 1996–2003 u. a. als Referent für missionarischen Gemeindeaufbau. Von 2003 bis 2019 leitender Pastor der Braunschweiger Friedenskirche. Engagiert sich im ökumenischen Dialog als Dozent und Autor.

Heinrich Christian Rust (Hg)

ZUVERSICHTLICH LEBEN

CHRISTLICHE PERSPEKTIVEN ZUR ZUKUNFT

Mit Beiträgen von Horst Afflerbach,
Michael Bendorf, Michael Borkowski,
Corinna Dahlgrün, Margareta Gruber,
Volker und Martina Kessler, Jürgen Moltmann,
Heinrich Christian Rust, Deborah Storek,
Athanasios Vletsis und Roland Werner

GerthMedien

Nun aber bleiben Glaube, Hoffnung, Liebe, diese drei;
aber die Liebe ist die größte unter ihnen.

1. Korinther 13,13

INHALT

VON DER ANGST ZUR ZUVERSICHT: VORWORT

Heinrich Christian Rust

Ist es nur Geschwätz, oder leben wir in einer Zeitenwende, einem Zeitalter der Transformation auf allen Ebenen? Das 21. Jahrhundert steckt noch in den Kinderschuhen, aber es entwickelt sich dramatisch. Die globalen Krisen tummeln sich auf dem alten Planeten Erde. Die komplexen Zusammenhänge führen zum Kollaps der Moderne, oder ist dies ein Aufbruch in eine postfaktische Weltdeutung? Eine ganze Generation wächst auf mit einem Grundempfinden der Ohnmacht, der Verunsicherung oder dem Wunsch, in Lebensnischen zu fliehen, sich abzuschotten von einem Gefühl der Hoffnungslosigkeit.

„Bleiben Sie zuversichtlich!" Mit diesem Wunsch verabschiedet sich der TV-Moderator Ingo Zamperoni von seinen Zuschauern, denen er zuvor eine Horrormeldung nach der anderen weitergeben musste: Naturkatastrophen, Corona-Pandemie, Kriege, Terror und Gewalt, Fake News und zerbröselnde Systeme, die keine Sicherheit mehr vermitteln. Wie soll man da zuversichtlich sein? Wo sind die Quellen einer Zuversicht, die größer ist als alle Angst dieser wendigen Zeit? Sollen wir Utopien oder Zukunftserzählungen Glauben schenken, die davon ausgehen, dass wir Menschen mit zunehmendem wissenschaftlichem und technischem Fortschritt die globalen Bedrohungen schon meistern können? Brauchen wir nur etwas mehr Solidarität, mehr Diplomatie und Geduld?

Welches Grundempfinden prägt Sie, verehrte Leserinnen und Leser, wenn Sie an die Zukunft denken? Dabei geht es nicht nur darum, dass Sie Ihres eigenen Glückes Schmied werden und möglicherweise auf Kosten anderer Ihren Lebensstandard halten oder gar steigern könnten. Denn da bleibt doch dieser fade Beigeschmack, dass es irgendwie nicht gerecht zugeht, wenn andere dafür ihre Lebensqualität auf dieser Erde einschränken müssen. Einige treibt die Angst um die Zukunft dieser Welt auf die Straßen, ja auf die Bäume und Marktplätze. Andere suchen flüchtend Lebensräume (Eskapismus) oder bauen Mauern und Zäune um sich herum. Kann man überhaupt zuversichtlich oder verantwortlich leben ohne einen Gottesbezug? Immerhin hält sich die Mehrheit der Weltbevölkerung zu einer Religion.

In diesem Buch werde ich nicht die Zukunftspositionen der Weltreligionen vergleichen, sondern Sie einladen, mit mir einige Stippvisiten auf den Hoffnungsfeldern des christlichen Glaubens zu machen. Dabei habe ich einige große Themen der Eschatologie – der Lehre über die letzten Dinge – aufgenommen. Es ist mir ein Anliegen, dabei die Gemeinsamkeiten und die Unterschiede zwischen den christlichen Kirchen zu berücksichtigen. Aus diesem Grund werden in dem vorliegenden Buch Beiträge aus evangelischer, katholischer, evangelisch-freikirchlicher und orthodoxer Sicht zusammengetragen. Ohnehin bin ich der Überzeugung, dass die Zukunft der Kirche ökumenisch geprägt sein wird. Alle christliche Lehre von Gott gründet auf den Zeugnissen der biblischen Schriften. Zudem werden die persönlichen Erfahrungen der Autorinnen und Autoren mit einfließen. Dabei kann es vorkommen, dass Sie sich neu Ihrer eigenen Position bewusst werden.

Ich möchte Sie mit diesem theologischen Lesebuch einladen zu einem Dialog über die „Letzten Dinge“, die großen eschatologischen Themen. Was ist das Ziel (*telos*) der Geschichte Gottes mit dieser Welt? Wie weit reicht das Versöhnungsgeschehen, das in Jesus Christus seinen Dreh- und Angelpunkt hat? Was bedeutet es, mit Gott versöhnt zu sein? Wie können wir den Dialog mit den Natur- und Geisteswissenschaften führen, wenn wir von unserer christlichen Hoffnung sprechen? Was geschieht, wenn wir sterben? Gibt es eine Auferstehung von den Toten, eine Wiederherstellung aller Dinge (Apokatastasis)? Gibt es eine Zukunft für diese Erde, die stärker vom Frieden Gottes bestimmt ist und in der die satanischen Todes-, Lügen- und Chaosmächte dieser Weltzeit in ihre Schranken verwiesen sind? Geht diese Welt unter oder wird sie verwandelt? Gibt es ein Letztes Gericht, eine Aufrichtung der Gerechtigkeit Gottes? Muss ein jeder Mensch, ein jedes Volk sich vor Gott verantworten? Wie geschieht ein Übergang zu einem verheißenen neuen Himmel und einer neuen Erde? Gibt es einen Himmel und eine Hölle, eine ewige Rettung und eine ewige Verdammnis? Ist der Aufruf zu einer Umkehr, einer Bekehrung heute noch angesagt? Können wir überhaupt dazu beitragen, dass Gottes Heilsgeschichte sich mit unserer Alltagsgeschichte verbindet? Schließlich werden Sie auch einige Gedanken dazu finden, wie Menschen mit einer solchen christlichen Zukunftssicht – zum Beispiel in Führungsaufgaben – verantwortlich und zuversichtlich leben.

Christenmenschen sind Hoffnungsmenschen. Sie vertrauen, dass sie eine Zukunft über den Tod hinaus haben, ein ewiges Leben, das der Tod nicht auszulöschen vermag. Christenmenschen sind Leute, die darauf vertrauen, dass Gottes Anfänge immer zum Ziel führen. Auf diese Erde wartet nicht der Untergang, sondern die Vollendung, die Gott vorbereitet.

Es ist mein Wunsch, dass die Beiträge dieses Buches Ihnen etwas die Augen öffnen für diese christlichen Zukunftsaussichten. Bitte lassen Sie sich nicht irritieren durch die verschiedenen Stilformen in diesem Buch. Sie finden persönliche Erfahrungsberichte, eine Fülle von biblischen Aussagen und deren Deutung und Auslegung. Sie können hineinschnuppern in anspruchsvolle theologische Ausführungen mit wissenschaftlich hohem Anspruch oder auch im Sinne eines Statements oder eines Essays. Nehmen Sie sich ruhig Zeit, dieses Buch in Abschnitten zu lesen. Die einzelnen Kapitel eignen sich gut für Gesprächskreise, die sich intensiver mit den Grundthemen der theologischen Eschatologie beschäftigen möchten. Eines wird

Ihnen allerdings dabei sicherlich deutlich werden: Die biblischen Texte haben eine Weite, eine Breite, eine Höhe und Tiefe, die oft wie einzelne unverbundene Impulse sind. Zuweilen könnte man den Eindruck haben, sie wären bewusst offen formuliert, sodass sich diverse Zukunftserwartungen aufgrund unterschiedlicher Bibeltexte entwickeln können. Eines ist jedoch eindeutig: Am Ende wird Gott „alles in allem" sein. Am Ende steht nicht ein dunkles Untergangsszenario dieser Welt, sondern der Triumph der leuchtenden Gnade und Gerechtigkeit Gottes.

Es ist mein Wunsch, dass dieses Buch Sie aus den Szenen der Hoffnungslosigkeit herauslockt in diese zuversichtlichen Aussichten. Jesus Christus hat den Tod überwunden. Er ist der Anfänger und Vollender unseres Glaubens, unseres Lebens.

Ich danke allen, die dazu beigetragen haben, dass dieses Buch entstanden ist. Dabei sind vor allen die Verfasser:innen der Beiträge zu nennen. Ebenfalls danke ich den Verantwortlichen von Gerth Medien in der SCM Verlagsgruppe – unter anderem dem Leiter der Buchproduktion Johannes Leuchtmann und dem Lektor Hauke Burgarth für das Vertrauen, die Ermutigung und Herausgabe. Nicht zuletzt gilt mein Dank meiner Frau Christiane, mit der ich weiter unterwegs bin in die Zukunft, die Gott uns schenken wird. Allen voran gilt mein Dank Gott, der nicht müde wird, diese Welt und auch mich mit Gnade und Zuversicht zu beschenken.

> „Denn er hat uns nicht einen Geist der Furcht gegeben, sondern der Kraft und der Liebe und der Besonnenheit." (2Tim 1,7)

Heinrich Christian Rust — Braunschweig, Januar 2023

ZUKUNFTSAUSSICHTEN: DAS FESTMAHL GOTTES

Michael Bendorf

„Unsere Zukunft ist nicht verhandelbar"

Vor einiger Zeit haben wir als Familie einige Tage in Berlin verbracht. Als wir auf dem Weg zum Brandenburger Tor waren, stießen wir auf eine Demonstration der *Fridays for Future*-Bewegung. Unmissverständlich thematisierten die Plakate den Klimawandel und forderten zum Systemwechsel auf. Am Brandenburger Tor angekommen sahen wir eine große Menschenmenge, die sich westlich vom Tor auf der Straße des 17. Juni in Richtung Siegessäule hinunterzog. Vor dem Tor war eine Bühne aufgebaut, auf der eine junge Frau eine emotional aufgeladene Rede hielt. Das Motto des Klimastreiks lautete: „Ihr lasst uns keine Wahl". Mit „ihr" war die Ampelkoalition gemeint, deren klimapolitische Ziele und Maßnahmen der *Fridays for Future*-Bewegung nicht weit genug gingen: zu viele Einzelmaßnahmen zum Klimaschutz und kein nachhaltiger Systemwechsel, um eine zielführende Korrektur zur Abwendung der drohenden Katastrophe herbeizuführen. „Es ist nicht fünf vor zwölf, es ist fünf nach zwölf!", rief sie laut aus.

Wir alle, die wir ihr zuhörten, standen noch unter dem Eindruck der schweren Flutkatastrophe in Deutschland wenige Monate zuvor sowie der Hitzewelle in Südeuropa mit den verheerenden Waldbränden und dem letzten Klimabericht des Weltklimarates, der bereits für die

30er-Jahre unseres Jahrhunderts eine Erderwärmung von über 1,5 Grad Celsius prognostizierte. Tatsächlich sind mittlerweile über 20 Millionen Menschen gezwungen, aufgrund der Klimaerwärmung ihre Heimat zu verlassen, um zu überleben. Dabei sind insbesondere die ärmsten Regionen dieser Erde betroffen, die durch die Erderwärmung noch mehr als bisher unter Wassermangel und Hunger oder eben unter verheerenden Überschwemmungen leiden. Und alle wissen, dass sie nicht die Verursacher dieses Klimawandels sind. Manche Landstriche vertrocknen dauerhaft, andere versinken dauerhaft. Werden die Verursacher für die Not der Flüchtlinge aufkommen? Haben die Flüchtlinge ein Recht auf Entschädigung durch diejenigen, die den größten Klimaschaden anrichten? Haben die Flüchtlinge zum Beispiel ein Recht auf Asyl bei uns? Müssen wir ihnen einen neuen Lebensraum anbieten? Gerade an dieser Stelle merken wir, wie eng die Themen Klimawandel und weltweite soziale Gerechtigkeit miteinander verbunden sind.

Zum Ende ihrer Rede stimmte die Rednerin immer wieder mit den Demonstranten zwei Kernsätze an: „Unsere Zukunft ist nicht verhandelbar!“ und „Wir sind hier, wir sind laut, weil ihr uns die Zukunft klaut!“ Können wir als Erdenbürger und Weltgemeinschaft noch das Ruder irgendwie herumreißen oder wird unsere Schöpfung „den Bach runtergehen“? Erst die durch die globale Klimakrise entstandene *Fridays for Future*-Bewegung hat manche Kirche und Ortsgemeinde neu dafür sensibilisiert, nach der Zukunft unserer Schöpfung zu fragen. Dabei umfasst dieses Thema weit mehr als nur eine ökologische Dimension. Diese ist vielmehr eingebettet in eine schöpfungstheologische Dimension von eschatologischer Tragweite. Es ist keineswegs so, dass wir als Kirchen hier nur ein Mainstreamthema aufgreifen, um als gesellschaftsrelevant wahrgenommen zu werden. Die ökologische Krise ist für uns bedeutsam, weil wir an einen Schöpfergott glauben und daher fragen müssen, ob wir für unsere Erde bzw. diese Schöpfung noch etwas erwarten dürfen.

Wenn ich all die jungen (und älteren) Menschen auf der Demonstration vor Augen habe, dann spüre ich in ihrem Anliegen auch etwas von Gottes Schmerz um seine geliebte Schöpfung. Vom biblischen Zeugnis her bin ich überzeugt, dass sich der Geist Gottes nicht aus dieser Welt zurückgezogen hat. Sie ist für ihn nicht verhandelbar. Er drängt vielmehr auf ihre Heilung und Vollendung in der neuen Schöpfung. Er bereitet unsere Welt auf die Wiederkunft Jesu vor, damit das geschehen kann, was Paulus final vor Augen hat: „Unter ihm, Christus, dem Oberhaupt des ganzen Universums, soll alles vereint werden – das, was im Himmel, und das, was auf der Erde ist" (Eph 1,10; NGÜ). Dieser schmerzhafte und gewaltige Riss zwischen Himmel und Erde, den wir jeden Tag wahrnehmen und erleben, soll in Jesus zusammengefügt und geheilt werden. Die Herrlichkeit der himmlischen Welt soll mit der Bedürftigkeit einer notvollen und leidenden Erde verbunden werden. Darauf soll alles hinauslaufen.[1] Mögen wir auch als ganze Schöpfung seufzen, wie Paulus es in Röm 8,22 zum Ausdruck bringt: Es ist ein Seufzen auf Hoffnung!

Das Kreuz ändert alles

Diese Hoffnung setzt zentral am Kreuz Jesu an. Durch seinen Sieg am Kreuz und seine Auferstehung hat Gott begonnen, Himmel und Erde wieder miteinander zu verbinden. Im Hinblick auf die herausragende Stellung des Gottessohnes lesen wir im Kolosserbrief:

> „Er ist das Bild des unsichtbaren Gottes, der erstgeborene Sohn des Vaters, aller Schöpfung voraus und ihr weit überlegen. Denn in ihm ist alles erschaffen worden, was im Himmel und auf der Erde lebt, die sichtbaren Geschöpfe auf der Erde und die unsichtbaren im Himmel – die Thronenden, die Herrschenden, die Mächte, die Gewalten. Alles hat Gott durch ihn geschaffen, und alles findet in ihm sein letztes Ziel. Er steht über allem, und alles besteht durch ihn." (Kol 1,15–17; GNB)

Der ewige Gott-Vater hat durch seinen Sohn in der Kraft des Heiligen Geistes alles erschaffen. Es gibt nichts, weder im Himmel noch auf der Erde, weder im Sichtbaren noch im Unsichtbaren, was außerhalb von ihm beziehungsweise ohne ihn erschaffen wurde. Alles besteht durch ihn; alles wird durch ihn erhalten. Wenn wir wie selbstverständlich ein- und ausatmen und unbewusst unterstellen, dass uns dies jeden Moment neu „gelingen" wird, dann geschieht dies nur durch seinen Geist, der uns erhält.

Jürgen Moltmann hat den Begriff der „immanenten Transzendenz"[2] geprägt, um das Verhältnis zwischen Gott und seiner Schöpfung zu beschreiben: „Er steht ihr nicht nur transzendent gegenüber, sondern geht auch in sie ein und ist ihr zugleich immanent."[3] Dies bedeutet, dass Gott in seiner Schöpfung durch seinen Geist gegenwärtig und dadurch bewahrend und erhaltend wirksam ist. Trotz dieser Immanenz unterschiedet sich Gott jedoch von der Schöpfung darin, dass sie nicht vergöttlicht wird: Der Immanenz steht die Transzendenz Gottes gegenüber. Er bleibt der Unendliche im Endlichen und der Ewige im Vergänglichen.

Ist Gott durch seinen Geist in seiner Schöpfung präsent, dann weist diese über sich selbst hinaus. Sie ist offen für die Zukunft Gottes und das Kommen seines Messias. So wirkt der Geist Gottes nicht nur bewahrend und erneuernd, sondern auch vollendend im Hinblick auf das Reich Gottes. Daher betont Paulus an dieser Stelle, dass alles in dem ewigen Gottessohn sein letztes Ziel finden wird. Und so schreibt der Apostel weiter:

> „Er ist der Anfang der neuen Schöpfung, der Erstgeborene aller Toten, der zuerst zum neuen Leben gelangt ist, damit er in jeder Hinsicht der Erste sei. Denn Gott gefiel es, in ihm die ganze Fülle des Heils Wohnung nehmen zu lassen. Durch ihn wollte Gott alles versöhnen und zu neuer, heilvoller Einheit verbinden. Alles, was gegeneinander streitet, wollte er zur Einheit zusammenführen, nachdem er Frieden gestiftet hat durch das Blut, das Jesus am

Kreuz vergoss; alles, was auf der Erde und im Himmel lebt, sollte geeint werden durch ihn und in ihm als dem letzten Ziel." (Kol 1,18 ff.; GNB)

Die gesamte Schöpfung wird in Jesu Erlösungswerk am Kreuz hineingenommen. Als Auferstandener ist er in eine neue Dimension hindurchgedrungen, die das Sterben und den Tod hinter sich gelassen hat. Damit hat er als der Erstgeborene aller Toten die Gesetzmäßigkeiten der alten Schöpfung durchbrochen; ihr Ende ist gekommen. Die Kreuzigung begründet diese nun angebrochene neue Zeit. Die Auferstehung zeigt ihre neue Wirklichkeit an. Mit ihr ist Jesus als der Erste in eine neue Schöpfung eingetreten – inmitten der Vorläufigkeit der alten Schöpfung. Er ist ihr Anfang. Wir sprechen auch vom Anbruch des Reiches Gottes, in dem neue Gesetzmäßigkeiten herrschen. Seine Auferstehung ist eine Verheißung dafür, dass auch wir dem Erstling der Entschlafenen folgen werden. Oder um es mit Karl Barth zu sagen: „Indem wir bekennen: Christus ist auferstanden, und zwar leiblich auferstanden, müssen wir auch bekennen unsere künftige eigene Auferstehung."[4]

Damit ist der Gottessohn nicht nur der Anfänger aller Schöpfung, sondern er ist auch ihr Vollender. Alles hat in ihm das letzte Ziel. Diese Vollendung geschieht dadurch, dass in Christus als dem Haupt des Universums alles vereint wird, was im Himmel und auf Erden ist. Diese Vereinigung ist der zentrale eschatologische Fluchtpunkt – so wie es auch Eph 1,10 zum Ausdruck bringt.

Jesus als Erbe und Herr der Schöpfung

Wenn alles in Jesus und durch ihn geeint wird, dann bedeutet dies auch, dass Jesus durch sein Sterben zum Erben dieser Schöpfung geworden ist. So sagt uns der Verfasser des Hebräerbriefes, dass Gott seinen Sohn „zum Erben aller Dinge eingesetzt hat, durch den er auch die Welten gemacht hat" (Hebr 1,2; ELB). Der Gottessohn hat dadurch, dass er sein Leben für seine Schöpfung gelassen hat, einen Anspruch auf sie; sie gehört ihm. Er hat ein Anrecht auf alle Dinge, uns eingeschlossen. Er hat sie nicht nur erschaffen, er trägt sie nicht nur heute, sondern sie sind auch sein Erbteil. Jesus erbt alles.

Wenn ich auf unsere Erde und die Menschheit schaue mit all der Not, der Verzweiflung, der Ungerechtigkeit, den Kriegen, dem Sterben, dem Klimawandel und all dem anderen Unheilvollen, dann ist doch die Frage naheliegend: Wer will denn das alles erben? Wer will diese Schulden einer ganzen Menschheit übernehmen? Wer will diese Rechnung begleichen? Den Kopf hinhalten? Jesus. Jesus will diese kaputte und so sehr leidende Schöpfung haben. Er hat dafür den Preis am Kreuz bezahlt. Es war der Höchstpreis. Er hat es aus Liebe getan.

Als Erbe ist Jesus dann aber auch zum Herrn dieser Welt eingesetzt. Diese Sicht weckt in mir in diesen trüben Zeiten eine Melodie der Hoffnung. Diese Schöpfung wird nicht „den Bach runtergehen", weil Jesus sie mit sich versöhnt hat. Vielmehr geht unsere Erde einer Herrlichkeit entgegen, die ihre bisherige Herrlichkeit übertreffen wird: Sie geht der Vollendung der neuen Schöpfung entgegen. Und diese Herrlichkeit ist an Jesus und seine Herrschaft gebunden. Diese wird einmal sichtbar werden. Dann aber muss es für diese Schöpfung noch eine messianische Friedenszeit geben, in der Jesus in seinem Reich mit seinen Heiligen herrschen wird. Die Zukunft der Schöpfung ist damit keine andere als Christus selbst.

Christus, die Zukunft der Schöpfung im Horizont des Reiches Gottes

Diesen Weg in die neue Schöpfung können wir im Horizont des Reiches Gottes bedenken. In diesem Verständnis geht es letztlich um die eschatologische Vollendung der befreienden Herrschaft Jesu in der Geschichte. Bis zu dieser ersehnten Vollendung bleibt das angebrochene

Reich Gottes angefochten, umkämpft und oftmals verborgen. Diese Tatsache wird uns im 21. Jahrhundert, das aufgrund seiner zahlreichen Krisen auch als Krisenjahrhundert bezeichnet wird, schmerzhaft bewusst. Aber auch wenn die neue Welt noch nicht gekommen ist, so können wir doch schon jetzt etwas von ihr durch den Geist Gottes schmecken und erfahren. Durch seine Kräfte erfahren wir etwas von der befreienden Herrschaft Christi in unserem Leben: Wir werden in das Bild Jesu verwandelt, heilere Persönlichkeiten, berührt und inspiriert von der Liebe und Barmherzigkeit Christi, wir suchen Gottes Willen, wir empfangen Geistesgaben, und nicht zuletzt erleben wir Zeichen und Wunder, die die neue Wirklichkeit der angebrochenen Gottesherrschaft anzeigen.

Vor dem Hintergrund des Geistwirkens in der Schöpfung wird verständlich, warum diese selbst hofft, „von der Knechtschaft der Vergänglichkeit frei gemacht" zu werden (Röm 8,21; ELB). Hier ist nicht von einer zukünftigen Auflösung der Schöpfung die Rede. Es geht vielmehr um das zukünftige Sichtbarwerden ihrer am Kreuz geschehenen Erlösung mit der Ankunft Christi in Herrlichkeit. Das ist die sehnsüchtige Hoffnung der Schöpfung. Dieses Offenbarwerden geschieht durch die Vereinigung mit der himmlischen Dimension – konkreter: mit der Einwohnung Gottes durch seinen Messias in ihr selbst. So wird die Schöpfung durch den Heiligen Geist vorbereitet, mit der Wiederkunft Jesu Gott selbst in seiner Herrlichkeit zu empfangen und für ihn zu einer Wohnung zu werden. Die Erde wird zu ihrem Ziel geführt werden, wie es schon die alten Propheten geschaut haben: „Die ganze Erde ist erfüllt mit seiner Herrlichkeit" (Jes 6,3; ELB) oder „Denn die Erde wird davon erfüllt sein, die Herrlichkeit des Herrn zu erkennen, wie das Wasser den Meeresgrund bedeckt" (Hab 2,14; ELB, vgl. auch Jes 11,9).

Das Laubhüttenfest als Fest der Freude im messianischen Reich

Die Hebräische Bibel ist von dieser Hoffnung einer zukünftigen messianischen Heilszeit auf Erden durchzogen. Sprechen die Propheten von den zukünftigen Dingen, dann liegt ihr Fokus darauf, dass Gott sein Volk und das ihm zugesprochene Land wieder zusammenführen wird, um in seiner Mitte durch den Messias bzw. Sohn Davids zu wohnen. In der messianischen Zeit wird das Volk in den ersehnten eschatologischen Frieden geführt. Dass dieses Reich über Israel hinaus weltumspannend ist und die Völker im Blick hat, wird besonders bei Jesaja deutlich. Zion bzw. Jerusalem soll der universale Ort der Anbetung Gottes für alle Völker werden:

> „Und es wird geschehen am Ende der Tage, da wird der Berg des Hauses des HERRN fest stehen als Haupt der Berge und erhaben sein über die Hügel. Und alle Nationen werden zu ihm strömen, und viele Völker werden hingehen und sagen: Kommt, lasst uns hinaufziehen zum Berg des HERRN, zum Haus des Gottes Jakobs, dass er uns aufgrund seiner Wege belehrt und wir auf seinen Pfaden gehen! Denn von Zion wird Weisung ausgehen und das Wort des HERRN von Jerusalem. Und er wird richten zwischen den Nationen und Recht sprechen für viele Völker. Dann werden sie ihre Schwerter zu Pflugscharen umschmieden und ihre Speere zu Winzermessern. Nicht mehr wird Nation gegen Nation das Schwert erheben, und sie werden den Krieg nicht mehr lernen."
> (Jes 2,2-4; ELB)

Diese alte messianische Hoffnung wurde auch von der frühen Kirche geteilt. Auch sie erwartete eine Zeit, in der nach dem Kommen des Messias „die Toten in Christus zuerst auferstehen" (1Thess 4,16) und mit Christus tausend Jahre herrschen werden (vgl. Offb 20,4). In diesem Sinne ist dieses Reich als ein Zwischenreich auf Erden zu verstehen, bevor Gott nach Offb 21,1 einen neuen Himmel und eine neue Erde erschaffen wird. Da im Griechischen das Wort „tausend" *chilia* heißt, spricht man vom *Chiliasmus*. Der Chiliasmus ist die geschichtliche und damit diesseitige Dimension der Eschatologie und die Verwirklichung zahlreicher Hoffnungen und Heilszusagen der Bibel. Eschatologie ist aufgrund der Schöpfung der neuen Erde und des neuen Himmels nach Offb 21 umfassender als der Chiliasmus, ohne ihn jedoch bleiben die Schöpfung, ihre Erlösung und ihre Vererbung an Christus unvollendet. Konsequenterweise bezeichnet Moltmann den Chiliasmus als „geschichtliche Relevanz"[5] der Eschatologie (vgl. ausführlich den Beitrag von Moltmann in diesem Sammelband).

Für eine gesetzte Zeit soll die Erde das erfahren, was ihr bisher in der Menschheitsgeschichte geraubt wurde: umfassenden Frieden und tiefe Ruhe durch die Einwohnung Gottes. Dies alles wird mit dem Kommen des Messias möglich werden. Auf geheimnisvolle Weise wird auch Gott erst dann zur Ruhe kommen. Ruhte Gott am Schöpfungssabbat *von* seinen Werken, so ruht er dann *in* seinen Werken: Er wird gegenwärtig in dem sein, was er erschaffen hat. Mit seiner Gegenwart beginnt der große Sabbat für diese noch leidende, seufzende und so unruhige Erde. Gottes Gerechtigkeit wird sich umfassend durchsetzen; sie umfasst auch die soziale und ökologische Dimension. Dieser Sabbat umschließt auch die Versöhnung des Menschen mit der Natur und Tierwelt.[6] Jesaja sieht in seiner berühmten Vision aus Jes 11, dass es zu einer Versöhnung zwischen Menschen und Tieren und auch zwischen den Tieren kommen wird. Jeder Sabbat ist bis dahin im Kern ein „messianischer Appetizer" in der Zeit auf dieses Schabbatzeitalter, wie das messianische Reich auch im Judentum genannt wird.

Wenn es ein biblisches Fest gibt, das diese Hoffnung in besonderer Weise aufgreift, dann ist es das Laubhüttenfest. Es ist nach Lev 23 das letzte Fest des jüdischen Festkalenders. An ihm wird zum einen das Einbringen der letzten Jahresernte gefeiert. Zum anderen liegt seine tiefere geistliche Bedeutung in der Zusage Gottes, in der neuen Heilszeit in der Mitte seines Volkes zu wohnen. Im messianischen

Friedensreich wird dann der Messias als König Israels und der Nationen in Jerusalem wohnen und herrschen. Der Prophet Sacharja beschreibt, wie die Nationen in dieser Zeit Jahr für Jahr nach Jerusalem kommen werden, „um den König, den Herrn der Heerscharen, anzubeten und das Laubhüttenfest zu feiern" (Sach 14,16; ELB). Dann bricht endlich auch die ungetrübte Freude auf, die dieses Laubhüttenfest schon immer gekennzeichnet hat.

> „Das Fest der Laubhütten sollst du sieben Tage lang feiern, wenn du den Ertrag von deiner Tenne und von deiner Kelterkufe einsammelst. Und du sollst dich an deinem Fest freuen [...] Sieben Tage sollst du für den HERRN, deinen Gott, das Fest feiern an der Stätte, die der HERR erwählen wird" (5Mo 16,13.15; ELB).

Es ist sicherlich nicht zufällig, dass dieses Fest der Freude als das letzte aller Feste sieben Tage lang gefeiert wird. Die Zahl Sieben steht für die Vollkommenheit und sie deckt zugleich alle Schöpfungstage ab. Und so kommt das Fest der Freude in der messianischen Heilszeit zu seiner Vollendung auf dieser Erde. Jetzt endlich kommt völlig zum Ausdruck, was es in der Geschichte zuvor immer nur ansatzweise angezeigt hat. Ist Jesus in dieser Zeit endlich als der König und Erbe dieser Schöpfung in seinem Volk gegenwärtig, dann ist dieses Fest der Freude zugleich ein Hochzeitsfest. Es ist das Zeitalter für den Bräutigam Jesus und seine Braut, die Gemeinde. Nicht zufällig verbindet Offb 19 das Kommen Christi mit dem Hochzeitsmahl des Lammes:

> „Halleluja! Denn der Herr, unser Gott, der Allmächtige hat die Herrschaft angetreten. Lasst uns fröhlich sein und jubeln und ihm die Ehre geben, denn die Hochzeit des Lammes ist gekommen, und seine Frau hat sich bereit gemacht." (Offb 19,6.7; ELB)

Dieses Zeitalter ist die geheiligte Zeit, die abgesonderte Weltzeit voller Herrlichkeit und Schönheit; sie ist die Krone der Weltzeit. Es ist davon auszugehen, dass Jesus beim Passahabend, als er den traditionellen Erlöserkelch und das Brotbrechen im Passahmahl neu auf sich und sein Leiden deutete, mit seinen abschließenden Worten nicht an den Himmel, sondern zuallererst an das messianische Reich auf dieser Erde mit diesem Fest der Freude dachte:

> „Ich sage euch aber, dass ich von nun an nicht mehr von diesem Gewächs des Weinstocks trinken werde bis zu jenem Tag, da ich es neu mit euch trinken werde in dem Reich meines Vaters."
> (Mt 26,29; ELB)

Ich kann mich noch gut an das Jahr 2001 erinnern, als die messianischen Juden zum ersten Mal die Nationen nach Jerusalem eingeladen haben, um mit ihnen dort im Kibbuzhotel *Ramat Rachel* das Laubhüttenfest zu feiern. Die messianischen Gemeinden im Land hatten damals den Eindruck, dass die Zeit gekommen sei, die Nationen zu diesem Fest nach Jerusalem einzuladen, um einen Weg für das Kommen des Messias Jesus zu bereiten. Meine Frau und ich sind damals dieser Einladung gefolgt. Aus über 100 Nationen sind Christen nach Jerusalem gekommen, um sieben Tage lang vor Gott zu feiern. In jenen Tagen haben wir alle einen Vorgeschmack von der Erfüllung dieses Festes im messianischen Zeitalter erfahren.

Vom Zwischenreich in die neue Schöpfung

Eschatologie ohne Chiliasmus führt zum Abbruch der Geschichte, nicht aber zur Vollendung der Schöpfung. Sie führt zur Aufgabe der Hoffnung, dass Jesus diese Erde einmal regieren und in den messianischen Sabbat führen wird. Aber das Laubhüttenfest erzählt uns eine andere Geschichte. Es ist die Geschichte der Sehnsucht Gottes, diese leidende Schöpfung mit seiner Herrlichkeit zu erfüllen. Die leidende und seufzende Schöpfung wird wieder aufblühen und zu einem göttlichen Garten werden. Die Laubhütte ist uns dafür ein prophetisches Zeichen.

Dieses Zwischenreich findet seinen Abschluss, wenn Jesus den Satan endgültig unterworfen hat und sein „Reich dem Gott und Vater übergibt […] Wenn ihm aber alles unterworfen ist, dann wird auch der Sohn selbst dem unterworfen sein, der ihm alles unterworfen hat, damit Gott alles in allem sei“ (1Kor 15,24 ff.; ELB). Wenn Gott zuletzt „alles in allem“ ist, dann können wir im Hinblick auf die neue Schöpfung von einer *kosmischen Eschatologie* sprechen. Ist durch den trinitarischen Gott alles erschaffen, dann wird er auch final mit seiner Einwohnung alles zu sich hin vollenden. Dorthin führt uns die messianische Eschatologie. Sie ist die Konsequenz dessen, dass in Jesus alles miteinander vereint werden soll, „das, was in den Himmeln, und das, was auf der Erde ist“ (Eph 1,10; ELB).

Wenn wir nun diesen weiteren Schritt in die neue Schöpfung gehen, dann können wir diese herausgestellten Merkmale der messianischen Zeit als Orientierung für die neue Schöpfung nehmen: Sie wird geprägt sein vom ewigen Erlösungssabbat in der unmittelbaren Gegenwart Gottes. Jeder Sabbat weist über sich hinaus auf die Vollendung; er verbindet die alte mit der neuen Schöpfung. Der Sabbat in unserer Zeit ist die „Präsenz der Ewigkeit“[7]. Durch ihn wird die neue Schöpfung bereits jetzt für uns erfahrbar. Vollendung bedeutet zentral, dass die ganze Schöpfung in die Ruhe Gottes einkehrt. Diese Vollendung verheißt der Sabbat wöchentlich. Nach der Schöpfungsgeschichte münden die ersten sechs Tage in den Tag, den Gott heiligt. Er vollendet sein Werk, indem er ruht. Er ist der einzige Tag in der Schöpfungsgeschichte, der keinen Abschluss hat in der Formulierung „Und es wurde Abend, und es wurde Morgen …“ Warum fehlt diese Beschreibung? Weil hier etwas angedeutet werden soll, was prophetische Dimensionen hat: Dieser Ruhetag, den Gott segnet und heiligt, wird einmal keinen Abschluss finden. Der eschatologische Sabbat kennt keine Nacht. Alle vorherigen Tage und Abschnitte der Menschheitsgeschichte werden ihren Abschluss finden, aber die Ruhe und Gemeinschaft bei Gott in der vollendeten Neuschöpfung werden kein Ende haben. Wir nennen dieses Phänomen Ewigkeit. Wenn Gott diesen Tag heiligt und segnet, dann bedeutet dies, dass er sich diesen letzten Abschnitt ganz für sich und uns vorbehalten hat. Dabei wird es festlich:

> „Der Sabbat ist das Fest der Schöpfung, aber einer Schöpfung, die um der Erlösung willen geschah. Er ist offenbart am Ende der Schöpfung und als der Schöpfung Sinn und Ziel. Deswegen feiern wir das Fest des uranfänglichen Werks nicht am ersten Schöpfungstag, sondern an ihrem jüngsten, – am siebten Tag."[8]

Diese Worte verdeutlichen, dass die Schöpfung um des Sabbats willen erschaffen wurde. Die ganze Schöpfung existiert, damit sie in dieses ewige Fest der Freude münden kann. Damit wird der Sabbat zur Krone der Schöpfung. In ihm ist bereits die Erlösung der Schöpfung angelegt. Wenn wir also den Sabbat feiern, dann feiern wir unsere zukünftige Erlösung. Wir nehmen sie vorweg und holen sie in unsere unruhige Gegenwart. Es ist ein sich Hineinbegeben in die Gegenwart Gottes zur Teilhabe an der ewigen Freude und Erlösung im kommenden Reich.

Im ewigen Erlösungssabbat wird sich Gott final mit seiner Einwohnung offenbaren. Die Zukunft der Schöpfung ist nach altjüdischer Sprache die *Schechina* [9] bzw. Einwohnung Gottes, die Himmel und Erde erfüllen wird:

> „Und ich sah einen neuen Himmel und eine neue Erde; denn der erste Himmel und die erste Erde waren vergangen, und das Meer ist nicht mehr. Und ich sah die heilige Stadt, das neue Jerusalem, aus dem Himmel von Gott herabkommen, bereitet wie eine für ihren Mann geschmückte Braut. Und ich hörte eine laute Stimme vom Thron her sagen: Siehe, das Zelt Gottes bei den Menschen! Und er wird bei ihnen wohnen, und sie werden sein Volk sein, und

> Gott selbst wird bei ihnen sein, ihr Gott. Und er wird jede Träne von ihren Augen abwischen, und der Tod wird nicht mehr sein, noch Trauer noch Geschrei noch Schmerz wird mehr sein; denn das Erste ist vergangen. Und der, welcher auf dem Thron saß, sprach: Siehe, ich mache alles neu. Und er spricht: Schreibe! Denn diese Worte sind gewiss und wahrhaftig." (Offb 21,1-5; ELB)

Am Ende wird nicht der Himmel allein auf uns warten. Johannes sieht auch eine neue Erde. Diese neue Schöpfung kann das neue Jerusalem fassen, das zwei geistliche Dimensionen aufweist:[10] Zum einen ist es die Heimat bzw. Wohnstätte des Volkes Gottes. Zum anderen ist es die strahlende Braut des Lammes (vgl. Offb 21,9–11). Sie kommt „aus dem Himmel von Gott herab", darum ist sie auch mit Herrlichkeit geschmückt. Herrlichkeit zeichnet sowohl die Braut als auch ihre Wohnstätte aus. Johannes vernimmt in seiner geistlichen Schau eine Stimme: „Siehe, das Zelt Gottes bei den Menschen! Und er wird bei ihnen wohnen, und sie werden sein Volk sein."

Irritierend erscheint in diesem Zusammenhang das Wort „Zelt" (oder „Hütte" in anderen Übersetzungen). Es ist zentral, weil es ein abschließender Hinweis auf das große eschatologische Laubhüttenfest in der neuen Schöpfung ist: Gott wohnt in der Mitte seines Volkes. Leuchtete dieses Laubhüttenfest in Sach 14,16 bereits als das zentrale Fest im messianischen Zeitalter auf, so findet es nun in der neuen Schöpfung seine letzte Erfüllung. Es wird ein Fest der ewigen Freude sein.

So wird die Stadt, die durch ihre kubische Architektur an das Allerheiligste des altjüdischen Tempels erinnert, zum Tempel und Wohnort Gottes. Gott ist ganz in seiner Schöpfung. Zugleich aber ist diese Stadt bzw. die Braut in Gott; er ist ihr Tempel: „Und ich sah keinen Tempel in ihr, denn der Herr, Gott, der Allmächtige, ist ihr Tempel und das Lamm" (Offb 21,22; ELB). Darum ist sie voller Herrlichkeit. Wir sehen, dass die neue Schöpfung das vollendet, was in der Geschichte Gottes mit seiner Schöpfung immer wieder aufleuchtete: Die

Herrlichkeit Gottes nimmt Wohnung in der Mitte des Bundesvolkes und der neuen Schöpfung. Die Schöpfung selbst wird zum Tempel Gottes, in der er in der Mitte seines Volkes ruhen kann. Zugleich ist dieser Raum in Gott selbst, in dem sein Volk zur Ruhe kommt. Die neue Schöpfung ist außerhalb von Gott und zugleich in ihm. Es ist eine wechselseitige Einwohnung.

Zum Verhältnis von alter und neuer Schöpfung

Wie stehen alte und neue Schöpfung zueinander? Wird die alte Schöpfung beseitigt bzw. vergehen, wie es das orthodoxe Luthertum annimmt? Oder wird sie im Sinne der Vergeistigung des Kosmos vergöttlicht, wie es die ostkirchliche Orthodoxie unterstellt? Die altkirchliche und reformierte Theologie hat alternativ die Verwandlung der alten Schöpfung im Blick. Sie entspricht dem altjüdischen Verständnis: „… und du machst neu das Antlitz der Erde“ (Ps 104,30). Bei der neuen Schöpfung handelt es sich nicht um eine Rückführung in das anfänglich von Gott Gedachte, sondern um die Vollendung dessen, was Gott ins Leben gerufen hat. Nach diesem Verständnis kommt die alte Schöpfung erst mit ihrer Neuschöpfung und Gottes Einwohnung in ihr zu ihrem eschatologischen Ziel. Wir könnten auch konkreter fragen: Sah Johannes eine andere Erde, die an die Stelle der alten trat, oder sah er, dass die alte Erde neu geschaffen oder verwandelt wurde, um das Neue Jerusalem zu empfangen und zu einem Wohnraum Gottes bzw. der Schechina werden zu können?

Zur Beantwortung dieser Frage müssen wir nochmals das Kreuz und die Auferstehung Jesu in den Blick nehmen: Jesus hat die Schöpfung am Kreuz erlöst und für sich erkauft. Er hat sie geerbt und ist zu ihrem Herrn geworden. Mit seiner Auferstehung ist er zudem in die neue Schöpfung eingegangen. Nach diesem geistlichen Prinzip werden wir ihm in die neue Schöpfung folgen: durch Tod und Auferstehung. Dabei haben wir bereits jetzt schon durch seinen Geist Anteil an ihr: „Daher, wenn jemand in Christus ist, so ist er eine neue Schöpfung; das Alte ist vergangen, siehe, Neues ist geworden" (2Kor 5,17; ELB). Nun wissen wir, dass das Alte zwar vergangen ist, gleichwohl haben wir aber unser altes Leben nicht gänzlich hinter uns gelassen. Wir müssen verstehen, was „das Alte" ist, das vergangen ist, und was dauerhaft zu uns gehört und damit „das Neue" ist, das der Geist Gott in uns lebendig gemacht hat.

Zwischen der alten und der neuen Schöpfung gibt es offensichtlich eine Kontinuität und eine Diskontinuität. Die Kontinuität liegt in der Erhaltung und Vollendung der Schöpfung in Gottes neuer Welt: Am Ende wird nicht nur ein neuer Himmel stehen, sondern auch eine neue Erde. Die Diskontinuität drückt sich darin aus, dass die neue Schöpfung keine Veredelung oder Evolution der bisherigen Schöpfung ist. Hier ist im Angesicht des Bösen und der von ihm infizierten Schöpfung kein Raum für eine Weiterentwicklung des Bisherigen oder für einen naiven Fortschrittsglauben. Ein Bruch muss her, etwas Neues muss geboren werden. Es muss durch Gott selbst geschehen. So wie es bei den Menschen nur durch den Geist Gottes geschehen kann, so muss es auch beim Rest der Schöpfung erfolgen. Die alte Kirche sprach diesbezüglich von einer Schöpfung aus dem Alten (*creatio ex vetere*), nicht aber im Sinne einer Wiederherstellung in den vorherigen Stand, sondern im Sinne der Erneuerung aller Dinge durch eine Verwandlung der Welt (*transformatio mundi*) – also ein Schaffen von Neuem aus dem Alten durch den Geist Gottes. Klaus Berger schreibt hierzu:

> „Die Neuheit der Neuen Schöpfung bezieht sich nicht darauf, dass Konstruktionsmängel oder Fehler der Alten Schöpfung von Gott dadurch korrigiert werden müssten, dass Gott noch einmal von vorne alles ‚aus dem Nichts' neu erschafft. Dazu bestand jedenfalls vom Werk Gottes her gesehen kein Anlass [...] Vielmehr wird sie verwandelt und umgestaltet [...] Diese Neuordnung und Umgestaltung geschieht bei Paulus durch den Hl. Geist."[11]

Gott schafft am Ende nicht etwas Neues, sondern macht alles neu. Es ist eine Neuformung des Bestehenden, um es in die Vollendung zu erheben. Vernichtet wird nicht die alte Schöpfung selbst, sondern das sie beherrschende gefallene System und ihr von Sünde und Tod durchdrungener Zustand.

Wie bei Jesus und jedem Einzelnen von uns geht auch die alte Schöpfung in den Tod, um über ihre Auferstehung ihre Verwandlung zur neuen Erde und zum neuen Himmel zu erfahren.

Johannes darf zum Abschluss seiner Visionen den Garten Eden im Neuen Jerusalem erblicken. Hier in der neuen Schöpfung, wo Himmel und Erde eine untrennbare Einheit bilden, ist der Garten wieder zugänglich. Er erblickt den „Thron Gottes und des Lammes", aus dem das Lebenswasser hervorgeht. Ihre Einheit ist so innig, dass Johannes nur *einen* Thron sieht. Und aus ihrer Einheit heraus verströmt sich der Geist Gottes als Strom des Lebens in die neue Schöpfung. Inmitten seiner neuen Schöpfung ist der dreieinige Gott die offenbare Quelle allen Lebens.

Unterwegs in der neuen Schöpfung

Wer „lediglich" den Himmel als eschatologische Zukunft vor Augen hat und diesen einseitig ersehnt, der hat konsequenterweise auch keine Hoffnung mehr für die irdische Seite der Schöpfung. Ihre Zukunft wird unbedeutend und irrelevant – mit mancher Konsequenz für unsere Ethik, die sich aus einer himmelwärts gerichteten Denkweise ergibt. Die weitgehende biblisch-theologische Sprachlosigkeit der Kirchen gegenüber der Klimakrise unserer Zeit macht dieses Dilemma nur zu deutlich. Die neue Schöpfung wird mehr sein als der Himmel. Und sie lässt auch nicht ein zukünftiges messianisches bzw. Tausendjähriges Reich außen vor. Die oben skizzierte chiliastische Eschatologie ist nicht das Ergebnis einer Schwärmerei; sie ist vielmehr christologisch begründet. Zugleich ist die neue Schöpfung kein zukünftiges

Ereignis; Jesu Auferstehungstag ist der erste Tag der neuen Schöpfung. Sie wird für seine Nachfolger bereits jetzt schon durch die Einwohnung des Heiligen Geistes in ihnen erfahrbar (vgl. Joh 14,23). Es ist die „Schon-jetzt-Erfahrung" inmitten der alten Schöpfung. Schon jetzt können wir durch Jesu Geist Anteil haben an dieser neuen Welt. Wir haben eine Zukunft mit Hoffnung in der „Noch-nicht-Erfahrung". „Noch nicht" ist kein Nein, sondern ein eschatologischer Vorbehalt bzw. ein eschatologisches Versprechen Gottes.

Mein Leben steht in diesem Erwartungshorizont der Vollendung. Ich spüre in mir ein Seufzen, aber auch eine Vorfreude. Ein Seufzen, weil ich mit der ganzen Schöpfung an dem Riss zwischen Himmel und Erde leide. Dieses Seufzen ist in den letzten Jahren gewiss nicht geringer geworden. Zugleich aber habe ich auch erfahren, dass die Schriftprophetien mir Kraft und Orientierung geben – und darüber hinaus eine tiefe Freude, die in Gott ihre Quelle hat. Ich bin zuversichtlicher als jemals zuvor, dass Jesus diesen Riss heilen und diese Schöpfung in eine ungeahnte Ruhe und Freude führen wird. Am Ende steht das Festmahl Gottes. Zuletzt wird gefeiert.

Und so freue ich mich bei allen „Rückschlägen" unserer Zeit über all die Zeichen und Wunder, die Gott wirkt – an uns oder durch uns als Nachfolger Christi. Sie sind im Kontext des Reiches Gottes und der Neuschöpfung zu deuten. In diesem Kontext sind alle Kraftwirkungen des Geistes Jesu von ihrem Wesen her Erbarmung Gottes und Vorzeichen des umfassenden Heils. In diesem Zusammenhang sprechen sie ihre eigene Sprache. Sie weisen auf den Gott hin, der eine Zukunft für diese Welt hat. Christus selbst ist diese Zukunft. Ihm gehen wir entgegen. Als Bedürftige, aber auch als Träger seiner Gegenwart in uns. Als solche können und sollen wir eine Ethik der Hoffnung in dieser gebrochenen und leidenden Schöpfung leben. So möchte ich bereits heute in allen Dimensionen meines Lebens leben, wie es einmal sein wird. Mein Lebensstil soll eine Vorwegnahme der Zukunft Christi sein. Ich will auf Hoffnung seufzen und bei der Verwandlung der Schöpfung in der Kraft des Geistes mitwirken.

Anmerkungen

1 Vgl. umfassend Bendorf, Michael: *Wo Gott wohnt,* Cuxhaven 2023.

2 Moltmann, Jürgen: *Der Geist des Lebens. Eine ganzheitliche Pneumatologie,* Gütersloh 1991. 49.

3 Moltmann, Jürgen: *Gott in der Schöpfung. Ökologische Schöpfungslehre,* München 1985. 23f.

4 Barth, Karl: *Die kirchliche Dogmatik. Die Lehre vom Wort Gottes – Prolegomena zur kirchlichen Dogmatik. 2. Halbband, Teilband 3: Die Offenbarung Gottes. 2. Abschnitt: Die Fleischwerdung des Wortes,* Zürich 1989. 129.

5 Moltmann, Jürgen: *Das Kommen Gottes – Christliche Eschatologie,* Darmstadt 2005. 222.

6 Vgl. ausführlich Rust, Heinrich Christian: *Zuhause in der Schöpfungsgemeinschaft. Dimensionen einer ökologischen Spiritualität,* Cuxhaven 2021.

7 Heschel, Abraham Joshua: *God in search of man,* New York 1983. 417.

8 Rosenzweig, Franz: *Der Stern der Erlösung,* Frankfurt a. M. 1988, 349.

9 Goldberg, Arnold Maria: *Untersuchungen über die Vorstellung von der Schekhinah in der frühen rabbinischen Literatur,* Berlin 1969.

10 Berger, Klaus: *Die Apokalypse des Johannes. Teilband 2,* Freiburg 2017. 1401.

11 Berger, Klaus, a. a. O., 1430.

VERSÖHNUNG: GOTTES INITIATIVE ZUM HEIL DER WELT

Horst Afflerbach

Selten wurde das Wort „Die Welt ist aus den Fugen geraten", das Shakespeare seinen Hamlet sagen lässt, so oft zitiert wie in unseren Tagen. Es ist relevant wie nie.

Warum Versöhnung?

Wie kann man so etwas überhaupt fragen? Jeder weiß und hat es mehr oder weniger schmerzhaft selbst erlebt, dass Missverständnisse und Fehlverhalten von Menschen zu Enttäuschungen und Rückzug oder gar zum Bruch von Beziehungen führen können. Übergriffiges Verhalten, das Verletzen individueller Grenzen können Wut und Hass, Depression und Krankheit nach sich ziehen. Ausgrenzungen oder Diskriminierungen von Menschen bewirken Leid oder Aggression. Empörungsverhalten, Polarisierungen, Hatespeech scheinen gesellschaftliche Charakteristika unserer Zeit zu werden und führen zu mancherlei Verwerfungen. Wir alle sind Zeugen dieses Verhaltens in unserer Welt. Und wir stimmen darin überein, dass das Motto des ehemaligen Bundespräsidenten Johannes Rau „Versöhnen statt Spalten" eine notwendige Tugend ist.

Christen wissen aufgrund des biblischen Zeugnisses, dass die ursprünglich sehr gute Schöpfung, die wunderbare Schöpfungsgemeinschaft und der umfassende Friede (hebr. *schalom*) nachhaltig gestört wurden. Durch die Emanzipation des Menschen von Gott sowie das Misstrauen ihm und seinem Wort gegenüber („Sollte Gott gesagt haben?") entstand eine Situation, die gekennzeichnet war von einer Entfremdung von Gott, von sich selbst und voneinander. Die Fluch-Struktur der Sünde betraf forthin alle Bereiche kreatürlichen Lebens. Die Mühsal deiner Schwangerschaft und Schmerzen der Geburt sowie das Verlangen nach dem eigenen Mann (Gen 3,16) kann man als Synonyme für die schmerzhafte Bedrohung und die Fragilität des Lebens sowie für den ewigen Kampf der Geschlechter verstehen. Der Fluch des Erdbodens – „Dornen und Disteln" wird der Acker tragen, das Essen des Brotes „im Schweiße deines Angesichts" (Gen 3,17–19; LU) – sind eindrückliche Metaphern für angefochtene und harte, teils vergebliche Arbeit. Und schließlich zeigt die unumkehrbare Perspektive, zurückzukehren zum Staub des Erdbodens, mit der Begründung „denn Staub bist du und zum Staub kehrst du zurück" (Gen 3,19; LU) die Vergänglichkeit allen Lebens.

Diese Beschreibung gilt bis heute, weil „Gott der HERR" den Menschen „aus dem Garten" wies und „ließ lagern vor dem Garten Eden die Cherubim […] zu bewachen den Weg zu dem Baum des Lebens" (Gen 3,22).

In der Folge bestätigt das biblische Zeugnis die tragische Geschichte der Menschheit und später Israels. Neben schönen Entwicklungen und beeindruckenden Taten wird mit zum Teil drastischen Worten und in anschaulichen Bildern das ganze Spektrum menschlichen Fehlverhaltens samt seiner destruktiven Auswirkungen auf alle Lebensbereiche beschrieben. Vom Brudermord Kains über familiäre Verwerfungen, Intrigen und Lügen, aggressivem und boshaftem Handeln – ob individuell, sozial oder in imperialen militärischen Bewegungen der Völker – werden die Auswirkungen der Abkehr von Gott, dem Ursprung des Lebens und des Friedens in allen Facetten dargelegt. So ist die ganze Völkerwelt betroffen (Kriege, Unterwerfungen), die Schöpfungs- oder Umwelt (Jes 24,1–6), die soziale

Welt (Ungerechtigkeiten, Korruption) und die persönliche Welt. Im Römerbrief wird das grundlegend und zusammenfassend von Paulus so gedeutet:

> „Denn Gottes Zorn wird vom Himmel her offenbart über alles gottlose Leben und alle Ungerechtigkeit der Menschen, die die Wahrheit durch Ungerechtigkeit niederhalten [...] Denn obwohl sie von Gott wussten, haben sie ihn nicht als Gott gepriesen noch ihm gedankt, sondern sind dem Nichtigen verfallen in ihren Gedanken, und ihr unverständiges Herz ist verfinstert." (Röm 1,18.21)

Und etwas später schreibt er als Fazit:

> „Niemand kann sich also herausreden. Die ganze Menschheit ist vor Gott schuldig. Denn das steht fest: Mit Taten, wie sie das Gesetz verlangt, kann kein Mensch vor Gott als gerecht bestehen." (Röm 3,11–20; GNB)

Bei dieser Analyse menschlichen Verhaltens und der konstatierten Unmöglichkeit, mittels religiöser Praktiken und guter Werke mit Gott versöhnt zu werden, bleibt das biblische Zeugnis aber nicht stehen. Es bezeugt eine andere, sehr hoffnungsvolle Linie, die vom Alten bis ins Zentrum des Neuen Testaments reicht und in der guten Nachricht kulminiert, dass Gott die Welt und seine Menschen nicht aufgibt, sondern sie leidenschaftlich liebt und um sie kämpft: Es ist das Evangelium von der Versöhnung der Welt.

Schon früh verheißt Gott, die Ursache des Bösen und die Trennung von ihm zu überwinden, also Versöhnung zu wirken, indem der Nachkomme der Frau (Eva, die „Mutter alles Lebendigen“) dem Nachkommen der Schlange (Metapher für den Teufel, die alte Schlange, Offb 12,9; 20,2) den Kopf zertreten wird um den Preis, dass dieser ihn in die Ferse stechen wird (Gen 3,15).

Das komplexe, von Gott initiierte und durchgeführte Versöhnungswirken lässt sich mit den zentralen Aussagen des Evangeliums in einem Satz formulieren:

> „Gott war in Christus und versöhnte die Welt mit ihm selber und rechnete ihnen ihre Sünden nicht zu und hat unter uns aufgerichtet das Wort von der Versöhnung." (2Kor 5,19). „Aber das alles ist von Gott, der uns mit sich selber versöhnt hat durch Christus ..." (2Kor 5,18) Und: „Es hat Gott gefallen, alle Fülle in ihm (Christus) wohnen zu lassen und durch ihn alles zu versöhnen zu ihm hin, es sei auf Erden oder im Himmel, indem er Frieden machte durch sein Blut am Kreuz." (Kol 1,19–20)

Ohne Zweifel sind Versöhnung und die biblische Versöhnungsbotschaft heilsam und befreiend. Sie sind offensichtlich für den Menschen notwendig, um im Frieden mit sich und seiner Biografie, mit seinen Nächsten sowie mit seiner Um- und Mitwelt und – nicht zuletzt – mit Gott zu leben. Strittig sind vor allem der Weg, auf dem Gott Versöhnung stiftet, sowie die temporären und eschatologischen Auswirkungen davon.

Missverständnisse ausräumen

Besonders heftig entzündet sich die Kritik an der alttestamentlichen Sühnevorstellung der Bibel und an dem stellvertretenden Opfertod Jesu. Jesus habe mit einem Opferlamm „rein gar nichts zu tun".

> Der „Erfinder des Opferwesens war offenkundig verrückt. Er stellte sich Gott als ausgesprochenen Sadisten vor [...] Um Gott versöhnlich zu stimmen, müssen wir ihm Opfer bringen [...] Ein unbekanntes Genie aus den Kreisen frommer Judenchristen hat [...] aus Jesus ein Opferschaf gemacht. Paulus nahm diese Version begeistert auf [...]"[1]

Der Berliner Philosoph Herbert Schnädelbach unternahm in seinem aufsehenerregenden Artikel *Der Fluch des Christentums* eine Generalabrechnung mit dem Christentum und seiner zentralen Lehre von der Versöhnung der Welt. Sie sei Ausdruck eines blutrünstigen Gottesbildes.

> „‚Das Blut Jesu Christi [...] macht uns rein von aller Sünde' (1Joh 1,7) – im Pietismus und seinen Liedern wurden daraus wahre Blutorgien. Seit dem späten Mittelalter bis ins 19. Jahrhundert ist die christliche Ikonografie eine Welt von ‚Blut und Wunden'. Die Maler und Bildner können sich gar nicht genug tun in der grausigen Darstellung der Leiden Christi und der unzähligen Märtyrer."[2]

Alle diese Angriffe zielen – zusammengenommen – auf ein Gottesbild, das einen autoritären Gott zeigt, der auf Gehorsam angewiesen sei und Sühne brauche, der durch die Auflehnung der Menschen gekränkt und nur durch Opfer zu besänftigen und zu versöhnen sei. Sie zielen auf ein Jesusbild, das ausschließlich auf seinen Tod fixiert sei und in dem die Farbigkeit und Vielfalt seines Lebens vergessen seien. Sie lehnen sich auf gegen das biblische Menschenbild, nach dem der Mensch als Gottes wunderbares Geschöpf gleichzeitig auch ein dem Tod verfallener Sünder ist, der Verantwortung für sein Leben trägt und aus eigener Anstrengung vor Gott nicht gerecht werden kann. Die Vorstellung, dass ein anderer Mensch stellvertretend für unsere Fehlleistungen und die anderer Leute bestraft werden soll, ist für viele unannehmbar.

Die meisten Angriffe gegen das biblische Opfer- und Sühneverständnis sind Ausdruck eines großen Missverständnisses! Nach den Aussagen der Schrift muss nicht Gott, sondern müssen sündige Menschen versöhnt werden, deren Beziehungen zu ihm und zueinander gestört sind! Der Gedanke, dass Gottes Zorn erst durch ein grausames Menschenopfer besänftigt werden muss, wie man ihn etwa in den religiösen Vorstellungen der Mayas, Inkas und Azteken findet, ist Ausdruck heidnischen Denkens. Der Gott der Bibel will keine

Menschenopfer! Letztlich hat er überhaupt keinen Gefallen an Opfern, sondern an Liebe.

> „Denn ich habe Lust an der Liebe und nicht am Opfer, an der Erkenntnis Gottes und nicht am Brandopfer." (Hos 6,6; LU)
> „Schlachtopfer und Speisopfer gefallen dir nicht, aber die Ohren hast du mir aufgetan. Du willst weder Brandopfer noch Sündopfer." (Ps 40,7; LU)

Trotzdem glauben viele Christen, dass Gott erst durch das unschuldige Opfer seines Sohnes habe versöhnt werden müssen und leisten dadurch der Kritik an der Sühnevorstellung unbewusst Vorschub. Dieses Denken geht auf eine mittelalterliche Auslegungstradition zurück, die vor allem durch den katholischen Theologen Anselm von Canterbury (1033–1109) und dessen Sühnevorstellungen nachhaltig geprägt wurden. Seine Satisfaktionslehre, die er in seinem Hauptwerk *Cur Deus Homo* (Warum Gott Mensch wurde) niedergelegt hat, ist eine Art rationaler Gottesbeweis und stark beeinflusst vom griechisch-aristotelischen Denken und dem römisch-germanischen Rechtsverständnis. Danach muss Schuld gesühnt werden, da sonst die Ehre nicht wiederhergestellt werden kann. Weil der Mensch das nicht selbst kann, muss Gott es tun. Er tut es, indem er in Christus selbst Mensch wird und die Schuld der Menschen auf sich nimmt. Nach diesem Verständnis ist Gott selbst einem höheren Gesetzes- und Gerechtigkeitsverständnis unterworfen, dem er genügen muss. Anselm greift dabei auf einen alten germanischen Rechtssatz zurück: Wer einem anderen Unrecht zufügte, hatte nicht bloße Rückerstattung zu leisten, sondern musste dazu einen Aufpreis, eine Art Schmerzensgeld leisten. Damit war die Ehre des Beleidigten in aller Öffentlichkeit wiederhergestellt. Mit dieser Satisfaktion (Genugtuung) wäre Gottes Gottheit die schuldige Reverenz erwiesen.

Um Klarheit zu bekommen, ob diese Argumentation stichhaltig ist, müssen wir die biblische Bedeutung des Sühne- und Opferbegriffs zu verstehen suchen.

Gottes einseitige Versöhnungsinitiative

Schon im Alten Testament wird früh deutlich, dass Heil und umfassende Versöhnung nicht ohne Gottes einseitige Initiative möglich sind. So berief er Abraham, ein Segen für alle Völker zu sein (Gen 12,2 f.; LU) und besiegelte diesen Heilswillen mit einem Bund. Der eigentliche Bundesschluss war untypisch. „Als nun die Sonne unterging, fiel ein tiefer Schlaf auf Abram" (Gen 15,12; LU) und Gott ging allein im Feuer durch die von den Tieropfern gekennzeichnete Schlachtgasse: „An dem Tage schloss der HERR einen Bund mit Abram." (Gen 15,17 f.; LU). In der Sache ähnlich heißt es später bei Jesaja:

> „Das alles sah der HERR und es missfiel ihm sehr, dass kein Recht war. Und er sah, dass niemand auf dem Plan war, und war bestürzt, dass niemand einschritt. Da half er sich selbst mit seinem Arm, und seine Gerechtigkeit stand ihm bei."
> (Jes 59,15b.16; LU, vgl. Jes 63,5).

Die konkrete Art, wie Gott Sühne wirkt, wird nach biblischem Zeugnis durchgängig als einseitige Initiative Gottes beschrieben, die im Glauben empfangen oder abgelehnt wird. Diese kulminiert im Opfer Jesu Christi und zeigt darin die Initiative Gottes zur Versöhnung der Welt.

> „Denn wenn wir mit Gott versöhnt worden sind durch den Tod seines Sohnes, als wir noch Feinde waren, um wie viel mehr werden wir selig werden durch sein Leben, nachdem wir nun versöhnt sind (Röm 5,10; LU).

An drei Beispielen kann man sehen, dass Sühne kein Strafakt, sondern ein Heilsgeschehen ist.

1. Der Sündenbock am großen Versöhnungstag (3 Mo 16)

Der *jom ha kippurim* oder *jom kippur* ist der wichtigste Feiertag im jüdischen Festkalender. An diesem großen Versöhnungstag konnte das Volk erleben, wie Gott Vergebung von Israels Schuld und damit Versöhnung vollzog.

In einem ersten Teil wurde die Versöhnung durch den Ritus am Brandopferaltar vollzogen, bei dem im Heiligtum der Sühnedeckel (hebr. *kapporät*) mit Blut bestrichen wurde (Lev 16,11–19). In einem zweiten Ritus wurden einem Sündenbock die Sünden Israels durch Hand-Aufstemmung des Hohepriesters übertragen und von diesem dann in die Wüste weggetragen, das heißt eliminiert (Lev 16,20–22). Dadurch geschah die Entsündigung, die Versöhnung von Priestern, Volk und Heiligtum. Es wurden zwei extreme Pole – die Gegenwart Gottes im Allerheiligsten, im Innersten des Begegnungszeltes auf der einen und die Wüste als abgeschnittenes Land auf der anderen Seite – miteinander verbunden. Schärfer könnten die Kontraste zwischen der Gegenwart Gottes im Innersten (Lev 16,2c) und dem mit der Sünde des Volkes beladenen Sündenbock in der Wüste (16,21.22) nicht sein. Paulus greift diesen Gedanken auf und bezieht ihn auf den Tod Jesu am Kreuz:

> „Ihn hat Gott vor den Augen aller Welt zum Sühneopfer für unsere Schuld gemacht. Durch sein Blut, das er vergossen hat, ist die Sühne geschehen, und durch den Glauben kommt sie uns zugute. Damit hat Gott unter Beweis gestellt, dass er gerecht gehandelt hatte, als er die bis dahin begangenen Verfehlungen der Menschen ungestraft ließ." (Röm 3,25; NGÜ)

2. „Unsere Krankheiten – er hat sie getragen" (Jes 53)

Im vierten Gottesknechtslied (Jes 52,13 – 53,12) wird eindrücklich beschrieben, wie Heil und Versöhnung erwirkt wird. Der Knecht gibt sein Leben als *ascham* – als Schuldtilgung hin (53,10). Er tut das stellvertretend für die Vielen, die durch sein Leiden und Sterben Frieden haben werden. Ohne die Dahingabe des Knechts bliebe Israel in seinen Sünden und müsste die Folgen allein tragen. Dass es daraus erlöst wird, liegt daran, dass ein anderer stellvertretend seine Schuld und Krankheit trägt (53,4).

Schwer zu verstehen ist, dass Gott selbst in das Geschehen involviert ist. „Der HERR warf unser aller Sünde auf ihn." (Jes 53,6b). Noch anstößiger ist die Formulierung „der HERR wollte ihn also zerschlagen mit Krankheit" (53,10a). Diese Aussagen könnten missverständlicher nicht ausgelegt werden. Sie liefern oft die Vorlagen für den Vorwurf eines sadistischen Gottesbildes. Doch das will der Text gerade nicht sagen. V 4a, 7a und andere zeigen neben der passiven gerade die *aktive* Rolle des Gottesknechts. Sie wird in der adäquaten Übersetzung von V 10 deutlich: „Doch der HERR hatte Gefallen an seinem Erschlagenen. Er ließ den erstarken, der sein Leben als Schuldopfer eingesetzt hatte." (EÜ; Fußnote) Nicht am Erschlagen, sondern am Erschlagenen hat Jahwe Gefallen. Damit wird die Intention der Aussage besser erklärt. Sie zeigt sich auch in dem Ziel des Handelns Jahwes: „Er wird Nachkommen haben und lange leben, und des HERRN Plan wird durch ihn gelingen." (V 10b.c; LU).

Hier schließt sich der Kreis vom Anfang (52,13), wo angekündigt wird, dass der Knecht „erhöht und sehr hoch erhaben" sein wird. Jahwe hat also nicht Gefallen am Leiden als solchem, sondern an seinem Knecht, der durch sein stellvertretendes Leiden die Vielen zum Frieden führt. Dadurch vollzieht sich eine Stellvertretung für die Sünder, die als der von Jahwe bestimmte Weg zum Heil beschrieben und verstanden wird. Jahwe will Heil und der Knecht will den Willen Jahwes. Er ist zum letzten Opfer bereit und willens, das Leiden der Verkennung und Ablehnung zu tragen. Dadurch bezeugt er die durchgehaltene Liebe Jahwes.

Jesus selbst sah seinen eigenen Leidensweg in Jes 53 vorgezeichnet und verstand sich als der, der die Schuld der Vielen stellvertretend auf sich nahm und sie mit der Hingabe seines Lebens tilgte. Kaum ein anderer Text des Alten Testaments wird so häufig im Neuen Testament zitiert wie dieser (Mt 8,17; 27,38; Lk 22,37; Joh 12,38; Apg 8,26 ff.; Rö 10,16; 15,21). Auf keinen anderen Abschnitt wird – besonders im Hinblick auf Sühne- und Abendmahlstheologie – so oft Bezug genommen (Mt 20,28; 26,2.24; Mk 2,20; 9,12; 9,31; 10,45; 14,8.41; Lk 10,23 f.; 11,22; 22,37; 24,7.26 f.; Joh 1,29; 12,24; 19,1; Apg 2,33; 17,3 f.; Rö 4,25; 5,1; 8,35 ff.; 2Kor 5,21; Gal 3,13; Eph 1,20–23; Phil 2,6–11; Hebr 9,26.28; 1Petr 1,18 f.; 2,22–25).

3. „Der Menschensohn muss vieles leiden" (Mk 8,31 par)

Das dritte Beispiel spricht von der Notwendigkeit des Leidens und Sterbens Jesu (vgl. Lk 24,7.26; Apg 2,23; Joh 3,14; 12,34). Auch hier muss man den Zusammenhang von *aktiver* Lebenshingabe und *passiver* Leidensübernahme des Messias sehen. Wie auch immer man das „Muss" verstehen will, so bleibt die theozentrische Dimension trotzdem eindeutig bestehen. Jesus weiß sich in der Sendung seines Vaters, der seinen Heilsratschluss an und mit ihm erfüllt. Von daher verbindet sich mit dem Muss des Sterbens Jesu auch der Gedanke der Schriftgemäßheit (Mt 26,54; Lk 24,44.46; Apg 17,2).

Zusammenfassend lässt sich sagen: Der Sühnetod Jesu ist kein Beschwichtigungs- oder Genugtuungsakt gegenüber dem zornigen Gott, sondern stellvertretende Heilstat des messianischen Menschensohnes im Namen und Auftrag des Gottes, der – wie es in Jes 43,3–4 heißt – aus Liebe zu seinem erwählten Volk den schuldbeladenen Vielen durch den Opfergang seines Knechtes Rechtfertigung und Heil schaffen will.

„Jesus hat Leiden und Tod aus Liebe zu Gott und den Menschen auf sich genommen. Weil er der messianische Mittler war, ist das apostolische Missionsevangelium zum ‚Wort von der Versöhnung' 2Kor 5,19 geworden."[3]

Keine Versöhnung ohne Erinnerung

Am 8. Mai 1985 hielt Bundespräsident Richard von Weizsäcker anlässlich des 40. Jahrestags zum Ende des Zweiten Weltkriegs eine weltweit beachtete Rede im Deutschen Bundestag. Sie wurde zu einem Meilenstein in der Beurteilung deutscher Geschichte. Im Wesentlichen stellte von Weizsäcker die Aspekte der Befreiung und des Erinnerns als Weg der Versöhnung heraus. Unter anderem sagte er:

> „Erinnern heißt, eines Geschehens so ehrlich und rein zu gedenken, daß es zu einem Teil des eigenen Innern wird. Das stellt große Anforderungen an unsere Wahrhaftigkeit. [...]
> Das jüdische Volk erinnert sich und wird sich immer erinnern. Wir suchen als Menschen Versöhnung. Gerade deshalb müssen wir verstehen, daß es Versöhnung ohne Erinnerung gar nicht geben kann. Die Erinnerung gehört zum jüdischen Glauben. ‚Das Vergessenwollen verlängert das Exil, und das Geheimnis der Erlösung heißt Erinnerung.' Diese oft zitierte jüdische Weisheit will wohl besagen, daß der Glaube an Gott ein Glaube an sein Wirken in der Geschichte ist. Die Erinnerung ist die Erfahrung vom Wirken Gottes in der Geschichte. Sie ist die Quelle des Glaubens an die Erlösung. Diese Erfahrung schafft Hoffnung, sie schafft Glauben an Erlösung, an Wiedervereinigung des Getrennten, an Versöhnung. Wer sie vergißt, verliert den Glauben."[4]

Damit hat er den Kern von Versöhnung und ihrer Auswirkungen sowie deren Implikationen getroffen. Und gleichzeitig hat er ein wesentliches Merkmal heilsgeschichtlicher Hermeneutik formuliert. Auch in der Bibel ist das Erinnern der Heilstaten Gottes elementar. Man kann geradezu von einer Erinnerungskultur in der jüdisch-christlichen Geschichte sprechen, die charakteristisch ist für den Zusammenhang des Erinnerns als Grundlage einer versöhnten Zukunft. In der Formulierung „Zukunft braucht Herkunft"[5] des Philosophen Odo Marquard steckt die Wahrheit, dass ehrliches Erinnern gleichzeitig die Voraussetzung für eine versöhnte Gegenwart und hoffnungsvolle Zukunft ist.

Im biblischen Geschichtsverständnis ist das zentral. Schon im Alten Testament heißt es:

> „Gott selbst hat Gedenktage gestiftet, damit seine großen Taten nicht vergessen werden. Voll Güte und Erbarmen ist der Herr." (Ps 111,4; GNB)

Das ist der Sinn sowohl der Festtage im Alten als auch im Neuen Testament, wo an die großen Taten Gottes erinnert wird.

Das Herrenmahl wurde im Kontext des Passahmahls von Jesus Christus neu eingesetzt (Lk 22, 19 f.) – und von der ersten Christengemeinde als unverzichtbares Element ihrer versöhnenden Spiritualität gefeiert (Apg 2,42). Jesus selbst wurde zwar der Vorwurf gemacht: „Dieser nimmt die Sünder an und isst mit ihnen" (Lk 15,2; LU). Er hat damit jedoch das eschatologische Versöhnungsmahl (Lk 13,29) zeichenhaft vorweggenommen. Paulus hat das Herrenmahl dann für die Gemeinde Jesu als Gemeinschaftsmahl („wenn ihr zusammenkommt", 1Kor 11,20.33), als Gedächtnismahl („dies tut zu meinem Gedächtnis" V 24 f.), als Verkündigungsmahl („verkündigt ihr den Tod des Herrn" V 26) und als Hoffnungsmahl („bis dass er kommt" V 26) angeordnet.

So wird die Versöhnungstat Gottes in Jesus Christus beim Genuss von Brot und Wein feiernd vergegenwärtigt. Sie motiviert wiederum die Teilnehmenden zur Versöhnung. Durch das gemeinsame

Anteilnehmen und -geben entsteht eine überindividuelle Perspektive, die eine versöhnte Einheit bewirkt, jenseits aller ethnischen (weder Jude noch Grieche), sozialen (weder Sklave noch Freier) und geschlechtlichen (weder Mann noch Frau) Unterschiede (Gal 3,28). Alle sind unwürdig, als Begnadigte zum Tisch des Herrn geladen und erleben Einheit in versöhnter Verschiedenheit. Gleichzeitig ist das gemeinsam gefeierte Abendmahl eine lebendige Verkündigung des stellvertretenden Kreuzestods Jesu, der eine ewig gültige Versöhnung bewirkt hat. Und schließlich wird die lebendige Hoffnung auf den wiederkommenden Herrn bezeugt, der seine Herrschaft zum Heil und Wohl aller aufrichtet und endlich den ersehnten Frieden und die Versöhnung der Welt herstellt. Erst mit dem Messias werden sich nach jüdischem und christlichem Verständnis die alten Verheißungen auf umfassenden Frieden, Gerechtigkeit und Versöhnung global erfüllen (vgl. Jes 2,2–5; Mi 4,1–5 u. a.).

Heilsame Auswirkungen der Versöhnung

> „Wir rühmen uns auch Gottes durch unsern Herrn Jesus Christus, durch den wir jetzt die Versöhnung empfangen haben." (Röm 5,11)

Erinnern hält geschehenes Unrecht wach. Ohne Versöhnung ist es jedoch ein Quell fortwährenden Schmerzes. Es kann bitter, hart und krank machen. Das gilt sowohl für den individuellen als auch für den kollektiven Bereich. Wie viel Hass zwischen Völkern, Sippen, Clans, Familien und Einzelnen kann nicht überwunden werden, weil Vergebung nicht gewährt und Versöhnung nie erfahren wird.

Wenn nach Michel Friedman Hass Gewalt ist, dann kann der Kreislauf von Verletzung – Hass – Aggression nicht anders durchbrochen werden als durch Vergebung und Versöhnung. Versöhnung ist die Auswirkung von gewährter Vergebung. Versöhnung befreit aus der Opferrolle.

Das biblische Verständnis von Versöhnung ist komplex und vielschichtig. Es geht dabei um Stellvertretung aus Liebe – Christus nimmt aktiv leidend die Schuld der Welt auf sich (2Kor 5,19), um Vergebung – Gott „rechnete ihnen ihre Sünden nicht zu" (2Kor 5,19b; LU), um Erlösung – von der Macht der Sünde (Eph 1,7), um eine neue Identität – „ist jemand in Christus, so ist er eine neue Kreatur" (2Kor 5,17; LU) und um Wiederherstellung (Röm 5,10) bzw. um Erneuerung und Heilung von Beziehungen.

Es geht um einen Horizont, der weit über unsere kleine individuelle und gemeindliche Welt hinaus den Kosmos (2Kor 5,19) und das All (Kol 1,19) im Blick hat. Wer versöhnt ist, kann sowohl mit seinem eigenen Leben, seiner Biografie und seinen Begrenzungen als auch mit anderen Menschen und mit weltlichen Umständen versöhnt werden! Dadurch kann er dazu beitragen, dass Versöhnung in der Welt geschieht, auch wenn das ein zum Teil langer und schwieriger Prozess sein kann.

Als Nelson Mandela nach 27 Jahren als politischer Gefangener aus der Haft entlassen wurde, verzichtete er auf Vergeltung und warb stattdessen um seine Politik der Versöhnung. Sie wurde zur Grundlage für eine Überwindung der Apartheid und ein nichtrassisches, geeintes und demokratisches Südafrika.

Die Schrift lässt keinen Zweifel daran, dass sich die Versöhnung, die Gott in Christus schenkt, konkret auswirkt auf das Leben der Menschen, die sich haben versöhnen lassen.

Berufen zur Versöhnung

Gottes Initiative zur Versöhnung wird nach 2Kor 5,18–21 zu einer Verpflichtung für die Versöhnten. Wort (V 19b) und Dienst (V 18) der Versöhnung sind konkrete Kennzeichen lebendiger Christen und Kirchen. Versöhnendes Handeln kann geradezu als „Ausdruck christlicher Identität"[6] verstanden werden! Versöhnte wollen, dass die Welt versöhnt wird, ihre eigene kleine Lebenswelt und die große. Wenn nicht die Glieder der lokalen und weltweiten Gemeinde der in Christus Versöhnten, wer kann dann glaubhaft Versöhnung predigen und sich konkret für Versöhnung einsetzen?

Die Aufforderung „Seid nun Gottes Nachahmer als geliebte Kinder!" (Eph 5,1) gilt heute mehr denn je, besonders auch angesichts der persönlichen, gesellschaftlichen und geopolitischen Polarisierungen sowie der Herausforderungen durch den Klimawandel. Nachahmen sollen Gläubige das Wesen und den Charakter Gottes.

> „Wo ist solch ein Gott, wie du bist, der die Sünde vergibt und erlässt die Schuld denen, die geblieben sind als Rest seines Erbteils; der an seinem Zorn nicht ewig festhält, denn er hat Gefallen an Gnade!" (Mi 7,18; LU).

Wie sehen *Wort und Dienst der Versöhnung* konkret in dieser Welt aus?

Als Ausdruck der Liebe Gottes beziehen sie sich auf alle Lebensbereiche. Wenn in Christus gilt: „Hier ist nicht Jude noch Grieche, hier ist nicht Sklave noch Freier, hier ist nicht Mann noch Frau; denn ihr seid allesamt einer in Christus Jesus" (Gal 3, 28), dann erwachsen daraus konkrete Handlungsanweisungen für Wort und Dienst der Versöhnung in folgenden Bereichen:

- Die *Versöhnung der Ethnien und Volksgruppen* („weder Jude noch Grieche"). Angesichts von Alltagsrassismus und -antisemitismus ist dieser Einsatz nötiger denn je. Wie viel Angst und Abwehr gibt es – neben allem vorbildlichen Einsatz geflüchteten Menschen gegenüber – doch noch allem und allen Fremden gegenüber, auch in unseren Gemeinden.
- Die *Versöhnung der Geschlechter* („weder Mann noch Frau"; wörtl. weder männlich noch weiblich). Der Einsatz für die Gleichwertigkeit der Geschlechter ist auch heute noch relevant wie eh und je. Es

gibt sie noch, die Benachteiligung, sogar Unterdrückung, Diskriminierung von und Gewalt an Frauen bis hin zum Femizid, auch in unserem Land. Und in wie vielen christlichen Gemeinden dürfen Frauen immer noch nicht öffentlich lehren, leiten und Einfluss gewinnen!

Gehört zur versöhnten Geschlechtergerechtigkeit nicht auch die Versöhnung von hetero- und homosexuellen Menschen?

- Die *Versöhnung der wirtschaftlichen Bedingungen und sozialen Unterschiede* („nicht mehr Sklave noch Freier"). Das versöhnende Handeln für Chancengleichheit und Bildungsmöglichkeiten sozial benachteiligter Menschen ist schon immer Anliegen der Christenheit gewesen. Bildung wurde in Klöstern und Kirchen, in der inneren und äußeren Mission selbstverständlich gelebt. Soziales Engagement wird heute in vielen Gemeinden zum Glück nicht mehr als Gegensatz zu Mission und Evangelisation gesehen.
- Die *Versöhnung der Generationen* (Mal 3,24; Apg 2,17 f.). Sie ist angesichts des „Kriegs der Generationen"[7] notwendiger denn je. Demografische Entwicklung, soziologisch pauschalierende Klischees vom alten weißen Mann, die Überlastung der sozialen Sicherungssysteme machen ein versöhnendes Handeln notwendig. Die Alten hätten den Jungen die Zukunft geraubt. Deshalb gehen junge Aktivisten mit Gewalt dagegen vor. Wie kann Versöhnung aussehen?
- Die *Versöhnung mit der Schöpfung.* Nicht zuletzt ist ein wiederherstellendes, verantwortungsvolles Handeln der Schöpfung gegenüber Aufgabe der von Gott Versöhnten. Der Kultur- und Schöpfungsauftrag („macht euch die Erde untertan … bebaut und kultiviert sie", Gen 1,28; 2,15) ist nie aufgehoben worden und neben dem Missionsauftrag gültig und verpflichtend. Und das gilt nicht nur für junge Klimaaktivisten, sondern für alle.

Hier sei im Rahmen dieses Beitrags nur auf die verpflichtenden Texte missionaler Bewegungen sowie auf die schier unübersehbare Literatur hingewiesen. *Die Lausanner Verpflichtung* (1974), *Das Manifest von Manila* (1989) und *Die Kapstadt-Erklärung* (2010) sind eindrückliche Dokumente, die Christen motivieren, die transformierende Botschaft der Versöhnung zu leben: „Die ganze Kirche ist aufgerufen, der ganzen Welt das ganze Evangelium zu bringen."[8]

Das Wort von der Versöhnung bezieht sich zunächst auf die kirchliche Verkündigung und Lehre. Menschen zu bitten, sich mit Gott versöhnen zu lassen, ist die vornehmste und wirkungsvollste Art der Evangelisation und Mission der Kirche.

> „Für Evangelisation ist unsere Präsenz als Christen in der Welt unerläßlich, ebenso eine Form des Dialogs, die durch einfühlsames Hören zum Verstehen des anderen führt. Evangelisation ist ihrem Wesen nach die Verkündigung des historischen biblischen Christus als Heiland und Herrn. Ziel ist es, Menschen zu bewegen, zu Ihm persönlich zu kommen und so mit Gott versöhnt zu werden."[9]

Sodann bedeutet der Dienst der Versöhnung, ganzheitlich versöhnend zu leben und zu wirken.

> „Die Versöhnung mit Gott und untereinander ist auch die Grundlage und Motivation für die Suche nach der Gerechtigkeit, die Gott verlangt, ohne die, wie Gott sagt, es keinen Frieden geben kann. Wahre und dauerhafte Versöhnung erfordert die Anerkennung vergangener und gegenwärtiger Sünden, die Reue vor Gott, das Bekenntnis zum Verletzten und das Bemühen und Empfangen von Vergebung. Dazu gehört auch die Verpflichtung der Kirche, Gerechtigkeit oder Wiedergutmachung für diejenigen zu suchen, die durch Gewalt und Unterdrückung geschädigt wurden."[10]

Das Ziel der Initiative Gottes – die Versöhnung des Alls

Was ist das letzte Ziel des versöhnenden Heilswillens Gottes?

> „Ja, Gott hat beschlossen, mit der ganzen Fülle seines Wesens in ihm [in Christus] zu wohnen und durch ihn das ganze Universum mit sich zu versöhnen. Dadurch, dass Christus am Kreuz sein Blut vergoss, hat Gott Frieden geschaffen. Die Versöhnung durch Christus umfasst alles, was auf der Erde, und alles, was im Himmel ist." (Kol 1,19 f.; NGÜ)

Diese Perspektive ist atemraubend. Der Horizont von Gottes Versöhnungswirken ist nicht kleiner als der seines Schöpfungshandelns. Der Schöpfer des Universums und der Welt (Gen 1.2; Kol 1,15) ist auch ihr Retter (Joh 4,42; 1Joh 4,14) und Vollender (Offb 21,5). Gott gibt sich nicht mit weniger zufrieden, bis er sein wird „alles in allem" (1Kor 15,28).

Seine leidenschaftliche Liebe will, „dass alle Menschen gerettet werden und sie zur Erkenntnis der Wahrheit kommen" (1Tim 2,4; LU). Und weil der von Gott erhöhte Jesus Christus Herr ist, „werden sich einmal alle vor ihm auf die Knie werfen, alle, die im Himmel, auf der Erde und unter der Erde sind. Alle werden anerkennen, dass Jesus Christus der Herr ist, und werden damit Gott, dem Vater, die Ehre geben" (Phil 2,10 f.; NGÜ).

Geschieht dieses Anerkennen Jesu als Herr denn freiwillig? Und was ist mit denen, die das versöhnende Handeln Gottes in Jesus Christus ablehnen?

Die Bibel bezeugt am Ende klar und deutlich einen doppelten Ausgang des Letzten Gerichts. Jesus spricht vom Weltgericht, das Gott ihm übertragen hat (Joh 5,22), und das er selbst als Menschensohn abhalten wird.

> „Alle Völker werden vor ihm versammelt werden, und er wird die Menschen in zwei Gruppen teilen, so wie der Hirte die Schafe und die Ziegen voneinander trennt [...] So werden sie an den Ort der ewigen Strafe gehen, die Gerechten aber werden ins ewige Leben eingehen." (Mt 25,32.46; NGÜ)

Es gibt nur die Alternativen Verlorenheit oder ewiges Leben in der Gegenwart Gottes:

> „Denn so sehr hat Gott die Welt geliebt, dass er seinen einzigen Sohn gab, damit jeder, der an ihn glaubt, nicht verloren geht, sondern ewiges Leben hat." (Joh 3,16; EU)

Weil das Wesen der Liebe Freiheit ist (Liebe übt keinen Zwang aus) und Gott Liebe ist, wird keiner zur Anerkennung Gottes und Jesu Christi als Herr gezwungen! Ich stimme C.S. Lewis zu, der gesagt hat: „Am Ende werden nur zwei Gruppen von Menschen vor Gott stehen – jene, die zu Gott sagen: ‚Dein Wille geschehe', und jene, zu denen Gott sagt: ‚Dein Wille geschehe'. Alle, die in der Hölle sind, haben sie sich erwählt."[11]

An dieser Stelle kann nicht über verschiedene christliche Höllen- und Verdammnis-Vorstellungen nachgedacht werden. Im Lauf der Theologie- und Missionsgeschichte der Kirche haben sich unterschiedliche Erkenntnisse herausgestellt, die sich oft gegenseitig bekämpft haben. Die bekannteste und am weitesten verbreitete ist wahrscheinlich die von der Hölle als einer ewigen Strafe, bei der die Verdammten unendlich gequält werden. Sie wird heute immer mehr infrage gestellt. Daneben gibt es die Vorstellung von der Hölle als Vernichtungsort (*Annihilation*), bei der die Gerichteten vernichtet werden und aufhören zu existieren. Und schließlich gibt es die verschiedenen Vorstellungen einer Allversöhnung.

Die Frage muss erlaubt sein: Wäre der Gott der Liebe und der „Gott aller Gnade" (1Petr 5,10) wirklich an das Ziel seines Versöhnungswirkens gekommen, wenn der überwiegende Teil seiner Schöpfung in der Verdammnis gequält wird? Die Frage ist nicht, ob es die Hölle gibt. Es gibt sie wirklich, diesen Ort, in den Menschen nach dem Gericht kommen. Die Frage ist, welcher Art sie ist.

Letztlich können wir nur demütig die komplexen Aussagen der Schrift betend und anbetend bewegen, wie es Paulus in seiner Doxologie tut:

> „O welch eine Tiefe des Reichtums, beides, der Weisheit und der Erkenntnis Gottes! Wie unbegreiflich sind seine Gerichte und unerforschlich seine Wege! [...] Denn von ihm und durch ihn und zu ihm sind alle Dinge. Ihm sei Ehre in Ewigkeit! Amen." (Röm 11,33.36; LU)

Am Ende wird es so sein, wie der Seher Johannes wahrnimmt:

> „Und jedes Geschöpf, das im Himmel ist und auf Erden und unter der Erde und auf dem Meer und alles, was darin ist, hörte ich sagen: Dem, der auf dem Thron sitzt, und dem Lamm sei Lob und Ehre und Preis und Gewalt von Ewigkeit zu Ewigkeit!" (Offb 5,13; LU)

Anmerkungen

1 Holl, Adolf: *Ein liebender Gott will keine Opfer*, Publik-Forum 8 (2000), 24–26.
2 Schnädelbach, Herbert: *Der Fluch des Christentums. Die sieben Geburtsfehler einer alt gewordenen Weltreligion. Eine kulturelle Bilanz nach zweitausend Jahren*, Die ZEIT 20 (2000), online: https://www.zeit.de/2000/20/200020.christentum_.xml, abgerufen am 21.02.2023.
3 Stuhlmacher, Peter: *Biblische Theologie des Neuen Testaments. Bd. 1, Grundlegung. Von Jesus zu Paulus*, Göttingen 1997. 143.
4 Von Weizsäcker, Richard: *Gedenkveranstaltung im Plenarsaal des Deutschen Bundestages zum 40. Jahrestag des Endes des Zweiten Weltkrieges in Europa*, in: Der Bundespräsident, 08. 05. 1985, https://www.bundespraesident.de/SharedDocs/Reden/DE/Richard-von-Weizsaecker/Reden/1985/05/19850508_Rede.html, abgerufen am 27.09.2022.
5 Marquardt, Odo: *Zukunft braucht Herkunft. Philosophische Essays*, Ditzingen 2020.

6 Volf, Miroslav: *Von der Ausgrenzung zur Umarmung. Versöhnendes Handeln als Ausdruck christlicher Identität*. Marburg 2012.

7 Opoczynski, Michael: *Krieg der Generationen – Und warum unsere Jugend ihn bald verloren hat,* Gütersloh 2015.

8 Lausanner Bewegung Deutschland: *Das Manifest von Manila*, Manila 1989, autorisierte deutsche Fassung online: https://www.lausannerbewegung.de/wp-content/uploads/data/85.pdf/, abgerufen am 21.03.2023.

9 Dies.: *Die Lausanner Verpflichtung*, Lausanne 1974. Art. 4. Autorisierte deutsche Fassung online: https://www.lausannerbewegung.de/wp-content/uploads/data/55.pdf/, abgerufen am 21.03.2023.

10 Dies.: *Die Kapstadt-Verpflichtung. Eine Erklärung des Glaubens und ein Aufruf zum Handeln*, Kapstadt 2010. Art. 4. Autorisierte deutsche Fassung online: https://www.lausannerbewegung.de/wp-content/uploads/data/255.pdf, abgerufen am 21.03.2023.

11 Lewis, C. S.: *Die große Scheidung*, Einsiedeln 1980, Kap. IX, 78.

JESUS CHRISTUS – ERLÖSER: EIN PROGRAMM ZUR RETTUNG DER WELT

Michael Borkowski

Wohin steuert die Geschichte?

„Wohin steuert die Geschichte?" Svenja Flaßpöhler, die Chefredakteurin des *Philosophie Magazin* sucht nach Antworten. Ich höre sie geradezu beim Schreiben seufzen, wenn sie in der Juni/Juli-Ausgabe 2022 ihrer Publikation formuliert: „Wie lassen sich schwere Krisen einordnen, welche Bedeutung haben sie für die Zukunft?"[1] Ihre Sorgen sind mir nicht unbekannt. Auch ich werde in regelmäßigen Abständen in diesen Tagen von apokalyptischen Sorgen über ein mögliches nahes Ende der Welt umgetrieben. Einmal die *Tagesthemen* der ARD abends sehen reicht da schon aus. Mit viel Respekt lese ich von ihrem Mut, es auf den Punkt zu bringen, wenn sie düster erkennen muss, dass Putin es im Gegensatz zu Hitler sehr wohl möglich sei, die Welt in den Abgrund zu stürzen. Das sitzt. Wie mag das alles bloß enden?

Die Not ist jedenfalls groß. Und als ob der bis vor kurzem noch undenkbare Angriffskrieg Russlands nicht schon allein für düstere Zukunftsaussichten ausreichen würde, müssen die Klimakatastrophe, die Flüchtlingsbewegungen und die weltweiten Hungersnöte zusätzlich noch in die Betrachtungen mit einbezogen werden. Gesucht wird nichts weniger als eine Art Erlösung der Welt. Svenja Flaßpöhler zieht ihr Fazit: „Soll die Geschichte am Ende doch gut ausgehen, müssen wir diese destruktiven Kräfte, deren Geltungsanspruch jenseits der Moral liegt, mit einbeziehen in unsere Abwägung."[2] Aber wird nicht unendlich viel getan, um hilfreiche Lösungen aus der globalen Katastrophe zu finden und umzusetzen? Weltweit und kleinschrittig vor Ort?

Ich denke da nur an die vielen Bemühungen in meiner kirchlichen Heimatgemeinde. Die Freunde im AK Weltverantwortung, die versuchen, das Gemeindehaus energetisch zu sanieren. Unser Beitrag, um das Klima zu retten. Oder die Mitarbeiter, die im Flüchtlingswohnheim seit Jahren mit hohem Einsatz unterwegs sind, um Migranten zu helfen. Ihnen gilt meine große Wertschätzung und großer Dank! Wenn alle sich auch dermaßen intensiv einsetzen würden, dann sähe die Welt anders aus. Wirklich? Genügt das? Mir kommen da immer mehr Zweifel. Offensichtlich reichen Vernunft, guter Wille, Fleiß, Gebet, Meditation und die sich selbst regenerierenden Potenziale der Natur nicht mehr aus, um die notwendigen Veränderungen herbeizuführen. Immer öfter denke ich daran, ob es sie nicht doch gibt, die weltweiten, anonymen, zerstörerischen Mächte, die Lösungen einengen, verhindern oder sogar ins Gegenteil verkehren. Ganze Systeme, die nicht mehr beherrschbar sind, wirken massiv unheilvoll auf uns alle ein. Immer drängender wird daher die Herausforderung, wie mit den weltweiten destruktiven zerstörerischen Kräften umzugehen sei. Wo ist der Ausstieg aus der Blase? Svenja Flaßpöhler: „Die Antwort hängt von den innersten Bewegungsgesetzen der Geschichte ab."[3] Nur wer bewegt die innersten Bewegungsgesetze der Geschichte?

Der Gekreuzigte bewegt Geschichte

Ein Bild. Sie zeigten es nur für einen kurzen Moment in den *Tagesthemen*. Dieses Bild hat mich tief getroffen: ein zerbombtes Haus im Kriegsgebiet. Davor steht die fassungslose und ohnmächtige

Familie. Aber der Blick der Kamera geht weiter. Hinein in das zerstörte Wohnzimmer. Und da hängt ein Holzkreuz. Mittendrin im Chaos befindet sich der gekreuzigte Christus. Er ist dageblieben. Der Erlöser. Mitbetroffen von all dem Leid, aber auch mit der Botschaft: „Ich kann nicht besiegt werden. Ich bin es, der die Macht hat, die innerweltlichen Kräfte zu binden, zu entmachten und die Geschichte zu einem guten Ende zu führen. Weil ich die Welt erlöst habe. Vertraut mir!"

Das Erlösungswerk Jesu Christi hat eine geschichtliche Dimension

Erlösung. Angefragt ist heute in seltener Klarheit der Kern des christlichen Glaubens. Der Wegweiser zeigt auf Golgatha, den Gekreuzigten, Jesus Christus. Er verfügt genau über die Kompetenz, die jetzt vor allem gefragt ist. Paulus schreibt:

> „Denn es hat Gott gefallen, alle Fülle in ihm wohnen zu lassen und durch ihn alles zu versöhnen zu ihm hin, es sei auf Erden oder im Himmel, indem er Frieden machte durch sein Blut am Kreuz."
> (Kol 1,19.20; LU)

Er ist der, der mit seinem Leiden und Sterben am Kreuz tief in die Geschichte der Welt eingestiegen ist, in ihr Leiden und Sterben. In den Tod. In unsere Welt, wie sie nun einmal ist. Er kommt in das große System Kosmos, zu dem bekanntlich auch unsere Welt gehört. Drei Tage nach seinem Sterben wird der gekreuzigte Christus vom Tod auferweckt. Da bahnt er diesem zuvor geschlossenen System Kosmos einschließlich unserer Welt eine neue Zukunft. Ist er doch derjenige, den Gott aus der Macht des Todes auferweckt hat. Der Tod ist Konzentration und Kumulation aller destruktiven Mächte. Ist er besiegt, sind alle destruktiven Mächte besiegt. Seitdem befindet sich der Kosmos mitsamt unserer Welt in einem offenen Prozess der Erneuerung hin zur Vollendung – hin zu einer neuen Welt. Mittendrin in der traditionellen Weltgeschichte hat der auferweckte Gekreuzigte einen neuen Geschichtsprozess gestartet. Alles läuft auf ein gutes Ende der Weltgeschichte zu, auf die Erlösung der Welt durch ihren Erlöser Jesus Christus. Das Holzkreuz mit dem Korpus Christi im zerbombten Wohnzimmer irgendwo in der Ukraine weist darauf hin. Wie kommt Paulus zu dieser Sicht?

Destruktive Mächte in Kolossä

Ich bewundere Paulus. Das ist eine geistige Meisterleistung, die er uns hier im Kolosserbrief übergibt.[4] Der Apostel steht vor einer großen Herausforderung. Einerseits ist er Seelsorger. Andererseits ist er Theologe der jungen Kirche. Seine Kompetenz ist gefragt. Ich werde an ein Gespräch mit einem Gymnasiasten erinnert, den ich als junger Gemeindepastor auf seinem Weg nach Hause traf und ein Stück begleitete. Er erzählte, wie an jenem Vormittag zufällig im Biologie- und im Religionsunterricht derselbe Unterrichtsstoff vermittelt wurde. Es ging um die Entstehung der Welt. Auf meine Frage, wie er sich denn positioniert habe, entgegnete er grinsend: „Na wie denn? In Biologie wollte der Lehrer die naturwissenschaftliche Erklärung hören. Er ist Atheist. Und in Religion habe ich natürlich bekannt, dass ich daran glaube, dass Gott die Welt geschaffen hat und die Bibel Gottes Wort ist." Ich kann mich noch an sein erstauntes Gesicht erinnern, als ich ihm erklärte, dass ich seine Lösung des Problems geistig als ausgesprochen dünn und dürftig empfand, um den traditionellen Glauben mit den Erfahrungen des Alltags in Einklang zu bringen.

Die Christen in Kolossä stehen vor einer ähnlichen Herausforderung und Paulus scheut die intellektuelle Aufgabe nicht. Der Glaube der Christen in Kolossä ist geprägt vom Evangelium. Paulus kann sich in den einleitenden Sätzen seines Briefes über ihr Glaubensleben nur freuen. Aber sie leben nicht nur in Versammlungen ihrer Gemeinde. Der Alltag herrscht – auch bei ihnen. Und da werden sie mit Weltanschauungen konfrontiert, die nicht mehr mit Glauben und Bekenntnis kompatibel sind. Paulus ist gut informiert. Mächte, Gewalten, Herrschaften, Throne, Engelwelten. Schon damals gab es sie also, Systeme, die außer Kontrolle geraten sind, die ihr Eigenleben führen. Die das Leben der Menschen beeinflussen und mit einem großen negativen Potenzial lenken wollen. Sie sind alles andere als harmlos. Ganz im Gegenteil. Sie fordern ihren Preis. Um sie wohlwollend zu stimmen, geben diese Mächte Befehle und enge Regeln vor. So können ihre zerstörerischen Einflüsse abgewendet und günstig und freundlich gestimmt werden, dachte man.

Es muss den Christen zu Kolossä offensichtlich immer schwerer gefallen sein, sich den unheilvollen Ansprüchen jener Mächte zu entziehen. Immer stärker wurde für sie ihr Einfluss. Alles spitzt sich auf die Frage zu: Geht das zusammen? Einerseits ein Leben mit Jesus Christus, andererseits ein Leben mit den anonymen und destruktiven Mächten? Paulus sieht die Gefahr, in der sich die Christen in Kolossä befinden. Sie verspielen Stück für Stück die Wirkungen der Erlösung Christi. Es droht ihr Rückzug. Schritt für Schritt. In ein inneres Glaubensleben. In eine Frömmigkeit, die sich auf das Gemeindeleben beschränkt. Die Woche über geht man auf die geforderten Regeln und Anordnungen ein, die jene anonymen Mächte und Gewalten anbieten, um mit ihnen und ihren destruktiven Kräften halbwegs friedlich zurechtzukommen: Essensvorschriften, Rituale, bestimmte Feiertage einhalten, gewisse Plätze meiden. Und am Sonntag in der Gemeinde wiederum wird Christsein praktiziert. Der Lobpreis stimmt. Heraus kommt ein Doppelleben mit Kompromissen auf der ganzen Linie. Christsein rutscht in eine kraftlose, weltfremde, harmlose Winkelreligion ab.

Der Theologe des Kreuzes ist herausgefordert

„Erst grübeln, dann dübeln" ist eine alte Handwerkerweisheit. Es kommt darauf an, wo genau der Haken in die Wand eingesetzt wird. Stimmt der Punkt, dann hängt später alles richtig und das nächste Teil kann passgenau eingesetzt werden. Auch der Theologe als Handwerker kennt diese Weisheit: An welcher Stelle setze ich meine Reflexionen an, damit am Ende das Ergebnis stimmt, nicht eine schiefe Lehre herauskommt und das ganze Denkgebäude zusammenkracht?

Wie folgenschwer es ausgeht, wenn das christologische Zentrum aus dem Blick gerät, wird bei den Äußerungen des Moskauer Patriarchen Kyrill I. im Frühjahr 2022 deutlich. „In einer Predigt am 6. März 2022", so ein Zeitungsbericht, „versicherte der Geistliche den Gläubigen, Putin wolle die ukrainischen Brüder und Schwestern vor den Kräften des Bösen und der Homosexuellenparaden schützen."[5] Der Mainzer Kirchenhistoriker Mihai Grigore kommt daher zum Ergebnis: „Staat und Kirche verfolgen in Russland dieselben Interessen."[6] Es ist der Aufbau einer russischen Welt (*Russkij Mir*) von Lissabon bis Wladiwostok unter der geistigen Führung der Russisch-Orthodoxen Kirche. Damit hat Kyrill I. alle Freiheiten verspielt, je wieder als unabhängige Stimme des Erlösers gegenüber den Machthabern in Russland aufzutreten. So kann es kommen, wenn der Leiter und Cheftheologe einer Kirche die Mitte des Evangeliums verfehlt.

Paulus findet den einzig richtigen Ausgangspunkt in der Auseinandersetzung mit Mächten und Machthabern, wie wir in Kol 1,19–20 feststellen konnten, in Jesus Christus, dem Gekreuzigten. Damit bleibt der Apostel sich treu. Schon im Konflikt mit den Korinthern denkt und argumentiert er von dieser soteriologischen Mitte aus:

> „Denn ich hielt es für richtig, unter euch nichts zu wissen als allein Jesus Christus, den Gekreuzigten." (1Kor 2,2; LU)

Was für Korinth gilt, verliert auch gegenüber den Kolossern nicht seine Bedeutung: der gekreuzigte Christus. Paulus' Leben und sein Denken sind an ihn gebunden. Aber im Brief an die Kolosser kommt es für den Apostel nun darauf an, die geschichtliche Dimension des Erlösungswerkes Jesu Christi, ausgehend vom Kreuz, herauszuarbeiten. Wie gelingt ihm das in den Auseinandersetzungen mit den Mächten und Machthabern, mit den religiösen und philosophischen Strömungen in Kolossä? Wie vermittelt er seine Kreuzestheologie?

Erlösung in drei Schritten

1. Die Schuldfrage ist gelöst. Paulus legt das Fundament

Durch den Tod Jesu Christi löst Gott zunächst die Schuldfrage. In seinem Grundlagenwerk, dem Brief an die Römer, erklärt Paulus den Christen in der dortigen Gemeinde die Heilsbedeutung des Leidens und Sterbens Christi für die Sünden der Menschen. Seine Basisüberzeugung. In Röm 3,21–26 bezieht sich Paulus, ganz Israelit aus dem Stamme Benjamin, auf den großen Versöhnungstag, den Israel in der Exodus-Tradition in Lev 16 detailliert beschrieben hat.[7] Einem Opfertier wurden am Versöhnungstag alle Sünden, die in einem Jahr im Volk Israel begangen wurden, durch den Hohepriester zugesprochen, quasi auferlegt. Anschließend wurde der Sündenbock in die Wüste gejagt. Es trug die Sünden mit sich und damit aus dem Lebensbereich des Volkes.

Paulus deutet nun den Tod Jesu am Kreuz als den Tod des Bevollmächtigten Gottes, der stellvertretend für alle Menschen ihre Sünden übernimmt, mit ins Grab nimmt und sie fortträgt. Ein für alle Mal. In Röm 3 leuchtet aber noch eine weitere Deutung des Todes Jesu auf. Der Hohepriester bedeckte mit dem Blut eines Opfertieres die *kapporät*, die goldene Verschlussplatte der Bundeslade im Tempel, den Ort der Gegenwart Gottes im Volk Israel. Mit diesem Ritual wurde durch das Blut des Tieres das Heiligtum gesühnt. Zusätzlich erreichte der Hohepriester Sühnung für sich selbst, aber der Vorgang galt vor allem der ganzen Gemeinde Israel. Es war eine stellvertretende Symbolhandlung. Das verwirkte Leben aller Sünder in der Gemeinde Israel wurde durch die Opferung gesühnt. Hier setzt die Erlösungslogik des Apostels an. Er sieht den sterbenden Jesus in der Tradition des großen Versöhnungstages. Mit seinem vergossenen Blut am Kreuz sühnt er ein für alle Mal das verwirkte Leben der Menschen und gibt zum Tausch sein eigenes vergossenes Blut, sich selbst, sein eigenes Leben. Für alle Menschen. Ulrich Wilkens schreibt dazu:

> „Am Kreuz Christi ist das Heil für alle Menschen als Befreiung aus der Wirklichkeit ihrer Sünde geschehen, als ‚Sühne'. Indem Christus in Stellvertretung für die Gesamtheit der Menschen als Sünder den Tod als die Geschickfolge ihrer Sünde auf sich genommen hat, sind sie von dieser Wirklichkeit freigeworden."[8]

Nun hat es die Deutung der Erlösung als Sühne durch Jesus Christus in der gegenwärtigen theologischen Diskussion schwer, gehört zu werden. Wäre es nicht höchste Zeit, sie in die Abstellkammer zu überführen? Als eine stellvertretende Stimme für diesen theologischen Kehraus sei Klaus-Peter Jörns genannt, ehemaliger Professor für Praktische Theologie in Berlin.[9] Er hält es für dringend geboten, Abschied vom Verständnis der Hinrichtung Jesu als Sühnopfer zu nehmen.

> „Die Sühnopfertheologie zerstört die Direktheit der Beziehung zu Gott, die Jesus uns eröffnet."[10]

Lebewohl Gekreuzigter. Nur so, meint Klaus-Peter Jörns, kann das Christentum wieder glaubwürdig werden. Mit Recht besteht dagegen Ulrich Wilkens darauf, den Tod Jesu auch heute noch als Sühnegeschehen zu verstehen, „weil Gott im Sühnetod Christi die Sünde der Welt aufgehoben hat."[11] „Wer schließlich den Tod Christi nicht als

Sühnegeschehen versteht [...] reduziert die Christologie auf christliche Anthropologie."[12] Allerdings greift ein christliches Menschenbild viel zu kurz angesichts der Größe der Herausforderung. Für Paulus würde gerade in der Auseinandersetzung mit den Mächten und Machthabern die entscheidende Legitimation und Vollmacht fehlen.

Hin und wieder fahre ich zu meinem Freund und Seelsorger. Wir tauschen uns aus. Erzählen von unserem Leben. Teilen unsere geistlichen Erfahrungen. Wir beten zusammen und im Gebet bekenne ich Schuld, die auf meinem Gewissen lastet. Dann empfange ich den Zuspruch der Vergebung aus seinem Mund: Deine Sünden sind dir vergeben. Mehr nicht. Das genügt. Ich weiß: Christus hat meine Schuld am Kreuz auf sich genommen. Weggenommen. Er gibt mir sein Leben. Oft erlebe ich später eine Kraftzufuhr der besonderen Art. Freude. Ich blicke mutiger nach vorne. Alles wirkt klarer. Manches kann ich neu beginnen. Erlösung wird zu einer sehr persönlichen Erfahrung.

2. Die Machtfrage ist gelöst. Paulus erweitert die Bedeutung des Sühnetodes Jesu Christi

Gleichzeitig mit der Schuldfrage löst der Gekreuzigte auf Golgatha auch die Machtfrage. Mit seinem Tod am Kreuz und der darauffolgenden Auferweckung hat er alle sichtbaren und unsichtbaren Mächte in der Welt, ja im ganzen Kosmos, gebunden und besiegt. Ulrich Wilkens kann in diesem Zusammenhang sogar von einer Heilsmacht Gottes, des Gekreuzigten, sprechen, „durch deren Kraft die Entfremdungs-Wirklichkeit der Welt real aufgehoben ist".[13] Durch sein Leiden und Sterben hat Jesus Christus ebenfalls die Macht des Todes besiegt. Die Auferweckung bestätigt diesen Sieg. In Folge sind damit alle Mächte des Kosmos besiegt. Ihre Machtansprüche sind fortan außer Kraft gesetzt. Ihre Wirkungen sind begrenzt und gebunden. Sie haben keinen Anspruch mehr auf Menschen. Ihr Eigenleben ist beendet. Die

Christen in Kolossä können aufatmen. Es besteht für sie kein Grund mehr, sich in eine persönliche Frömmigkeitsecke zurückzuziehen. Ich höre Paulus, wie er den Kolossern entgegenruft: „Habt ihr's denn schon wieder vergessen? Ihr seid doch befreit! All die verschiedenen Mächte, Gewalten, Throne, Herrschaften und Engelwelten, die euer Leben dominieren wollen, sie haben ihre Autorität und Ansprüche verloren. Niemand von euch muss mehr bestimmte Vorschriften einhalten, um sie günstig zu stimmen. Jesus Christus hat am Kreuz auf Golgatha den Bann ihrer Energie gebrochen." Jesus Christus erlöst die Welt. Mit seinem Blut am Kreuz hat Jesus Christus die Schuldfrage und ebenso die Machtfrage gelöst. Erlösung schließt beides mit ein.

3. Die ganze Schöpfung. Paulus erweitert den Blick auf die Gegenwart Jesu Christi

Seit seiner Auferweckung sind dem gekreuzigten Christus keine Grenzen mehr gesetzt. Die ganze Schöpfung ist davon betroffen. Um das zu verdeutlichen, greift Paulus in seinem Brief an die Kolosser einen Hymnus auf, welcher der Gemeinde wohlbekannt ist. Ein Stück Anbetung und Lobpreis vom Feinsten.

Die neutestamentliche Wissenschaft ist sich einig, dass wir in Kol 1,15–20 einen von Paulus ergänzten und bearbeiteten Gemeindegesang vorfinden.[14] Kernstück ist das Lob Gottes auf den Schöpfer und Erhalter der Welt. Gegenwart Gottes überall. Der Vater im Himmel wird als der Ursprung des Lebens gepriesen. Er offenbart sich in allen Menschen, in der Natur, in der Kreatur. Er gibt allem, was lebt, den Atem. Nur so ist Leben möglich, wie Paulus in seiner Rede auf dem Areopag der intellektuellen Elite Athens vor Augen führt (Apg 17,16 ff.). In Kol 1 geht er noch einen Schritt weiter. Es ist Jesus Christus selbst, in dem und mit dem Gott in allen Bereichen der Schöpfung anwesend ist. Der Atem Gottes ist der Atem Jesu Christi. Er ist es, mit dem alles begann, als Gott die Welt erschuf. Er ist der

Schöpfungsmittler. Jesus Christus ist die Blaupause für die Schöpfung. Es ist sein Leben, das Gott in die Schöpfung mit hineingegeben hat. Durch seine Energie hat alles, was lebt, Bestand. Mit seiner Kraft lenkt und steuert er alles. Er selbst ist es höchstpersönlich, der die Schöpfung in der Zukunft vollenden wird. Der kosmische Leib Jesu Christi ist das universale Ziel der Schöpfung. Paulus greift hier Denkstrukturen der Weisheitstradition auf, wie sie das Alte Testament bereits kennt.

> „Der HERR hat mich schon gehabt im Anfang seiner Wege, ehe er etwas schuf, von Anbeginn her. Ich bin eingesetzt von Ewigkeit her, im Anfang, ehe die Erde war." (Spr 8,22-23; LU)

Der Apostel bezieht sich in Kol 1 auf Begriffe, wie sie die griechische Logos-Philosophie verwendete. Auch im Evangelium des Johannes heißt es im Prolog:

> „Im Anfang war das Wort, und das Wort war bei Gott, und Gott war das Wort. Dasselbe war im Anfang bei Gott. Alle Dinge sind durch dasselbe gemacht, und ohne dasselbe ist nichts gemacht, was gemacht ist." (Joh 1,1-3; LU)

Das argumentative Ziel des Apostels ist unverkennbar. Mächte, Gewalten, Herrschaften, Throne und Engelwelten haben aufgehört, eigenständige Größen zu sein. Sie führen ihr Leben nicht mehr neben oder an Jesus Christus vorbei. Sie speisen ihre Energien aus der Kraft des Schöpfungsmittlers. Sie sind keine autopoietischen, sich selbst schaffenden Systeme, die ihre Existenz aus sich selbst nähren. Sie haben ihre Kraft aus der Kraft des Schöpfungsmittlers – aber leider okkupiert, gestohlen, von ihm abgekoppelt. Und doch können sie letztlich nie aus dem Einflussbereich Jesu Christi herausfallen, kämpfen sie noch so sehr gegen ihn an. Sich auflehnen gegen den Erlöser bringt auf lange Sicht nichts. Die Tragik ist: Aus der Auflehnung heraus ergibt sich eine zerstörerische Kraft. Ihre Destruktivität ist eine Folge des permanenten Unfriedens mit Jesus Christus. Für Paulus ist die Sachlage klar:

> „Denn in ihm wurde alles geschaffen, was im Himmel und auf Erden ist, das Sichtbare und das Unsichtbare, es seien Throne oder Herrschaften oder Mächte oder Gewalten; es ist alles durch ihn und zu ihm geschaffen." (Kol 1,16; LU)

Wo findet Erlösung statt? In der Schöpfung. Jesus Christus lebte schon immer in der Schöpfung als ihr Schöpfungsmittler. Die Schöpfung ist sein Eigentum, wie es Johannes im Prolog seines Evangeliums treffend beschrieben hat. Angefangen von den kleinsten Bestandteilen der Schöpfung im Mikrobereich über Natur und Kreatur bis hin zu den Menschen. Er bringt die zerrissenen Teile der Schöpfung zusammen. Er führt die Schöpfung mit ihrem Schöpfer wieder zu einer Einheit. Da ist kein Bereich der Schöpfung, der von dieser Versöhnung nicht betroffen ist. Es ist eine Art heilsgeschichtliche Inklusion, die Paulus hier bei Christus beobachtet. Alle sind in den Frieden, den Jesus Christus am Kreuz durch die Vergebung der Schuld ermöglicht hat, mit hineingenommen. Alles. Alle. Er führt zusammen, was zusammengehört. Auch die destruktiven Mächte sind von dieser Aktion betroffen. Sie sind entmachtet, werden gebunden, ausgelöscht oder müssen jetzt mit ihren Potenzialen seinen Zielen dienen. Der Gekreuzigte beginnt seit Golgatha mit einer neuen Geschichte im Kosmos. Sie endet mit der Erlösung aller.

Manchmal sind es die Kinder, die wahrnehmen, dass die Schöpfung mehr ist als das, was wir sehen. Wie vor kurzem unser dreijähriger Enkelsohn. Es geschieht beim Spazierengehen an einem wunderschönen Frühlingstag. Alles beginnt zu blühen. Plötzlich läuft der Dreijährige voraus. Er geht in einen Vorgarten und hockt sich hin. Lange schaut er sich liebevoll eine Blume an. Ganz versunken. Schließlich streichelt er sie. Zart und sehr liebevoll. So spüren schon die Kleinsten etwas von der personalen Dichte in der Schöpfung.

Erlösung und Weltbild

Das Weltbild der Kolosser

Der Theologe Paulus läuft im Brief an die Kolosser zur Höchstform auf. Ihm gelingt es, das Erlösungswerk Christi in das vorherrschende Weltbild der damaligen Zeit, das metaphysische Denken der Antike, zu übertragen. Es ist ein Weltbild, das geprägt ist von einem mehrstöckigen kosmischen Raumbild, in dem sich alles Leben abspielt: Himmel, Luft (Ort der Mächte), Erde, Unterwelt (Ort der Mächte). Die Vorstellung der Zeit dagegen wird als zyklisches Geschehen verstanden. Es gibt nichts Neues. Die Geschichte scheint eine ständige Wiederholung von Kreisläufen.

Das Weltbild der Quantentheorie und der Evolution

Wie lässt sich das Erlösungswerk Christi in das Weltbild unserer Zeit übertragen? Wie sieht unser Weltbild aus? Ein bestimmtes Weltbild, das alle Bereiche des Lebens umfasst und bestimmt, lässt sich so einfach nicht mehr feststellen. Eher im Gegenteil. Wachsende Komplexität und nicht mehr zu durchdringende Unüberschaubarkeit sind Kennzeichen der Postmoderne. Absolute Aussagen gelten als überholt, als Überbleibsel vergangener Zeiten. Aber wer genau hinschaut, der entdeckt zwei Formate, die in allen wissenschaftlichen Lagern als Grundmuster zur Deutung herangezogen werden: Quantentheorie und Evolutionslehre. Beide beeinflussen die wissenschaftliche Community und unser Alltagsdenken gleichermaßen. Sie beflügeln sozusagen die Spiritualität unzähliger Menschen. Wollen wir, dass Jesus Christus als Erlöser der Welt wahrgenommen wird, dann kommen wir nicht umhin, in das Denken und Empfinden der Gegenwart hinein das Erlösungswerk Christi mit seiner Weltdeutung transparent zu machen. Ein Parallelunternehmen zu Paulus muss gewagt werden.

Die Art und Weise, wie Paulus Theologie betreibt, gibt Anregungen, das Erlösungswerk Christi in Formate des gegenwärtigen Weltbildes zu übersetzen.

Erlösung für den Mikrokosmos

Die Quantentheorie hat die Einsicht vermittelt, dass alle Materie sich aus Energie zusammensetzt, letztlich geistig ist und als Nichtlokalität erscheint.

Was bedeutet das? Eine unvorstellbare Komplexität im mikrokosmischen Bereich tut sich hier auf. „Ich denke, man kann mit Sicherheit sagen, dass niemand die Quantenmechanik versteht", zitiert der Münchener Theologe Tilmann Haberer den Physik-Nobelpreisträger Richard Feymann (1918–1988).[15] Dennoch sieht er einen entscheidenden Erkenntnisgewinn der Quantentheorie für Alltagsleben und Glauben,

> „dass sie ein schlichtes materialistisches Verständnis der Welt überwindet. Die Welt ist nicht so durchgehend deterministisch, wie sich das Naturphilosophen wie etwa Pierre Simon Laplace im 18. Jahrhundert vorgestellt hatten, und sie ist nicht so platt und geistlos wie moderne Atheisten vom Schlage des britischen Evolutionsbiologen Richard Dawkins (*1941) denken. Wenn es stimmen sollte, dass das, was wir für feste Materie halten, im innersten Kern nichts als geistige Strukturen sind, dann erlaubt uns das, auf ganze neue Weise von Schöpfung zu sprechen."[16]

Es geht nicht darum, mithilfe der Quantentheorie einen aktuellen Gottesbeweis antreten zu können.

> „Aber wir können uns von ihr Bilder borgen, um unsere Überzeugung auszudrücken, dass diese Welt nicht einfach durch einen

> toten Zufall existiert, sondern dass in und hinter allem, was ist, ein liebender Wille steht."[17]

Jahrtausende zuvor wagt Paulus im Christushymnus des Briefes an die Kolosser diesen Schritt. Er nimmt hinter allem und in allem und durch alles die Liebe des Gekreuzigten wahr. Wie oben beschrieben greift er einen der Gemeinde in Kolossä bekannten Schöpfungshymnus auf, der den damaligen Stand der naturwissenschaftlichen Erkenntnis integriert hat. Paulus erkennt in der Schöpfung den gegenwärtigen Christus zunächst als Schöpfungsmittler wieder. Dann aber ist durch seinen Tod am Kreuz und seine Aufweckung der Schöpfungsmittler Christus auch der Erlöser der Welt. Seine Liebe reicht in alle Tiefen und Höhen der Wirklichkeit hinein, umfasst sie, durchdringt sie, gestaltet sie um. So das Ergebnis paulinischer Theologie. Noch einmal Tilmann Haberer:

> Es geht um den Glauben, „... dass es im tiefsten Grund nichts gibt als Liebe – wie fürchterlich und grausam das Leben sich an der Oberfläche auch gebärden mag."[18]

Wir begegneten uns in der Sprechstunde. Er war als Asylsuchender nach Deutschland gekommen. In seinem Heimatland hatten sie ihn übel gefoltert. Man konnte es an seinem Körper sehen. Im Namen der Religion, die dort in Politik und Gesellschaft herrschte, war er gequält worden. Nun saß er mir gegenüber. Voller Bitterkeit. Sein Gesicht war von Hass gezeichnet und er benutzte grässliche Worte, um mir seine inneren und äußeren Verletzungen mitzuteilen.

Ich schwieg und hatte den Eindruck, dass er auch ein Recht hatte, seinen Schmerz auszudrücken. Ich betete still für ihn. Segnete ihn. Ich begann zu glauben, dass auch in ihm der verborgene Christus mit seiner Liebe lebte. Plötzlich sah ich in einem inneren Bild, wie er als kleiner Junge von seiner Mutter umarmt wurde. Zärtlich gestreichelt. Von ihr geliebt. Nach einer Zeit des Schweigens fragte ich ihn nach seiner Mutter und wie es war, wenn sie ihn in den Arm nahm. Nach und nach veränderte er sich. Seine Sprache wurde wärmer. Sein Gesicht entspannte sich. Es wurde weicher. Dann erzählte er mir von seiner Mutter und ihrer Liebe. Tränen flossen – auch bei mir. Wir waren dem liebenden Christus in der Liebe seiner Mutter tief in seinem Inneren nahegekommen.

Eine große Tiefe tut sich hier auf. Der Gekreuzigte mit seiner Liebe ist in allem lebendig. Auch in Menschen. In jedem einzelnen Menschen. „Inexistenz Christi" nennt Romano Guardini diese neue ontologische (seinsmäßige) Qualität.[19] In jedem Menschen ist er anwesend, in seiner Personenmitte. Die kann nun nicht als ein bestimmter Ort im Menschen organisch festgemacht werden. Jesus Christus ist mit seiner Liebe eine zentrale und zentrierende Erfahrung, leiblich, geistig, seelisch. Schon Johannes schreibt in der Offenbarung, wie diese Gegenwart Christi im Menschen wahrgenommen werden und sich entfalten kann:

> „Siehe, ich stehe vor der Tür und klopfe an. Wenn jemand meine Stimme hören wird und die Tür auftun, zu dem werde ich hineingehen und das Abendmahl mit ihm halten und er mit mir."
> (Offb 3,20; LU)

Es kommt darauf an, die „Klopfzeichen" des inwendigen Christus wahrzunehmen und dafür sensibel zu werden, ihm Raum zu geben. Die Liebe Christi, die in jedem Menschen seit Karfreitag und Ostern wohnt, ist und bleibt ein Geheimnis. Für Paulus ist es das Geheimnis der Weltgeschichte. Aber jeder Mensch hat ein Recht, auf die Klopfzeichen dieser Liebe in seinem Leben hingewiesen zu werden. Das ist die Mission des Paulus. Er erbittet von den Kolossern für diesen Auftrag ihre Unterstützung:

> „Betet zugleich auch für uns, auf dass Gott uns eine Tür für das Wort auftue und wir vom Geheimnis Christi reden können, um

dessentwillen ich auch in Fesseln bin, auf dass ich es so offenbar mache, wie ich es soll. (Kol 4,3–4; LU)

Der gelegentlich in diesem Zusammenhang geäußerte Vorwurf des Pantheismus greift nicht, denn Gott geht mit seinem Christus in der Welt nicht auf. Er gehört zwar zur Schöpfung, ohne sich aber in der Schöpfung aufzulösen. Panentheismus statt Pantheismus: Christus erlöst die Welt. Er ist Teil der Schöpfung und bleibt zugleich ihr souveränes Gegenüber. Tatsächlich bleibt dies ein großes Geheimnis.

Erlösung für den Makrokosmos

Die Evolutionslehre sieht die Wirklichkeit immer in Bewegung nach vorne. Sie steht nicht still. Sie entwickelt sich ständig weiter. Auf allen Ebenen des Seins. Das unterscheidet unser evolutionäres Weltbild von dem der Kolosser. Sie erlebten sich in einem eher statischen Kosmos. Ordnung bestimmt ihre Wirklichkeit. Zwar ist ihre Welt in Bewegung, aber nur innerhalb dieser Welt und das nach ganz bestimmten vorgegebenen und unveränderlichen Kriterien. Die Evolutionslehre dagegen sieht eine Welt, die sich im Ganzen ständig entfaltet. Permanent entwickelt sie sich weiter.

„Die biologische Evolutionslehre erkennt bestimmte Triebkräfte, die für diesen Prozess verantwortlich sind, wie z. B. Mutation, die Gene verändern oder Selektion und Gendrift, bei der in einer Population entweder nur ganz bestimmte Gene oder zufällige Individuen überleben. Durch Veränderung der Gene und des Genpools verändern sich Arten über die Zeit und es können sogar neue Arten entstehen. Evolution ist daher nie abgeschlossen."[20]

Kann das Erlösungswerk Jesus Christi für die evolutionäre Sicht einer Wirklichkeit, die sich ständig weiterentwickelt, überhaupt noch eine

Relevanz haben? Christus erlöst mit seinem Leiden, Sterben, Tod und Auferweckung den Kosmos. Wird dessen Bedeutung und Erscheinung nicht für eine Welt in einer evolutionären Bewegung erkennbar, dann verkümmert die Erlösung Christi rasch zu einer weltfremden Ideologie.

Es ist das große Verdienst des französischen Theologen, Mystikers und Paläontologen Teilhard de Chardin (1881–1955), der Christus als Haupt des Kosmos in enger Anlehnung an den Kolosserbrief als Teil und Frucht des Evolutionsprozesses gleichermaßen erkennt. Ob Galaxien, Menschheitsfamilie oder Mikrokosmos: Christus und Kosmos gehören für ihn untrennbar zusammen. Als Christ und Naturwissenschaftler nimmt Teilhard de Chardin die Erkenntnis des Paulus ernst, für den Christus das Haupt des Kosmos ist, auf den alles zuläuft. Christus, der Erlöser, ist zugleich Christus, der Evolutor. „Beseeler und Sammler aller biologischen und geistigen Energien, die das Universum erarbeitet hat".[21] Christus selbst wird diesen Prozess im zukünftigen „Punkt Omega" vollenden. Alles wird dann von Christus zu einer Einheit zusammengefasst worden sein. Auf diesem Weg dahin scheint Christus schon jetzt überall durch. Zeichen dieser dynamischen Präsenz Christi (*diaphanie*) sind überall erkennbar. Teilhard de Chardin meint dazu:

> „Plötzlich freigesetzt, breitet sich ein Strom von Liebe in der ganzen Oberfläche und Tiefe der Welt aus. Und das nicht nur nach Art irgendeiner zusätzlichen Wärme oder eines zusätzlichen Parfüms, sondern einer Grundessenz, dazu bestimmt, alles zu verwandeln, alles zu assimilieren, alles zu ersetzen ..."[22]

Da blieb Kritik nicht aus. Seine optimistische Schau der Evolution ist hinterfragt worden.[23] Natürlich verkennt auch Teilhard de Chardin die destruktiven Mächte im Verlauf der Evolution nicht. Aber für ihn ist das Böse grundsätzlich besiegt und befindet sich in einem ständigen Transformationsprozess.

„Das Dunkle, das immer wieder hereinbricht. Es sind abgespaltene Energien, in Auflehnung gegen Christus selbst. Sie mindern Leben, wollen den Prozess der Versöhnung verhindern. Es sind die Mächte, die zum Tod führen. In seinem eigenen Tod nimmt Christus diese Todes-Energien der vermeintlich autonomen Mächte an sich. Sie kehren aus ihrer Trennung von Gott zurück. Christus verwandelt sie in Leben. In sein Leben. In Liebe. Weil er als Erlöser das Zentrum des Kosmos und seiner Geschichte ist, finden in ihm die Mächte des Todes Frieden. Sie werden dem Leben dienen. Energie des gewandelten Lebens."[24]

Hatte nicht bereits Jahrtausende zuvor ein Prophet einen Transformationsprozess des erlösenden Christus in seiner Verheißung des leidenden Gottesknechts erkannt?

„Wenn er sein Leben zum Schuldopfer gegeben hat, wird er Nachkommen haben und lange leben, und des HERRN Plan wird durch ihn gelingen. Weil seine Seele sich abgemüht hat, wird er das Licht schauen und die Fülle haben. Durch seine Erkenntnis wird er, mein Knecht, der Gerechte, den Vielen Gerechtigkeit schaffen; denn er trägt ihre Sünden. Darum will ich ihm die Vielen zur Beute geben und er soll die Starken zum Raube haben dafür, dass er sein Leben in den Tod gegeben hat und den Übeltätern gleichgerechnet ist und er die Sünde der Vielen getragen hat und für die Übeltäter gebeten." (Jes 53,10b-12; LU)

Im Einsatz für Versöhnung zwischen Menschen und Völkern gestalten wir diesen Transformationsprozess des Erlösers mit. Im Engagement für die Erhaltung der Schöpfung setzen wir unsere Hoffnung auf Christus, der als Treibkraft und Vollender der Evolution Natur und Kreatur heilen wird. In einem sehr beeindruckenden Gesamtentwurf legen der Theologe Leornardo Boff und der Mathematiker Mark Hathaway dar, wie dieser Geist des Erlösers Jesu Christi uns

„… zu einer Ethik des Teilens und der Fürsorge und zu einer Vision des in den Kosmos inkarnierten Heiligen bewegt. Wenn uns das gelingt, dann können wir aus einer tiefen und unerschöpflichen Quelle der Inspiration schöpfen, die eine spirituelle Revolution auslösen kann, welche die Erde wahrhaftig heilen und gleichzeitig die Qualität des menschlichen Lebens verbessern kann."[25]

Anmerkungen

1 Flaßpöhler, Svenja: *Wohin steuert die Geschichte*, in: Philosophie Magazin Nr. 04 (2022), 3.
2 Ebd. 3.
3 Ebd. 48–61.
4 Vgl. Maisch, Ingrid: *Der Brief an die Gemeinde in Kolossä*, Stuttgart 2003, 2–20.
5 Thoralf, Cleven: *Putins heiliger Krieger*, in: Hannoversche Allgemeine Zeitung, 04. Mai 2022. 2.
6 Ebd. 3.
7 Wilkens, Ulrich: *Der Brief an die Römer*, Neukirchen-Vluyn 2010, 183–202.
8 Ebd. 201.
9 Jörns, Klaus-Peter: *Notwendige Abschiede*, Gütersloh 2004.
10 Ebd. 328.
11 Wilkens: *Römer*. 202
12 Ebd. 202.
13 Ebd. 202.
14 Maisch: *Kolossä*. 83.
15 Haberer, Tilmann: *Von der Anmut der Welt*, Gütersloh 2021, 72.
16 Ebd. 74.
17 Ebd. 75.
18 Ebd. 75.
19 Guardini, Romano: *Das Wesen des Christentums*, Würzburg 1958, 57.
20 https://studyflix.de/biologie/thema/evolutionsbiologie-389, abgerufen am 18. 08. 2022.
21 Granoczy, Alexandre: *Evolution*, in: Lexikon für Theologie und Kirche, Freiburg i. Breisgau. Bd. 3, 1959. 1071.
22 Teilhard de Chardin, Pierre: *Das Herz der Materie*, Düsseldorf/Zürich 1992, 75.
23 Moltmann, Jürgen: *Der Weg Jesu Christi*, München 1989, 316–321.
24 Hafner, Maria: *Nichts als das Ganze*. Luzern 2005. 58–67.
25 Boff, Leonardo/Hathaway, Mark: *Befreite Schöpfung*, Kevelaer 2016, 383–384.

DAS HIMMLISCHE JERUSALEM: PLANETARISCHE UTOPIE ALS HEILUNG VERWUNDETER IMAGINATION

Margareta Gruber OSF

„Wie nie zuvor muss ‚humanitas' als solche von der Menschheit gewollt werden; was voraussetzt, dass sie nicht an ihrer Zukunft verzweifelt"[1], konstatiert der Pariser Theologe Christoph Theobald. Woher aber nimmt die Menschheit die Kraft für diese Aufgabe? Die jüdisch-christliche Bibel beginnt mit einem Schöpfungsgedicht und dem Garten Eden und endet mit der Vision einer Megacity, einem von Gottes Glanz erhellten urbanen Friedensraum für die Völker. Doch gerade diese Schlussvision steht im Verdacht weltflüchtiger Vertröstung, die angesichts der gegenwärtigen Herausforderungen der ökologischen Transformation kontraproduktiv ist. Fundamentalistische Gruppen vereinnahmen den Text zudem für eine katastrophische Weltsicht mit ideologischen Zielen. Demgegenüber will die folgende Lektüre der Schlusskapitel der Bibel das Hoffnungspotenzial freilegen, das die Vision des himmlischen Jerusalem für die Gestaltung des gegenwärtigen Lebensraums bereitstellt.[2]

Die Zukunft als Katastrophe

Unsere Zeit denkt ihre Zukunft als Katastrophe.[3] Und es ist ein Buch der Bibel, das der Katastrophe den Namen gab: Apokalypse. Die Wirkungsgeschichte dieser urchristlichen prophetischen Schrift ist in der Moderne vor allem von der Faszination des Untergangs geprägt. Wie Klaus Vondung gezeigt hat, war es insbesondere Deutschland im letzten Jahrhundert, wo die Vorstellung, dass Erlösung durch Vernichtung zu erlangen sei, ihre eigene Apokalypse hervorgebracht hat.[4] Von Erlösung ist heute nicht mehr die Rede. Der radikale Bruch, die reine Andersheit dessen, was kommen wird, ist nicht das „Neue", was dann auf die Menschheit zukommt, sondern nackte Katastrophe: Weltende ohne Neubeginn.[5] Dazu kommt „das dumpfe untergründige Gefühl"[6], dass die Fortsetzung des Gegenwärtigen genau zu jener Zukunft führen wird, die wir befürchten, dass also „die eigentliche Katastrophe die Fortführung des Jetzt, der ‚Fortschritt' aller gegenwärtig gegebenen Tendenzen ist."[7] Die Gegenwart hat sich von der biblischen Vorstellung verabschiedet, dass durch die Katastrophe in ihrer apokalyptischen Form, also durch Zerstörung, Gericht und Kampf hindurch, das Neue, die Erlösung, auf uns zukommt. Zukunft ist das, was der Mensch macht – oder verschuldet.

Planetarische Herausforderung

Der Fortschrittsgedanke ist die säkularisierte Form der biblischen Heilsgeschichte in der Moderne, doch die Moderne kollabiert derzeit vor unseren Augen, so der französische Soziologe Bruno Latour (1947–2022).[8] Seine fundamentale Anfrage richtet sich deshalb an die christliche Verkündigung: Er bezeichnet die „Grand Narrative" (Große Erzählung) einer Heilsgeschichte als die „cosmological projection"[9] der bisherigen christlichen Verkündigung. Sie stamme aus der Moderne seit dem 17. Jahrhundert und sollte der Großen Erzählung der

Naturwissenschaften etwas entgegensetzen, eine mehr „spirituelle" im Unterschied zu einer „materialistischen" Sicht der Weltgeschichte. Doch, so Latour, „der Kampf gegen den ‚Materialismus' scheint eine sehr überholte Aufgabe zu sein, wenn wir im Gegenteil lernen müssen, unsere Zugehörigkeit zur Erde auf tausend verschiedene Arten zu rematerialisieren."[10] In der jetzigen Zeit der nicht aufschiebbaren Entscheidungen über den Planeten sei das christliche Narrativ deshalb dafür verantwortlich, dass die Botschaft des Evangeliums seine Zuhörerinnen und Zuhörer nicht mehr erreicht. Deshalb müsse die Theologie über neue Formen der Verkündigung nachdenken und sich von kosmologischen Projektionen befreien, die nicht länger mit den Herausforderungen der Zeit korrespondierten. Insbesondere müsse sie den räumlichen Charakter ihrer Theologie zurückgewinnen, vor allem in der Eschatologie:

> „Jede Erzählung, die den räumlichen Anspruch der Eschatologie zugunsten einer zeitlichen Projektion herunterspielt, verrät in der Tat den eigentlichen Anspruch der Erlösung."[11]

Gerade die „neue Erde", dieser Inbegriff aller großen Hoffnungen, die sich jahrhundertelang auf ein Jenseits richteten, sei nun nicht mehr Gegenstand einer fernen eschatologischen Erwartung, sondern des drängenden gegenwärtigen Handelns, so drängend wie im Evangelium der unter die Räuber gefallene Mann. Deshalb fordert Latour eine Umkehrung der Richtung im Verhältnis von Himmel und Erde. Statt des Blicks nach oben, weg von der Erde, muss sich der Blick nach unten richten, auf das wahre „Heilige Land", und zwar „now or never", „there or nowhere".[12]

Nun kann gerade die Schlussvision der Bibel, die Schau des himmlischen Jerusalem, als Paradebeispiel für den Verlust der irdisch-räumlichen zugunsten der jenseitig-ewigen Dimension der biblischen Verheißung dienen. Sie kann außerdem als Kulminationspunkt der von Latour infrage gestellten großen Erzählung einer „heiligen

Geschichte" gelesen werden, die in der jenseitigen Vollendung ihr Ziel findet. Insofern ist eine Relecture dieses Schlusssteins des christlichen Bibelkanons auf dem Hintergrund der Anfragen von Bruno Latour – beziehungsweise des Planeten selbst – eine dringende Aufgabe. Dies kann auf den folgenden Seiten nur begonnen, nicht umfassend geleistet werden. Noch sind die alten Bilder und Konzepte mächtig, auch im Kopf der Verfasserin dieses Beitrags und Leserin der Johannesoffenbarung. Doch zeigen sich, gerade im Blick auf die Dimension des Raumes, neue Perspektiven.[13]

Die Ambivalenz der Stadt: Babylon und Jerusalem

Die Johannesoffenbarung erzählt die Geschichte zweier Städte: Babylon und Jerusalem. Babylon mit ihrem Reichtum bedeutet die Attraktivität der hellenistischen Kultur, die Versuchung zur Assimilation, die der Seher aufs Schärfste verurteilt. Sie steht auch für die Gewalt, mit der das Römische Imperium seine unterworfenen Völker überzieht. Vorstellbar ist, dass der jüdische Seher oder seine aus Palästina geflüchtete Erstleserschaft die Gräuel des niedergeschlagenen jüdischen Aufstands vor Augen hatten. Nun aber sind diese Christen im Herzen des Imperiums, in den Städten des Ostreiches mit ihrem Kaiserkult angekommen und kämpfen um ihre Identität als Minderheit. Dem setzt der asketisch geprägte Prophet seine kompromisslose Botschaft entgegen: „Verlass die Stadt, mein Volk!" (Offb 18,4; EÜ).

Der biblische Seher kennt also durchaus die Ambivalenz der Stadt. Dennoch endet die biblische Vision nicht mit dem Aufruf zur Flucht aus der Stadt – in eine Landkommune des heiligen Restes? –, sondern mit der Schau einer Megacity, die vom neuen (auferstandenen) Himmel her auf die erneuerte (auferstandene) Erde herabkommt. Sie ist das Geschenk Gottes und gerade nicht menschengemacht.

> „Dann sah ich einen neuen Himmel und eine neue Erde; denn der erste Himmel und die erste Erde sind vergangen, auch das Meer ist nicht mehr. Ich sah die heilige Stadt, das neue Jerusalem, von Gott her aus dem Himmel herabkommen; sie war bereit wie eine Braut, die sich für ihren Mann geschmückt hat. Da hörte ich eine laute Stimme vom Thron her rufen: Seht, die Wohnung Gottes unter den Menschen! Er wird in ihrer Mitte wohnen und sie werden sein Volk sein; und er, Gott, wird bei ihnen sein. Er wird alle Tränen von ihren Augen abwischen: Der Tod wird nicht mehr sein, keine Trauer, keine Klage, keine Mühsal. Denn was früher war, ist vergangen. Er, der auf dem Thron saß, sprach: Seht, ich mache alles neu." (Offb 21,1–5; EÜ)

Ist die himmlische Stadt rein jenseitig, ihre Schau weltflüchtig, eskapistisch? Das himmlische Jerusalem wurde im Lauf der christlichen Geschichte Stück für Stück von der realen Stadt Jerusalem getrennt, obwohl sie deren Namen ursprünglich deshalb trug, um die Verbindung zu der existierenden Stadt gerade nicht zu verlieren.[14] Die Christenheit verstand das himmlische Jerusalem zunächst als Sinnbild der Kirche und löste es damit von Israel. In der Neuzeit wurde es zunehmend und zum Schluss ausschließlich Bild der eschatologischen, jenseitigen Vollendung. Erst in jüngeren eschatologischen Entwürfen – zu nennen sind hier vor allem Friedrich-Wilhelm Marquardt[15] und Jürgen Moltmann[16] – gewinnt es seine gegenwärtige und politische Bedeutung zurück.[17] Die Anknüpfung des utopisch Neuen an das Alte oder „Erste" bedeutet, dass von der gezeigten Vollendungsgestalt her auf den zu verwirklichenden Anfang des Neuen in der Gegenwart geschaut werden kann: dass also die erhoffte Gestalt der neuen Erde Kriterium und Inspirationsquelle ist für die Gestaltung der „alten" oder ersten Erde, die der Menschheit als Lebensraum nach wie vor aufgegeben ist.

Das apokalyptische Buch

Die urchristliche Schrift ist aus der apokalyptischen Bewegung des antiken Judentums herausgewachsen, die ein radikales Ende der Jetztzeit durch ein Eingreifen Gottes erwartete. Zwischen der als aussichtslos empfundenen Gegenwart und dem Neuen, das kommt, steht das Gericht Gottes, die endgültige Scheidung von Gut und Böse. Die von der apokalyptischen Gattung und Denkform dafür bereitgestellten Bilder und Vorstellungen sind die von Abbruch und Zerstörung kosmischen Ausmaßes, von Kriegen, Naturkatastrophen, Seuchen und Hungersnöten, wie sie bis heute in populären apokalyptischen Szenarien weiterleben.[18] So auch in unserem Buch. Was dann jedoch kommt, ist der Anbruch einer neuen, von Gott geschenkten, ewigen Ordnung, in der Johannesoffenbarung in Gestalt der neuen Stadt, des himmlischen Jerusalem. Im Unterschied zu der frühjüdischen apokalyptischen Literatur, die die Erlösung in einer (nahen) Zukunft erhoffte, geht die urchristliche Apokalyptik davon aus, dass die befreiende Zeitenwende mit der Auferstehung des gekreuzigten Jesus von Nazareth bereits erfolgt ist. Diskontinuität und Zerstörung, die das apokalyptische Denken kennzeichnen, werden also vom „Punkt Null" des Christusereignisses her verstanden. Der neue Äon ist von dorther bereits angebrochen und setzt sich in der Geschichte durch. Das ist das Thema der Johannesoffenbarung.

Die Perspektive des Lammes

Das zentrale Christussymbol der Johannesoffenbarung ist eine Tiergestalt: das als siegreicher Löwe (Offb 5,5) angekündigte Lamm, in dem sich stummes Opfertier und Befreiungszeichen des Exodus-Pascha, Sieg und Ohnmacht paradox verbinden. Es erscheint „wie geschlachtet" und doch aufrechtstehend (Offb 5,6): ein Bild für den Auferstandenen, der die Wundmale seiner Passion bleibend trägt (vgl.

Joh 20,27), der die Passion aber überwunden hat und die Niedrigkeitsgestalt des synoptischen Jesus nicht mehr trägt. Eine Buchrolle mit sieben Siegeln befindet sich in der rechten Hand Gottes (Offb 5,1); das bedeutet, dass sie ungelesen ist, denn eine geöffnete Rolle hält der antike Leser in der linken Hand.[19] Das mit den Siegeln als Testament gekennzeichnete Buch enthält Gottes Willen für die Welt, wie er den Adressaten offenbart werden soll (Offb 1,1).[20] Er ist mit dem Sinn der Geschichte – des „Weltgeschehens" – identisch, das in apokalyptischer Manier als Weltgericht und Weltvollendung vorgestellt ist. Das Lamm empfängt das Buch und die himmlischen Wesen verkündigen:

> „Du bist würdig, zu nehmen das Buch und aufzutun seine Siegel; denn du bist geschlachtet und hast mit deinem Blut Menschen für Gott erkauft aus allen Stämmen und Sprachen und Völkern und Nationen" (Offb 5,9; EÜ).

Das Lamm hat gesiegt, sodass es das Buch öffnen und lesbar machen kann (Offb 5,5). Mit der Öffnung der Siegel und den fast zeitgleich wie aus dem Buch selbst herausspringenden Reitern wird der Inhalt des Buches „Action", also inszeniertes Drama. Das bedeutet jedoch nicht, dass das Lamm die apokalyptischen Endereignisse in Gang setzt, vielmehr wird das Öffnen und Lesen, also das *Verstehen*, als *Geschehen* visualisiert, das augenblicklich eintritt; auf diese Weise wird die performative Kraft des Buches aktualisiert. Wenn man abstrahiert von der expressiven und spektakulären Dramatik des Gezeigten, die mit der apokalyptischen Gattung verbunden ist, bedeutet dies: Die Antwort auf die Frage nach dem Geschehen, das die Geschichte enthüllt (vgl. *apo-kalypsis*, Offb 1,1), ist das Lamm: Gott in seiner Hingabe-Liebe, die wehrlos und preisgegeben ist und gleichzeitig stark und todüberwindend. Ohne diese „Perspektive des Lammes" bliebe alles, was im Folgenden gezeigt wird, stumm und rätselhaft, eine Folge von unentrinnbaren, grauenvollen Strafhandlungen. Die Verschlossenheit der Geschichte ist es ja, die dem Seher die Tränen in die Augen treibt (vgl. Offb 5,4); auf die Ankündigung hin, dass die Siegel durch das Lamm geöffnet werden können, das Buch also lesbar sein wird, brechen Himmel, Erde, Unterwelt und Meer in unvorstellbaren Jubel aus, denn auch der Kosmos braucht die „Perspektive des Lammes". Der Seher wird am Beginn seiner Schau prophetisch in das Erleben der Erlösung aus der Perspektive der um Gottes Thron versammelten sichtbaren und unsichtbaren Schöpfung mit hineingenommen.

Die Botschaft, dass das Lamm es ist, das die Siegel des Buches öffnen und die Geschichte – Vergangenheit, Gegenwart und Zukunft – lesbar machen kann, ist die zentrale Leseanweisung für den Text der Johannesoffenbarung, ihr „Evangelium". Das Lamm ist der Kompass, mit dem der Leser durch die apokalyptischen Ereignisse navigieren soll, der Fixpunkt, der Halt im Strudel der Bilder gibt.

Das bedeutet für die Gewichtung des Gezeigten: Nicht die Katastrophen stehen im Mittelpunkt der geschauten Ereignisse – die drei Siebenerzyklen, so spektakulär sie sind, laufen ab und sind damit sozusagen vorbei –, sondern die prophetische Enthüllung der Grunddramatik des Weltgeschehens, das von seiner christologischen Mitte her geschaut wird. Diese Mitte kommt im Verlauf der Gesichte immer wieder zur Darstellung, und zwar dort, wo die großen christologisch gedeuteten Figuren auftreten, die durch ihre symbolische Charakterisierung aufeinander bezogen sind: der Menschensohngleiche in der Eingangsvision (Offb 1,9–20), das Lamm vor dem Thron (Offb 5,1–14), das Kind, das die Sternenfrau gebiert (Offb 12,1–6), und zweimal der Richter: als der Erntende (Offb 14,14–21) und als der Krieger und Keltertreter (Offb 19,11–21). In diesen metageschichtlichen Symbolgestalten wird das Verhältnis von Gericht und Heil, von Zorn und Gnade in den theologischen Kernpunkt geführt: Beides ist *im Christusereignis* geschehen, im Sieg des Lammes, und wird bei dessen eschatologischen Offenbarwerden zur Vollendung gelangen.[21] Diese letzte Christusfiguration, die der Vollendung, ist die himmlische Stadt.

Das himmlische Jerusalem: Teil des neuen Himmels und der neuen Erde

Die Stadt ist Teil des neuen Himmels und der neuen Erde, „denn der erste Himmel und die erste Erde sind vergangen" (Offb 21,1; EÜ). Wurden sie vernichtet?

> „Dann sah ich einen großen weißen Thron und den, der auf ihm saß; vor seinem Anblick flohen Erde und Himmel und es gab keinen Platz mehr für sie." (Offb 20,11; EÜ).

Flucht gehört zu den apokalyptischen Topoi:[22] Es ist der Gottesschrecken, die Reaktion des Menschen – und hier der Schöpfung – auf das Erscheinen Gottes, hier zum Gericht. Es geht also nicht um Vernichtung, sondern, apokalyptisch imaginiert, um das „Sterben" von Himmel und Erde vor dem Gerichtsthron Gottes, damit sie als neuer Himmel und neue Erde „auferstehen" können. Sterben und Auferstehen, das Schicksal und Mysterium des Lammes, vollziehen sich nicht nur am Menschen, sondern in dieser kosmischen Vision auch an der Schöpfung.[23] Nur das Meer, der Bereich des Todes, bleibt aus der neuen Schöpfung ausgeschlossen. Es „ist nicht mehr" (Offb 21,1), wie auch der Tod „nicht mehr sein" wird (Offb 21,4).[24] Die neue Stadt, die vom neuen Himmel her herabkommt, ist also Teil einer neuen Erde unter einem neuen Himmel. Es entsteht kein himmlisches Jenseits,[25] kein Elysium Gottes und seiner Gerechten irgendwo, während die alte Erde auf dem atmosphärischen Müll entsorgt wird.[26] Gott macht keine neuen Dinge *ex nihilo* – aus dem Nichts –, sondern er macht alle Dinge neu (Offb 21,5). Die verwandelnde Neuwerdung geschieht jedoch durch das Sterben im Gericht hindurch, das sich am Lamm, geschlachtet und aufrechtstehend, bereits rettend vollzogen hat.

Der nachtfreie Himmel

Die Unterscheidung von Himmel und Erde bleibt also bestehen – sie verschmelzen nicht. Was ist anders am neuen Himmel? Es gibt keine Nacht mehr, und auch das Licht der Sonne ist nicht mehr nötig (Offb 21,23–25; 22,5). Es ist also ein Himmel mit gewaltigen kosmischen Veränderungen. Das bedeutet mit Günter Thomas:[27] Die Unterscheidung zwischen Tag und Nacht war das Resultat des ersten Schöpfungstages (Gen 1,3–5). Indem er diesen Rhythmus verändert, „eröffnet sich Gott selbst mit diesem Himmel ein neues *Möglichkeitsspektrum* der Gemeinschaft mit den Menschen."[28] Der Rhythmus von Tag und Nacht bestimmt ferner die Zeit und damit auch den Kult. Das wird in der Abwesenheit des Tempels weiter konkretisiert. Die Nacht steht für die Unzugänglichkeit des Himmels, andererseits steht sie für das Lebensbedrohliche, Gefährliche. Ohne Tod und Schmerz bleibt der Himmel das der Verfügbarkeit Entzogene, aber ausschließlich lebensfördernd und lebenssteigernd. Ohne die Nacht schließlich, die biblisch auch die Nacht des Verrats ist, können die Tore geöffnet bleiben; der Fremde bedroht nicht mehr als Feind.

Die gängigen apokalyptischen Vorstellungen sind vom Kampf geprägt. In der Johannesoffenbarung werden jedoch keine Kämpfe geschildert, an denen Gott beteiligt wäre: Gigantische Schlachtenaufmärsche gehen unmittelbar in Sieg über; auch das Kind der Sternenfrau wird entrückt, bevor es zum Kampf mit dem Drachen kommt (Offb 12,5). Gott kämpft nicht, er siegt. In gleicher Weise ist auch die Abschaffung der Nacht nicht das Ergebnis eines kosmischen Kampfes, sondern die Konsequenz der Gegenwart der strahlenden Herrlichkeit Gottes in seiner Einwohnung in der Stadt.

Eine neue urbane Welt: erlöste Kultur

Was ist anders an der neuen Erde? Sie empfängt die neue Stadt, die von Gott her auf sie herabkommt. Dieses „Herabsteigen" ist Gottes Bewegung zu den Menschen in der Inkarnation und in der Geistausgießung. Diese Bewegung wird nun weiter in die irdische Wirklichkeit hinein entgrenzt[29] und gleichzeitig sehr menschlich als urbane Welt figuriert. Vor den Augen antiker Leser:und Leserinnen entsteht eine ideale hellenistische Polis mit den rechtwinklig angelegten Straßenzügen im Quadratrastertyp, dem antiken hippodamischen System. Auch die gemischte Verfassung von Theokratie und Demokratie entsprechen den idealen antiken Vorstellungen. Das Signal ist deutlich: Die Bilder der himmlischen Stadt wollen auch politische Theologie sein.[30]

Die Größe der Stadt ist ins Surreale gesteigert: ein Kubus von 12.000 Stadien, also 2.200 Kilometern (Offb 21,15–7). Die Größe dieser Megacity Gottes überdeckt damit das Imperium Romanum in seiner gesamten damaligen Ausdehnung.[31] Auch die Kostbarkeit der Stadt sprengt jedes Maß. Marmor, das ideale Baumaterial einer Kaiserstadt, wird nicht einmal erwähnt. Stattdessen ist die Stadt aus Perlen und Edelsteinen erbaut. Schönheit und Transparenz kennzeichnen sie, nicht Reichtum und Sicherheit.

Polis bedeutet automatisch auch Bürgerschaft, also Sozialordnung als wesentliches Element von Kultur. Es gibt deshalb ein System von Herrschaft im Neuen Jerusalem, aber dieses ist für Bewohner hellenistischer Städte im Römischen Imperium geradezu ad absurdum geführt. „Alle ‚Bürger' der Stadt sind … ‚Herrscher', aber ohne, dass es noch von ihnen ‚Beherrschte' gäbe."[32] Die ‚Herrschaft' der ‚Sklaven' Gottes besteht in der Schau des Angesichtes Gottes (Offb 21,4). Darin erfüllt sich das Bundesprojekt Gottes, dessen Ziel darin besteht, dass die Erde – das Kollektiv, die Öffentlichkeit – von der Erkenntnis Gottes gefüllt werde:

„Man tut nichts Böses und begeht kein Verbrechen auf meinem ganzen heiligen Berg; denn das Land ist erfüllt von der Erkenntnis des Herrn, so wie die Wasser das Meer bedecken." (Jes 11,9; EÜ).

In der Erkenntnis Gottes erfüllt sich aus jüdischer Sicht die Verheißung des Friedens. Im Unterschied zu populären Vorstellungen von neuer Schöpfung ist die neue Welt Gottes also gerade nicht der wiederhergestellte mythologische Urzustand des Paradieses, sondern ein urbaner Raum, erlöste Kultur. Das will sagen, dass die gesamte Geschichte der Menschheit, die nach jüdischem und christlichem Verständnis eine Geschichte Gottes mit den Menschen ist, in diese Vollendung eingehen wird. Man möge sich vorstellen, dass die Schönheit eines Mozartrequiems mit der Schönheit einer Koranrezitation, um nur symbolisch zwei Ausdrucksformen religiös-kultureller Schönheit zu nennen, gemeinsam in dieser Stadt existieren werden, beide in verwandelter Gestalt und nicht mehr in Konkurrenz zueinander. Ein vergleichbares Beispiel für eine „erlöste" gegenwärtige Stadtkultur kann ich mir nicht vorstellen, ohne fantastisch zu wirken. Würde ein heutiger Seher eine Fabrik zeigen, aus deren Abflüssen Heilwasser strömen, in denen Kinder baden? Ist er ein antikes Pendent visionärer Städteplaner, die heute eine Müllverbrennungsanlage zur Fernwärmeerzeugung bauen und darauf eine grüne Skipiste als Raum der Erholung und Begegnung für Städter setzen?[33] „Herrschaft" im neuen Jerusalem bedeutet menschliche Ökologie aus der gemeinsamen Verantwortung vor Gott und inspiriert damit eine ganzheitliche Ökologie der Stadt, die ein Gleichgewicht von Biosphäre und Technosphäre umfasst.

Die Schrift endet also nicht mit einem Ferienkatalog mit Strand unter Palmen für erschöpfte Städter, sondern mit einer gewaltigen geistigen Provokation. Leserinnen und Leser bekommen etwas gezeigt, das einen Auftrag enthält: so etwas wie die Blaupause des ihnen nach wie vor anvertrauten irdischen, urbanen Lebensraums.

Menschen als Raum: ein neuer Raumvertrag

Wo sind die Menschen im himmlischen Jerusalem? Es scheint menschenleer zu sein. Auch gibt es keine Häuser für Menschen in dieser Stadt, keinen abgeschlossenen Wohnraum, nur Straßen und Tore als die biblischen und orientalischen Orte der Kommunikation. Alles ist Bewegung im Licht, freie und ungehinderte angstfreie Begegnung und Austausch auf ihrer Straße aus „reinem Gold, wie aus klarem Glas" (Offb 21,21). Das Neue Jerusalem zeigt nicht einen Raum für Menschen, sondern es zeigt Menschen als Raum.[34] Eine neue Art von grenzüberschreitender Beziehung wird als neue Art von gemeinschaftlich bewohntem Raum imaginiert: Räumliche und personale Kategorien veranschaulichen sich gegenseitig und bilden so eine Vision des Friedens. Der Reichtum der Völker und Kulturen wird in diese Stadt gebracht, die ohne die bedrohliche Nacht keinen Ausschluss und keine Abgrenzung mehr nötig hat und ihre Tore deshalb nicht schließt (Offb 21,24–26). Das bedeutet, dass in dieser Stadt alle Nationen ein Wohnrecht erhalten: „Jeder ist dort geboren" (vgl. Ps 87,5). Das verstand sich im ersten Jahrhundert als Ablehnung der Weltherrschaft Roms und aller nicht nach dem Willen Gottes fragenden Machtansprüche. Heute lesen wir die „Theologie der Tore" vor dem Hintergrund der Fluchtbewegungen über das Mittelmeer nach Europa, aber auch vor der millionenfachen Flucht vom Land in die Stadt, die sich vor allem in den Ländern Asiens abspielt. Die Megacity Gottes ist eine „Arrival City"[35] im wörtlichen Sinn, eine Stadt der gastfreundlichen Ankunft, die es sich leisten kann, ihre Tore offen zu halten!

Friedrich-Wilhelm Marquardt betont in seiner utopischen Theologie eindringlich die in der nachkonziliaren Eschatologie vergessene Kategorie des Raums.[36] Das Neue Jerusalem verheißt den mit dem Paradies verlorenen gemeinsamen Lebensraum von Mensch und Gott im Kontext der menschlichen Lebensform Stadt.[37] Das bedeutet: Ohne die humane Stadt ist das Paradies nicht zu haben.[38] Dies entspricht der von Bruno Latour geforderten Umkehr der Richtung im Verhältnis von Himmel und Erde. Die Schau des himmlischen Jerusalem nährt die konkrete Sehnsucht der Menschen nach einem bewohnbaren Lebensraum und wendet deren Blick vom Himmel zurück auf die Räume, deren Gestaltung in den „Alt-Städten“ (Marquardt) der „alten Erde“ ihnen nach wie vor aufgegeben ist.

Im Neuen Jerusalem verkörpert sich ein neuer Raumvertrag (*spacial contract*), wie ihn zeitgenössische Städte- und Raumplanerinnen und -planer angesichts zunehmender politischer Spaltung und wachsender ökonomischer Ungleichheit fordern und zu verwirklichen trachten. „How will we live together?“ Das ist die brennende Frage in einer Welt verdichteter Städte, in denen Menschen trotz zunehmender Individualisierung danach verlangen, sich miteinander und mit anderen Spezies im digitalen und realen Raum zu verbinden. „How will we live together“ war deshalb das Thema der *Biennale Architettura* 2021 in Venedig. Hashim Sarkis, ihr Kurator, formuliert das Gesuchte:

> „Ein Raumvertrag könnte ein Gesellschaftsvertrag sein. Wir suchen nach einem Raumvertrag, der gleichzeitig universell und inklusiv ist, ein erweiterter Vertrag für Völker und Arten, um in ihrer Pluralität zu koexistieren und zu gedeihen."[39]

Der – virtuelle – Gang durch die Weltausstellung liest sich als faszinierender Midrasch der biblischen Utopie, konzipiert und realisiert von Architekten, Ingenieurinnen, Handwerkern, Künstlerinnen, Politikern und Bürgerinnen aus der ganzen Welt.[40] Das zeigt die Aktualität der himmlischen Stadt und ihrer räumlichen Utopie, die der theologischen Eschatologie aus dem Blick geraten ist. Der Reichtum der Kreativität, der Sorge, der Verantwortung und des Optimismus, der in der Weltausstellung zu sehen ist, ist ein wohltuender Kontrapunkt zu manchen Zukunftsszenarien, die im apokalyptischen Alarmismus der Katastrophe stehenbleiben: Babylon ohne Jerusalem. Demgegenüber fand ich in Venedig den Geist der Enzyklika von Papst Franziskus *Laudato Sí* konkretisiert:[41] Das gesuchte Miteinander ist Stadt, geteilter urbaner Lebensraum in ökologischer Verantwortung geworden.

Kultische Säkularität: „Kein Tempel"

Das Wichtigste, was der Seher in dieser Stadt sieht, ist das, was er nicht sieht:

> „Einen Tempel sah ich nicht in der Stadt. Denn der Herr, ihr Gott, der Herrscher über die ganze Schöpfung, ist ihr Tempel, er und das Lamm." (Offb 21,22; EÜ).

Das neue Jerusalem zeigt keinen Raum für Gott, sondern Gott als Raum.[42]

Für F.-W. Marquardt bedeutete die Tempellosigkeit der Stadt das Ende aller Vermittlungssysteme in einer eschatologischen Säkularität Gottes:[43]

> „Sie gründet in der Menschlichkeit und Weltlichkeit Gottes als eines Bürgers und Zugangsberechtigten in der Stadt, besser: in seinem originären Bürgerrecht in dieser Stadt."[44]

Die Johannesoffenbarung denkt allerdings nicht vom neuzeitlichen Prozess einer Säkularisierung her, die zum Schluss den heiligen Ort ergreift,[45] sondern umgekehrt: Es ist der radikalisierte Kult, die Heiligkeit Gottes selbst, die sich universal ausbreitet, das Profane ergreift und es sich verwandelnd einverleibt. Insofern könnte man paradox von einer „kultischen Säkularität" sprechen. Das Zusammenleben Gottes mit den Menschen (Offb 21,3) macht die Stadt zum Ort der Gegenwart Gottes. Nach Klaus Berger steht hinter dieser Schau das Jesuswort vom nicht von Händen gemachten Tempel:

> „Wie in Mk 14,58 ist der Auferstandene der Ort der Gegenwart Gottes und insofern Tempel, die ausstrahlende Gegenwart Gottes, die heiligende Mitte, die ansteckende Heiligkeit."[46]

Deshalb sind die „trennenden tödlichen Grenzen zwischen heilig und profan, zwischen Leben und Tod, zwischen Gott und Mensch"[47] in der himmlischen Stadt aufgehoben. Auf diese Weise wird im Neuen Testament das Wirken des Heiligen Geistes beschrieben.[48] Im himmlischen Jerusalem wird die ordnende Kraft, die „vielbunte Weisheit" (vgl. Eph 3,10) und Schönheit Gottes, das Wirken des Geistes, städtebaulich visualisiert.

Ein Heilgarten für die Völker

Der kristallklare Lebensstrom, der bei Ezechiel vom Tempel ausgeht (Ez 47,1–12), strömt im himmlischen Jerusalem vom Thron Gottes und des Lammes aus mitten durch die Stadt. Die Stadt ist der erneuerte Garten Eden mit dem Baum des Lebens für alle, ein Heilgarten für die Völker (vgl. Jes 30,26).

Der erste Lebensraum, den Gott für den Menschen anlegte, war ein Garten. Dieser ist ein religionsgeschichtlich im Alten Orient und darüber hinaus zu findendes Zeichen für die Einbeziehung und Befriedung des bedrohlichen Außen in das geschützte Innen eines begrenzten und gestalteten Raumes.[49] Der Garten Eden war somit gewissermaßen ein erstes „göttliches Kulturprodukt".[50] Dieser Garten ist jetzt in die Stadt integriert – oder muss man sich die Stadt als Teil des neuen Gartens vorstellen? Auf den Urgarten bezieht sich auch die Verheißung, dass es nichts mehr geben wird, „was der Fluch Gottes trifft" (Offb 22,3): Die Trennung von Gott, die im Fluch unter dem Baum ihren Anfang nahm, wird sich nicht wiederholen (Gen 3,14). Wozu bedarf es der Heilung, wenn die Tränen abgewischt sind und Geschrei und Schmerz nicht mehr sein werden? Der Heilungsprozess, der vom

Lamm ausgeht, wird auch nach der Beseitigung der Sünde und ihrer Folgen nicht zum Ende kommen, sondern eine dauerhafte Erfahrung von Heilung sein, die alle Völker erreicht. Wie der Glanz der Stadt, die Dynamik der Liebe, nicht erlischt, so endet auch nicht die Heilerfahrung der Völker in ihr, denn beides geht von derselben Quelle aus. Vielleicht liegt hier ein Hinweis auf das Lamm, das die Wunde seiner Schlachtung sichtbar trägt (Offb 5,6), während die tödliche Wunde beim Tier aus dem Meer, dem „Anti-Lamm", verheilt ist (Offb 13,3).[51] Indem sich die Leserin der Schau des Heilgartens aussetzt, erfährt sie eine Heilung ihrer verwundeten Imagination.

Ausblick: Das Neue Jerusalem – Gabe des Lebens

Die Stadt Gottes, der urbane Lebensraum für die Völker, der den Garten in sich einschließt, ist als Vollendung des Humanum vorgestellt. In einer Gegenwart, die sich der Grenzen der menschengeformten Erde bewusst wird, und in der vom posthumanen Zeitalter geredet wird,[52] ist das provozierend. Wo bleiben in dieser Vision der Vollendung die Pflanzen – die Fruchtbäume sind „nur" als Heilmittel für die Menschen da; wo bleiben die Tiere? Das himmlische Jerusalem ist zweifellos eine auf den Menschen zentrierte Schau. Es ist die Geschichte der Menschen, die in der neuen Stadt eine Therapie erfährt und Jerusalem zu einem Heilgarten macht, einer neuen Gemeinschaft der Völker, die ihren Reichtum in einer „lebensförderlichen Differenzkultur"[53] teilen.

Ist das Neue Jerusalem im heutigen Sinn anthropozentrisch? So hat man es lange gelesen. Die Vollendung der Schöpfung war lediglich als Teilhabe an der Vollendung der Menschen im Blick. Menschen heute lesen die neue Stadt vor dem Hintergrund ihrer Sorge um die für die Noch-nicht-Geborenen und die bedrohte Erde. Sie suchen nach Quellen der Inspiration für ihre Verantwortung und nach den Ressourcen, aus denen sie sich nähren kann. Was die Heilige Schrift anbietet, ist die Hoffnung aus der Botschaft der Auferstehung. Daran muss sich christliche Theologie freilich neu annähern, wenn sie sich mit ihrer Verkündigung der ökologischen Veränderung stellen will, wie Latour dies einfordert. Christoph Theobald beschreibt das so:

> „Sich als Gast oder Erbe und nicht als Beherrscher und gewaltsamer Ausbeuter unserer Erde zu verstehen und in der ethischen Abwägung all unserer Aktivitäten die zukünftige Bewohnbarkeit unseres Planeten für die noch nicht geborene Generationen mit in Betracht zu ziehen, impliziert einen Akt der Hoffnung und des Glaubens an die Auferstehung."[54]
> Und weiter: „Wir handeln dann so, als ob alle Generationen seit Anbeginn der Menschheit und bis zu ihrem Ende auf diesem Planeten eine geheimnisvolle Einheit bildeten und die Geschichte unserer Erde von den Lebenden, Toten und noch nicht Geborenen ‚gewebt' würde. Genau dies ist, zumindest in erster Annäherung, mit dem Begriff der Auferstehung gemeint." [55]

Das himmlische Jerusalem, so möchte ich sagen, gibt dieser Auferstehung eine visionäre und zugleich konkrete Gestalt. Sie ist der nicht von Händen gemachte Tempel des Auferstandenen (Mk 14,58; vgl. Joh 2,21). Das vollendete Heiligtum ist biblisch jedoch das Zentrum des Kosmos; wenn Gott darin wohnt, bewohnt er darin auch den vollendeten Kosmos.[56] Die Bewegung der vollendenden Transformation, die auch den Kosmos ergreift, geht aus vom Lamm, das geschlachtet ist und aufrecht steht, vom gekreuzigten und auferstandenen Christus, der im Geist gegenwärtig ist und wirkt. Die neue Stadt bringt nicht den Himmel auf die Erde, sondern ist die auferstandene Stadt auf der auferstandenen Erde, die befriedete *Humanitas* in der befriedeten Schöpfung. Insofern ist Offb 21–22 mit Römer 8 vergleichbar, dem zweiten großen biblischen Text über die Transformation der Schöpfung.

Die Johannesoffenbarung endet mit einer strahlenden Epiphanie. Sie will die von dunklen Bildern gequälte Imagination ihrer

Leserinnen und Leser heilen. Als apokalyptische Schrift kennt sie die Drohrede, die mahnend zur Umkehr aufruft. Sie weiß vom Zorn Gottes, der dem Bösen eine Grenze setzen wird und die Stimme der Opfer hört. Ihr prophetischer Geist bleibt dabei jedoch nicht stehen, sondern wagt die Schau der Gabe des Lebens, das umsonst gegeben wird (Offb 21,6). Die Gabe konkretisiert sich im neuen Lebensraum der Stadt, die von Gott her am Kommen ist. In dieser pneumatischen Christusgestalt ist Gott im Kommen: Mit dieser Zusage endet die Heilige Schrift (Offb 22,20).

Anmerkungen

1 Theobald, Christoph: *Christum als Stil. Für ein zeitgemäßes Glaubensverständnis*, Freiburg: Herder, 2018, 200.

2 Eine ausführlichere Version dieser Auslegung des himmlischen Jerusalem findet sich in Gruber, Margareta: *The Heavenly Jerusalem – Planetary Utopia (Rev 21:1–22:5). An Architectural Vision of Hope for the Habitat Earth*, in: Eckholt, Margit (Hg.): *Creation – Transformation – Theology*, Berlin 2022, 237–255. Der vorliegende Beitrag ist eine überarbeitete und gekürzte deutsche Version dieses Textes. Weitere Vorarbeiten, die in den vorliegenden Text eingeflossen sind, sind Gruber, Margareta: *Das Neue Jerusalem – prophetische Utopie für urbane Friedensräume. Eine Lektüre von Offb 21,1–22,5*, in: Azcuy, Virginia R./Eckholt, Margit (Hg.): *Friedens*räume. Interkulturelle Friedenstheologie in feministisch-befreiungstheologischen Perspektiven, Mainz 2018, 273–285; Gruber, Margareta: *Gott kämpft nicht, er siegt. Bilder von Gericht und Erlösung in der Johannesapokalypse*, in: Deeg, Alexander/Lehnert, Christian (Hg.), *Krieg und Frieden. Metaphern der Gewalt und der Versöhnung im christlichen Gottesdienst*, Leipzig 2022, 23–68.

3 Horn, Eva: *Zukunft als Katastrophe*, Frankfurt a. M., 2014.

4 Vondung, Klaus: *Die Apokalypse in Deutschland*, München, 1988.

5 Horn, *Katastrophe*, 27.

6 Ebd., 20.

7 Ebd., 17.

8 Latour, Bruno: *Ecological Mutation and Christian Cosmology*, in: Eckholt, Margit (Hg.): *Creation – Transformation – Theology. International Congress of the European Society for Catholic Theology*, Osnabrück 2022, 85–94. .

9 Ebd., 86.

10 Ebd., 89: „fighting agaist ‚materialism' seems a very outdated task when, on the contrary, we must learn to rematerialise, in a thousand different ways, our belonging to the earth."

11 Ebd., 89: „Any narrative that minimises the spatial demand of eschatology in favour of a projection in time betrays, in fact, the very demand of salvation."

12 Ebd., 90.

13 Wertvolle Hinweise verdanke ich folgenden Autorinnen und Autoren: Stoltmann, Dagmar: *Jerusalem – Mutter – Stadt. Zur Theologiegeschichte der Heiligen Stadt* (Münsteraner Theologische Abhandlungen 57), Altenberge 1999; Grimm, Michel Alban: *Lebensraum in Gottes Stadt. Jerusalem als Symbolsystem der Eschatologie* (Jerusalemer Theologisches Forum 11), Münster 2007.

14 Vgl. Markschies, Christoph: *Himmlisches und irdisches Jerusalem im antiken Christentum*, in: Hengel, Martin/Mittmann, Siegfried/Schwemer, Anna M. (Hg.), *La Cité de Dieu. Die Stadt Gottes* (WUNT 129), Tübingen 2000, 303–350.

15 Marquardt, Friedrich-Wilhelm: *Eia, wärn wir da – Eine theologische Utopie*, München 1997, Nachdruck Kamen 2021.

16 Moltmann, Jürgen: *Das Kommen Gottes. Christliche Eschatologie*, Gütersloh 1995.

17 Vgl. dazu ausführlich Grimm: *Lebensraum*, 87–102. 124–164.

18 Zur Einführung vgl. Tilly, Michael: *Apokalyptik*, Tübingen 2012.

19 Vgl. dazu von Möllendorff, Peter: *„Nimm und verschling es!" Elemente einer Poetik der Johannes-Apokalypse*, in: Alkier, Stefan/Hieke, Thomas/Nicklas, Tobias (Hg.): *Poetik und Intertextualität der Johannesapokalypse* (WUNT 346), Tübingen 2015, 155–176, hier 162.

20 Ebd., 163.

21 Vgl. dazu Gruber, Margareta: *Gott kämpft nicht, er siegt*, 63–68.

22 Vgl. Berger, Klaus: *Die Apokalypse des Johannes*, Bd. I/2, Freiburg 2020, 1360.

23 Das neue Jerusalem ist also „weder *im* Himmel, noch bringt es *den Himmel auf die Erde*. Vielmehr kommt es innerhalb der Unterscheidung eines neuen Himmels und einer neuen Erde *aus* dem Himmel herab – *auf* die erneuerte Erde", vgl. Thomas, Günter: *Neue Schöpfung. Systematisch-theologische Untersuchungen zur Hoffnung auf das „Leben in der zukünftigen Welt"*, Neukirchen-Vluyn 2009, 500.

24 Dem entspricht auf der anthropologischen Seite der Ausschluss der Götzendiener durch ihre endgültige Entmachtung im Feuersee, Offb 21,8.

25 Thomas: *Neue Schöpfung*, 502: „Das Herniederkommen der neuen Stadt bestreitet faktisch die Auffassung, dass es um die Hoffnung auf ein himmlisches Jenseits gehen kann."

26 Nichts wird vernichtet, auch nicht die widergöttlichen Kräfte, selbst nicht der Tod. Der Feuersee, das Schreckensbild, ist weder das Bild einer totalen Vernichtung noch einer ewigen Folter, sondern Symbol ihrer eschatologischen Entmachtung.

27 Thomas, *Neue Schöpfung*, 500–510.

28 Ebd., 503 f.

29 Ebd., 510.

30 Ist sie eine Utopie? Insofern sie sich kritisch auf eine gegenwärtige Situation bezieht (Babylon-Rom) und die Menschen dazu auffordert, ihr Handeln entsprechend

auszurichten (Zieh weg!), kann man sie so bezeichnen. Das himmlische Jerusalem versteht sich jedoch nicht fiktiv-utopisch, sondern prophetisch-utopisch als Ansage eines Handelns Gottes: Er ist es, der die Endlichkeit der Schöpfung vollenden wird. Das himmlische Jerusalem ist ein Geschenk, das die Menschen von Gott her empfangen, nicht das Resultat ihrer Anstrengungen oder der geschichtlichen Entwicklung. Über den *Zeitpunkt* ihrer Erfüllung macht die biblische Schrift entgegen aller sich daran knüpfenden Spekulationen keine Aussage.

31 Kraybill, J. Nelson: *Imperial Cult and Commerce in John's Apocalypse* (JSNT.S 132), Sheffield 1996, 211.

32 Ebner, Martin: *Die Stadt als Lebensraum der ersten Christen*. Das Urchristentum in seiner Umwelt I, Göttingen 2012, 65.

33 Vgl. die 2017 eröffnete Müllverbrennungsanlage in Kopenhagen, Amagar Bakke, gebaut vom dänischen Architekturbüro BIG (Bjarke Ingels Group).

34 Vgl. treffend den Titel von Gundry, R. H.: *The New Jerusalem. People as Place, not Place for People*, in: NovT 29 (1987), 254–264.

35 Vgl. Saunders, Doug: *Arrival Cities. Über alle Grenzen hinweg ziehen Millionen Menschen vom Land in die Stadt. Von ihnen hängt unsere Zukunft ab*, München 2011.

36 Vgl. Marquardt: *Utopie*.

37 Vgl. die Darstellung bei Grimm, *Lebensraum*, 124–164.

38 Ebd., 153.

39 Sarkis, Hashim: *How will we live together? Biennale Architettura 2021*, Venezia 2021, 24–31, hier 29: „A spatial contract could constitute a social contract. We are looking for a spatial contract that is at once universal and inclusive, an expanded contract for peoples and species to coexist and thrive in their plurality."

40 In dieser Vielstimmigkeit und Diversität der Biennale liegt der Unterschied zu allen Versuchen, das himmlische Jerusalem aus einer einzigen Hand irdisch zu konkretisieren, was immer wieder zu totalitären Lösungen geführt hat, ob nun politisch oder architektonisch. Zu Letzterem vgl. etwa das 1970 in der Wüste von Arizona gegründete *Arcosanti*, das unvollendet gebliebene Experiment einer Stadtutopie des Architekten Paolo Soleri.

41 Papst Franziskus, *Enzyklika LAUDATO SÍ über die Sorge für das gemeinsame Haus*, Rom: Libreria Editrice Vaticana, 2015.

42 Marquardt greift hier die rabbinische Gottesbezeichnung Maqom (Ort) auf, vgl. Marquardt, *Utopie*, 62–67.

43 Vgl. Grimm, *Lebensraum*, 145 f.

44 Marquardt, *Utopie*, 259.

45 Cox, Harvey: *Stadt ohne Gott?* Stuttgart und Berlin 1969.

46 Berger, *Apokalypse*, 1463.

47 Ebd., 1458.

48 Ebd., 1458 f. 1462; vgl. auch Thomas, *Schöpfung*, 510.

49 Vgl. Hultgård, Andreas: *Das Paradies: vom Park des Perserkönig zum Ort der Seligen*, in: Hengel, *La Cité de Dieu*, 1–43.

50 Thomas, Günter: *Instabilitäten im Naturbegriff und Ambivalenzen der Natur. Einführende Beobachtungen zu den naturalen Seiten der Schöpfung*, in Janowski, Bernd/Thomas, Günter (Hg.): *Natur und Schöpfung* (JBTh 34), Göttingen 2020, 1–24, hier 8.

51 Man könnte ferner auf das Johannesevangelium verweisen, das die Wundmale im Körper des Auferstandenen zeigt und zu einem Ort der Gotteserkenntnis werden lässt, vgl. Joh 20,27 f.

52 Abraham, Susan/Caro, Bernardeth/Huang, Po Ho (Hg.): *Inkarnation im post/humanen Zeitalter*, Concilium. Internationale Zeitschrift für Theologie 57 (2021).

53 Thomas, *Schöpfung*, 509.

54 Theobald, *Christentum*, 219.

55 Ebd.

56 Vgl. hier die kosmischen Christushymnen der Deuteropaulinen.

AUFERSTEHUNG: LEBEN NACH DEM TOD

Heinrich Christian Rust

Die Morgensonne schien auf den gedeckten Frühstückstisch am Ostermontag. „Warum feiern wir Ostern?“ Als Vater und Pastor wollte ich unsere drei Kinder mit dieser Frage noch einmal auf den Sinn des Festes hinweisen. Die Antwort ließ nicht auf sich warten: „Da ist Jesus auferstanden, Papa, das weißt du doch!“ Gut, dass die Grundschulkinder das so klar sagen können. Der beliebte Osterkanon *Der Herr ist auferstanden* wurde sogleich unter der musikpädagogischen Leitung meiner Frau Christiane angestimmt. Freude vermengte sich mit den Stahlen der Morgensonne. Unsere achtjährige Eva-Maria wollte es genau wissen. „Papa, warum feiern wir Ostern jedes Jahr? Jesus ist doch nur einmal auferstanden, oder passiert das jedes Jahr neu?“ Eine kluge Frage aus kindlichem Mund, dachte ich. „Nun, weil Jesus dem Tod die Kraft genommen hat, werden wir alle vom Tod wieder auferstehen. Daran erinnern wir uns jedes Jahr!“ Mit meiner Erklärung war ich vorerst zufrieden und auch der Rest der Familie. Doch Eva wollte noch mehr wissen: „Wo sind die Toten denn jetzt?“ Wie sollte ich auf diese Fundamentalfrage nur kindgerecht antworten? „Wenn jemand von uns stirbt, dann glaube ich, sind wir ganz dicht bei Jesus. Er schützt uns. Der Tod kann uns nicht aus der Liebe Gottes herausreißen. Es ist so, als wenn der liebe Gott uns auf seinen Schoß nimmt. Wir haben dann keine Traurigkeit mehr und uns tut nichts mehr weh. Auf dem Schoß Gottes ist es wunderbar! Wenn Jesus dann wiederkommt und alle können ihn sehen, dann kriegen wir einen neuen Körper. Wir werden uns wohl wiedersehen!" – „Cool! Das ist ja super!" Eva war ganz begeistert, und nun pellte sie noch fröhlicher ihr buntes Frühstücksei und summte dabei erneut die Melodie des Osterkanons.

An diesem Ostermontag machten wir uns auf, um meine Eltern zu besuchen. Meiner 65-jährigen Mutter ging es schon einige Wochen nicht gut. Wir freuten uns auf das Wiedersehen. Kurz bevor wir uns verabschiedeten, erlitt sie einen heftigen Herzinfarkt. Wenig später war sie tot. Es war ein Ostertag, den ich wohl niemals vergessen werde. Der Schock und der Schmerz über den Verlust eines geliebten Menschen war so stark! Als wir am späten Abend zurückfuhren, war es sehr still im Auto. Ich musste immer wieder mit den Tränen kämpfen. „Papa, der Oma geht es jetzt richtig gut! Sie ist auf dem Schoß vom lieben Gott! Und später werden wir sie wiedersehen!" Nun erinnerte mich unsere Eva wie eine kleine Familienseelsorgerin an diese großartige Osterhoffnung. Wie gut ist es, dass wir Christen diese Hoffnung haben!

Gibt es ein Leben nach dem Tod?

Mit dem Tod werden wir alle konfrontiert. Entweder, wenn wir an unser eigenes Ende denken oder wenn wir einen geliebten Menschen oder ein Tier durch Tod verlieren. Tod und Trauer finden allerdings in der zunehmend säkularisierten westlichen Welt nur wenig Beachtung. Bei christlichen Trauerfeiern wird uns das bekannte Psalmgebet noch ans Herz gelegt: „Lehre uns bedenken, dass wir sterben müssen, auf dass wir klug werden! (Ps 90,12; LU). Doch werden Tote schnell weggeschoben, sie sollen uns nicht ständig an unser eigenes Ende erinnern. Es gibt kaum noch eine Trauerkultur, wie wir sie vielfach aus anderen Kulturen und Religionen kennen. Wenn man noch zu Gott beten kann, dann würde sich ein solches Gebet in unserer Zeit wohl eher so anhören: „Herr, hilft uns, dass der Tod und das Sterben uns nicht aufhalten im Leben!" Durch eine zunehmende Entfremdung vom christlichen Glauben bleibt allenfalls noch eine Bestattungskultur übrig, die möglichst schnell abgewickelt werden soll. Viele Menschen haben kein transzendentes Zuhause mehr. Sie sind damit auch angesichts des Todes nicht hoffnungsvoll, sondern hoffnungsarm – entleert. Wenn am Ende des Lebens nur das offene Grab ist, das uns wie ein dunkles Loch aus dem Nichts anstarrt, so kann man dieses Ende auch nur verdrängen oder sich selbst ein eigenes trostreicheres Finale ausdenken. Einige transzendent Obdachlose unserer Zeit fischen sodann in diversen Religionen und stellen sich ihre eigenen religiösen Trostkonstruktionen zusammen. Attraktiv ist in diesem Zusammenhang der Gedanke der Reinkarnation, wie wir ihn zum Beispiel in östlichen Religionen oder Naturreligionen finden. Demnach werden wir „irgendwie" weiterleben oder noch einmal leben, und dann möglichst besser leben als jetzt. Eine derartige Vorstellung von Reinkarnation deckt sich nicht mit dem biblischen Zeugnis, wenn wir lesen: „Es ist dem Menschen bestimmt, einmal zu sterben, danach das Gericht." (Hebr 9,27) Wenngleich hier das Thema Auferstehung nicht explizit benannt wird, so kann es doch nur ein individuelles Gericht geben, wenn sich die Identität eines Menschen nach dem Sterben nicht auflöst. Zudem wird betont, dass der Mensch nur „einmal" stirbt. Die Idee einer Reinkarnation ist außerdem nicht nur trost- und hoffnungsstiftend. Ein neues Leben auf diesem Planeten könnte durchaus negativer ausfallen als das vorhandene. Hoffnung braucht nicht die Farben der Illusion, sondern so etwas wie Gewissheit.

Die skizzierte Hoffnungsleere unserer Zeit angesichts des Sterbens zeigt sich in den neueren sozialen Umfragen in unserem Land. Gemäß einer Umfrage des Emnid Instituts vom März 2022 im Auftrag des evangelischen Magazins *Chrismon* glauben mehr als ein Drittel (36 Prozent) der Befragten, dass ein verstorbener Mensch nur in den Erinnerungen anderer weiterlebt. Jeder Fünfte ist der Auffassung, dass die Seele in einer Art himmlischem Zustand weiterexistiere. Nur neun Prozent glauben, dass der Mensch zum Gottesgericht und zu neuem Leben auferweckt wird. Zwei Prozent sind der Überzeugung, dass der Tod gleich einem Schlaf sei, aus dem der Mensch am Jüngsten Tag erwache.[1] Ein verantwortungsvolles Leben braucht hingegen eine Verankerung in dem, was der Soziologe und Sozialphilosoph Hans Joas als „das Heilige" beschreibt. Wenngleich Joas die Verantwortung der Kirchen hier im Blick hat, betont er die Möglichkeit einer „Selbsttranszendenz" des Menschen.[2] Wie viel Hoffnung kann ein Mensch angesichts des Todes aus sich selbst hervorbringen? Wieso findet die christliche Hoffnungslehre von der Auferstehung der Toten so wenig Beachtung in unserer Zeit?

Auferstehung – Fundus oder Fake?

Gehört die Lehre von der Auferstehung zu den Fundamenten christlichen Glaubens oder ist sie als *Fake* (Fälschung), als mystische Einbildung der Christenheit und damit als irreführend anzusehen? Verunsicherungen gab es bereits unmittelbar nach der Auferstehung Jesu, wenn den Jüngern unterstellt wurde, sie hätten Jesus gestohlen und somit eine Begründung für die Auferstehung durch das leere Grab vorgegeben.

> „Sagt, seine Jünger sind in der Nacht gekommen und haben ihn gestohlen […] Und dies Gerücht hat sich bei den Juden verbreitet bis auf den heutigen Tag." (Mt 28,13.15; LU).

Diese Betrugstheorie wurde unter anderem von dem Vertreter des frühen Deismus Hermann Samuel Reimarus 1778 vertreten. Ebenfalls Johann Wolfgang von Goethe folgte dieser Theorie in einem Epigramm aus dem Jahr 1790. Jedoch spricht gegen eine solche These, dass die Jüngerschaft für derartige *fake news* wohl kaum ihr Leben riskiert hätte. Paulus widmet dem im 1. Korintherbrief ein ganzes Kapitel, um dieses strittige Thema der Auferstehung zu thematisieren.

> „Wenn aber Christus gepredigt wird, dass er von den Toten auferweckt ist, wie sagen dann einige unter euch: Es gibt keine Auferstehung der Toten? Gibt es keine Auferstehung der Toten, so ist auch Christus nicht auferweckt worden. Ist aber Christus nicht auferweckt worden, so ist unsre Predigt vergeblich, so ist auch euer Glaube vergeblich. Wir würden dann auch als falsche Zeugen Gottes befunden, weil wir gegen Gott bezeugt hätten, er habe Christus auferweckt, den er nicht auferweckt hätte, wenn doch die Toten nicht auferstehen. Denn wenn die Toten nicht auferstehen, so ist Christus auch nicht auferstanden. Ist Christus aber nicht auferstanden, so ist euer Glaube nichtig, so seid ihr noch in euren Sünden; dann sind auch die, die in Christus entschlafen sind, verloren. Hoffen wir allein in diesem Leben auf Christus, so sind wir die elendesten unter allen Menschen." (1Kor 15,12-19)

Es gab bereits in der frühen Christenheit Leugner der Auferstehung. Paulus betont dagegen, dass die Auferstehung für den christlichen Glauben fundamental ist. Ohne Auferstehung ist der Glaube „nichtig" und Christenmenschen wären „die elendsten unter allen Menschen", da sie einer Lüge aufgesessen sind. Ist es nicht erstaunlich, dass in der Alten Kirche die Auferstehung Christi in jedem Gottesdienst gefeiert wurde? Sie setzte die Auferstehung Jesu Christi als selbstverständliche Tatsache und Glaubensgrundlage voraus. Eine differenzierte Reflexion fand in der frühen Christenheit zu diesem Thema kaum statt. Mit der Auferstehung Jesu Christi war sogleich der Auftakt zu einer Unvergänglichkeit, zur Überwindung des Todes im menschlichen Leben verbunden. Die Feier der Eucharistie war wie eine „Unsterblichkeitsmedizin" beziehungsweise ein „Gegengift gegen das Sterben" (Ignatius von Antiochien). In der mittelalterlichen Scholastik lag das Augenmerk des theologischen Diskurses bei der Erlösungslehre

(Soteriologie). Thomas von Aquin führt allerdings in seinem Hauptwerk *Summa theologiae* den „Vollendungscharakter der Auferstehung" ein. Martin Luther und die Reformatoren sahen Kreuz und Auferstehung Jesu als eine Einheit an.[3]

Seit der Neuzeit und der Aufklärung wird die Historizität der Auferstehung Jesu und der Auferstehungszeugen kritisch diskutiert. In der Erkenntnistheorie von Immanuel Kant werden Glaubenssätze streng von Tatsachenaussagen unterschieden und gelten als nichtnachweisbar. Ebenfalls trug die kritische Geschichtswissenschaft von Ernst Troeltsch dazu bei, dass alles, was historisch nicht beweisbar sei, aufgrund anderer Motive (zum Beispiel Mythen) entstanden sein müsse. Auch psychologisch argumentierende Religionskritiker wie Ludwig Feuerbach, Karl Marx, Siegmund Freund oder Bertrand Russel deuteten den Auferstehungsglauben als einen menschlichen Versuch, eine Projektion oder gar als Verdrängung oder irrationale Angstabwehr der Endgültigkeit des Todes. Beeinflusst durch jene Erkenntnistheorien gab es in der evangelischen Theologie herausragende und prägende Theologen, die der Auferstehung Jesu und der Auferweckung der Toten keinen so hohen Stellenwert mehr zuordneten, wie wir sie in den apostolischen Schriften des Neuen Testaments und in der Alten Kirche finden. Bereits in der Leben-Jesu-Forschung des 19. Jahrhunderts vertrat David Friedrich Strauß 1835 die These, dass die Jünger keineswegs eine historische Begegnung mit dem Auferstandenen gehabt hätten, sondern lediglich Visionen, durch die sie sich in einem „frommen Enthusiasmus" den Osterglauben ausmalten.[4] Rudolf Bultmann summiert 1941 in seinem Versuch, das Neue Testament einer „Entmythologisierung" zu unterziehen: „Der Auferstehungsglaube ist nichts anderes als der Glaube an das Kreuz als Heilsereignis." Nur der Osterglaube der Jünger sei historisch fassbar und als solcher für die Verkündigung existenziell bedeutsam. Die historische Frage nach der Entstehung der Ostertexte sei hingegen für die Verkündigung nicht von Bedeutung.[5] In ähnlicher Weise argumentiert 1994 Gerd Lüdemann, der die Geschichte vom leeren Grab als Legende ansieht und die biblischen Ostertexte als Ausdruck eines Trauerprozesses wie einen „innerseelischen Vorgang" zuordnete.[6]

Entschiedener Widerspruch zu diesen Leugnungstheorien der Auferstehung kam von dem reformierten Theologen Karl Barth.[7] Die Auferstehung sei ebenso wie der Kreuzestod Jesu wirklich in Raum und Zeit geschehen, jedoch als göttliche Tat. Deshalb sei sie mit den Möglichkeiten historischer Forschung nicht fassbar, weder belegbar noch widerlegbar. Die Erkenntnis der Auferstehung Jesu und seiner Folgen benötige eine göttliche Offenbarung im Glauben. Das moderne naturwissenschaftliche, rationalistische Weltbild könne demnach keine Grundlage geben für die Glaubwürdigkeit biblischer Offenbarungsaussagen. Der Lutheraner Wolfhart Pannenberg deutet hingegen die Auferstehung Jesu als geschichtsrelevant im Kontext der jüdischen Apokalyptik. „Wenn Jesus auferweckt ist, dann ist das Ende der Welt angebrochen."[8] So sei die Auferstehung Jesu zu Recht als Anfang der allgemeinen Totenauferweckung verstanden. Ähnlich argumentiert Ulrich Wilckens.[9] Allerdings stellt er heraus, dass die Auferstehung Jesu eine Art Vorwegnahme (Prolepse) der in der jüdischen Apokalyptik erwarteten Endzeit-Auferweckung sei und damit das Recht der Reich-Gottes-Verkündigung herausstelle.

Bis in die Gegenwart hinein wird bedauerlicherweise die christliche Lehre von der Auferstehung auf dem Hintergrund eines rationalistischen Weltbildes infrage gestellt. Es ist für mich kaum nachvollziehbar, dass die natur- und geschichtswissenschaftliche Historizität allein ausschlaggebend sei, wenn die Realität der Auferstehung diskutiert wird. Christliche Fundamentalwahrheiten werden im Neuen Testament häufig als „Geheimnisse" (Mysterien) gedeutet. Ich stimme Karl Barth vollkommen zu, dass die Erkenntnis eines solchen Geheimnisses eine göttlichen Offenbarung benötigt. Ohne die bewusste Einbeziehung der Wirksamkeit des Heiligen Geistes sind weder Kreuz noch Auferstehung, weder Schöpfung noch Neuschöpfung denkbar und deutbar. Es ist erstaunlich, dass Karl Barth in seinem Nachwort zu einer Schleiermacher-Auswahl andeutete, dass er die Lehre vom

Heiligen Geist am Anfang des Theologietreibens sehen würde.[10] Ich gehe davon aus, dass eine Theologie der Zukunft (Eschatologie) und eine Theologie in der Zukunft sowohl ökumenisch als auch trinitarisch formuliert wird. Erfreulich ist, dass in der katholischen Kirche die herausragende Bedeutung der Auferstehung und ihre Deutung als trinitarischer Vorgang betont wird. Der Katechismus der katholischen Kirche beschreibt die Auferstehung als „geschichtliches" und „transzendentes" Ereignis und als Werk der Dreieinigkeit: Sie ist durch den Willen des Vaters (Apg 2,24), durch die göttliche Macht Jesu Christi (Joh 10,17–18) und das Wirken des Heiligen Geistes (Röm 6,4) geschehen.[11]

Die Auferstehung Jesu Christi

Die Auferstehung Jesu Christi von den Toten ist grundlegend für die Relevanz christlichen Glaubens. Sowohl die Bedeutung seines Wirkens und seiner Lehre unter anderem zum Reich Gottes als auch die tragende Grundlage des Geschehens am Kreuz werden erst durch die Auferstehung Jesu Christi ihre Bedeutung erlangen. Zudem liegt in der Auferstehung Jesu Christi die Autorität, die Schlüsselgewalt über das Totenreich (*scheol*). Weil Christus auferstanden ist, deshalb wird es auch eine Auferstehung beziehungsweise eine kosmische Lebendigmachung im christlichen Finale geben. Der Apostel Paulus nimmt sehr wahrscheinlich Bezug auf eines der ältesten christlichen Glaubensbekenntnisse, wenn er im 1. Korintherbrief an diese Grundlagen erinnert:

> „Ich erinnere euch aber, Brüder und Schwestern, an das Evangelium, das ich euch verkündigt habe, das ihr auch angenommen habt, in dem ihr auch feststeht, durch das ihr auch selig werdet, wenn ihr's so festhaltet, wie ich es euch verkündigt habe; es sei denn, dass ihr's umsonst geglaubt hättet. Denn als Erstes habe

> ich euch weitergegeben, was ich auch empfangen habe: Dass Christus gestorben ist für unsre Sünden nach der Schrift; und dass er begraben worden ist; und dass er auferweckt worden ist am dritten Tage nach der Schrift; und dass er gesehen worden ist von Kephas, danach von den Zwölfen. Danach ist er gesehen worden von mehr als fünfhundert Brüdern auf einmal, von denen die meisten noch heute leben, einige aber sind entschlafen. Danach ist er gesehen worden von Jakobus, danach von allen Aposteln. Zuletzt von allen ist er auch von mir als einer unzeitigen Geburt gesehen worden. Denn ich bin der geringste unter den Aposteln, der ich nicht wert bin, dass ich ein Apostel heiße, weil ich die Gemeinde Gottes verfolgt habe. Aber durch Gottes Gnade bin ich, was ich bin. Und seine Gnade an mir ist nicht vergeblich gewesen, sondern ich habe viel mehr gearbeitet als sie alle; nicht aber ich, sondern Gottes Gnade, die mit mir ist. Ob nun ich oder jene: So predigen wir, und so habt ihr geglaubt." (1Kor 15,1-11; LU)

1Kor 15,3–4 gilt als Zitat eines urchristlichen Glaubensbekenntnisses, das von Paulus übernommen wurde. Es bekennt den Sühnetod, die Grablegung und Auferweckung am „dritten Tag“ als schriftgemäß. Damit werden das Leiden und der Kreuzestod ebenso wie die Auferweckung Jesu als gottgewollte Heilsstationen und Erfüllung der messianischen Verheißungen gedeutet. Die Relevanz des Sühnegeschehens, der Vergebung und Versöhnung durch das Blut Jesu werden in einer Einheit mit dem Auferstehungsgeschehen gesehen. Alle neutestamentlichen Schriften setzen die Auferstehung voraus; 17 Schriften erwähnen sie explizit. Wird dabei das griechische Verb *eigeiro* (auferwecken, aufrichten) verwandt, so ist Gott das Subjekt des Handelns (Röm 4,24; 6,4.9; 7,4; 8,34; 10,9; 1Kor 6,14; 15,15; 2Kor 4,14; Gal 1,1; Eph 1,20; Kol 2,12; 1Thess 1,10). Weiterhin wird das griechische Verb *anistemi* (aufstehen, auferstehen) eingesetzt (Mk 8,31; 9,31; 10,33 f.; 16,6; Lk 24,34; 1Kor 15,3 f.; 2Kor 5,15; 1Thess 4,14). Beide Verben drücken dasselbe aus: Der vom Tod erweckte Jesus stand durch Gottes

Geisteskraft auf. Die Wortwahl bringt zum Ausdruck, dass es dabei nicht um eine Art „Zwischenzustand" geht, sondern um ein ganzheitliches, einzigartiges, von Gott allein vollzogenes Ausnahmegeschehen. Die trinitarische Dimension dieses Geschehens wird markiert, wenn es heißt:

> „Wenn aber der Geist dessen, der Jesus von den Toten auferweckt hat, in euch wohnt, so wird er, der Christus von den Toten auferweckt hat, auch eure sterblichen Leiber lebendig machen durch seinen Geist, der in euch wohnt." (Röm 8,11).

Die Kraft der Auferstehung Jesu (Phil 3,10) ist eine Schöpferkraft einer neuen Existenz des Lebens von der Qualität der Ewigkeit. Ewigkeit wird dabei nicht vorrangig als Zeitbegriff, sondern als Qualitätsbegriff verwandt. Es handelt sich um eine Einzigartigkeit der neuen Wirklichkeit, in der Jesus nach seinem Tod am Kreuz und seiner Grablegung den Jüngern erschienen ist. Dieses neue Auferstehungsleben ist nicht vergleichbar mit einer Reanimierung eines toten Menschen. Totenauferweckungen, bei denen Verstorbene in der gleichen Substanz neu wiederbelebt wurden, werden sowohl im Alten Testament als auch in den Schriften des Neuen Testaments bezeugt. So erfährt Lazarus sogar vier Tage nach dem Tod eine Neubelebung (Joh 11,1–46).

Ebenso ist die Existenz des Auferstandenen nicht mit dem vergleichbar, was in Nahtoderfahrungen bezeugt wird. Der auferstandene Christus ist berührbar, erkennbar an seinen Wundmalen von der Kreuzigung, am Gestus des Brotbrechens oder an seiner Stimme. Als die Jünger ihn in Emmaus sahen, „verschwand er vor ihren Augen" (Lk 24,31). Der Auferstandene erschien seinen Nachfolgern – Frauen und Männern, Einzelnen, Gruppen bis hin zu großen Versammlungen – in einer offenbar anderen Lebensform, die nicht an Raum und Zeit gebunden war (Mk 16,12; Joh 20). Jürgen Moltmann weist darauf hin, dass seine Erscheinungen zunächst Unverständnis, Unglauben und

Zweifel bei den Menschen verursachten (Mk 16,11–14; Joh 20,24–29), doch es war der „erscheinende Christus, der zum Glauben ermutigte und ihnen Frieden zusprach und sie aus dem Auferstehungsgeist anhauchte (Joh 20,22)"[12]. Damit war eine erste pneumatische Erfahrung mit der „Kraft der Auferstehung" gegeben, welche die verängstigte Jüngerschaft bis zur Ausgießung des Heiligen Geistes zu Pfingsten ermutigte.

Die Authentizität der Auferstehung belegen die neutestamentlichen Schriften mit dem leeren Grab und den häufig namentlich erwähnten Zeugen der Erscheinung des Auferstandenen vor seiner Himmelfahrt. Die Zeugenliste bei Paulus in 1Kor 15 enthält keine Frauennamen und auch nicht den Hinweis auf das leere Grab. In den Evangelientexten werden hingegen Frauen explizit als erste Zeugen des Auferstandenen benannt, ebenso das leere Grab (Mk 15,42 – 16,8). Erzähltexte von Erscheinungen des auferweckten Jesus vor seiner Himmelfahrt findet man in Mt 28,9–10; 16–20; Lk 24,13–5; 36–49; Joh 20,11–29; Joh 21,1–14; Apg 1,1–11. Paulus kennzeichnet seine Christuserscheinung als eine Art „unzeitige Geburt" (1Kor 15,8; vgl. Apg 9,1–9; 22,6–11; 26,12–18). Ebenso bezeugt der Seher Johannes in seiner Offenbarung die Erscheinung des erhöhten Herrn und hört die Worte:

> „Ich bin der Erste und der Letzte und der Lebendige. Ich war tot, und siehe, ich bin lebendig von Ewigkeit zu Ewigkeit und habe die Schlüssel des Todes und der Hölle." (Offb 1,1–18; LU).

Das ewige Leben und das angebrochene Reich Gottes

> Jesus spricht: „Ich bin die Auferstehung und das Leben. Wer an mich glaubt, der wird leben, ob er gleich stürbe; und wer da lebt und glaubt an mich, der wird nimmermehr sterben. Glaubst du das?" (Joh 11,25; LU)

Mit diesem Wort Jesu eröffne ich in der Regel Beerdigungsfeiern. Die Rede von der Auferstehung fordert von uns Glauben, sprich Vertrauen, in diesen Jesus Christus. Das gilt besonders, wenn es um das Leben nach dem Sterben geht. Doch auch für jene, die noch hier und jetzt leben, gibt es die Verheißung, dass es ewiges Leben gibt, das durch den Tod nicht auszulöschen ist. Paulus spricht von dem *charisma*, der „Gabe des ewigen Lebens" (Röm 6,23). Gemeint ist eine Auferstehungslebendigkeit, die Christenmenschen bereits hier und jetzt wie eine Art Anzahlung (*arrabon)* erhalten und die sich bei der Wiederkunft Jesu vollenden wird. Während die Jünger Jesu vor seiner Himmelfahrt bereits mit dem Auferstehungsgeist von Jesus angehaucht werden (Joh 20,22), damit sie weiter durchhalten trotz aller Ängste und Zweifel, fordert sie der Auferstandene nach einer 40-tägigen Audienz und Belehrung über das Reich Gottes auf, abzuwarten, bis sie die Gabe des Heiligen Geistes empfangen.

> „Ihnen zeigte er sich nach seinem Leiden durch viele Beweise als der Lebendige und ließ sich sehen unter ihnen vierzig Tage lang und redete mit ihnen vom Reich Gottes. Und als er mit ihnen beim Mahl war, befahl er ihnen, Jerusalem nicht zu verlassen, sondern zu warten auf die Verheißung des Vaters, die ihr – so sprach er – von mir gehört habt; denn Johannes hat mit Wasser getauft, ihr aber sollt mit dem Heiligen Geist getauft werden nicht lange nach diesen Tagen. Die nun zusammengekommen waren, fragten ihn und sprachen: Herr, wirst du in dieser Zeit wieder aufrichten das Reich für Israel? Er sprach aber zu ihnen: Es gebührt euch nicht, Zeit oder Stunde zu wissen, die der Vater in seiner Macht bestimmt hat; aber ihr werdet die Kraft des Heiligen Geistes empfangen, der auf euch kommen wird, und werdet meine Zeugen sein in Jerusalem und in ganz Judäa und Samarien und bis an das Ende der Erde." (Apg 1,3–8; LU)

Schon in seinen Abschiedsreden (Joh 14,16–18; 15,26–27; 16,7–15) weist Jesus auf dieses Geschehen hin. Durch den Empfang der Gabe des Heiligen Geistes erfahren die Jüngerinnen und Jünger Jesu und alle Gläubigen bis in die Gegenwart eine erste konstante Einwohnung Gottes (Röm 8,9–10). Nun bezeugen sie nicht nur, dass Jesus für sie lebt, sondern dass er in ihnen und durch sie lebt (Gal 2,20). Sie erfahren dadurch die Teilhabe an dem neuen Leben. Sie bezeugen, dass sie Gemeinschaft (*koinonia*) mit dem Wesen Gottes haben (2Petr 1,4). Dieses neue Leben wird als „neue Schöpfung" (2Kor 5,17) bezeichnet. Es ist nicht auslöschbar und nimmt Einfluss auf das gesamte Leben schon hier auf der Erde. Dennoch ist es nur so etwas wie ein Vorgeschmack, eine Anzahlung des ewigen Lebens. Paulus bezeugt, dass auch Christenmenschen, die diese Gabe empfangen haben, mit der übrigen Schöpfung unter der noch bestehenden Erfahrung der Vergänglichkeit seufzen und auf die Erlösung des Leibes warten (Röm 8,23). Das Leben hier ist noch eingebunden in die diesseitige Zeit und somit in die Vergänglichkeitserfahrungen. Doch „jeder Augenblick der Zeit ist ein Anfang der Zukunft".[13] Durch die Gabe des Heiligen Geistes erfährt der Christenmensch hier und jetzt schon die Wirklichkeit des neuen, ewigen Lebens. Doch sogleich wächst in ihm die Hoffnung auf die Vollendung eines solchen Lebens. Wir sehen durch den dunklen Horizont der Vergänglichkeit hindurch die Morgenröte des neuen Tages. Ja, wir begrüßen jeden Moment der Vergänglichkeit „in Christus".

> „Leben wir, so leben wir dem Herrn; sterben wir, so sterben wir dem Herrn. Darum: wir leben oder sterben, so sind wir des Herrn." (Röm 14,8; LU).

Wenn wir also vom „ewigen Leben" sprechen, so bezeichnen wir damit nicht eine endlose Verlängerung dieses leidvollen Lebens. Ewigkeit ist keine Endlosigkeit, keine gähnende Langeweile oder Wiederholung ohne Ziel. Vielmehr geht es um „Verewigung", um ein Anteilhaben an göttlichem Wesen, göttlicher Ruhe und Kraft. Durch die Geisteswirkungen erfährt der Christenmensch bereits zeichenhafte Einbrüche in eine Weltzeit, die von der Macht des Todes noch besetzt ist. Er erlebt die „Kräfte der zukünftigen Welt" (Hebr 6,5) schon hier und jetzt. So dürfen bei der Verkündigung des Reiches Gottes „mitfolgende Zeichen und Wunder" erwartet werden, zum Beispiel Heilungen, Befreiungen bis hin zu Wiederbelebungen von Toten (Mt 10,7–8; Mk 16,17–18).

Doch auch inmitten von Not, Leid, Krankheit und Schmerzen, inmitten des Sterbeprozesses lässt die Hand dessen, der den Tod überwunden hat, uns nicht los. Angesichts der Fratzen der Vergänglichkeit bezeugen Christen durch alle Zeiten hindurch diese Erfahrungen vom „Morgenglanz der Ewigkeit" einer gegenwärtigen Ewigkeit (*nunc aeternum*). Wir sprechen mit den Worten Jesu von einer „Glückseligkeit", die sich in Leiden und Verfolgung ereignet (Mt 5,3–12). Paulus betont diese doppelte Erfahrung unter anderem in seinem Zeugnis in 2Kor, wenn er vom „Schatz in irdenen Gefäßen" spricht (2Kor 4,7–5,7). Der letzte Feind Jesu ist der Tod. Doch auch dieser wird endgültig sein Ende haben, wenn Christus sein messianisches Reich Gott übergibt und der dreieine Gott „alles in allem" sein wird (1Kor 15,26–28).

Der auferstandene Jesus Christus überträgt bei seinem Erscheinen der Jüngerschaft seine Mission, seine Verkündigung und seine Kraft. Es geht um das angebrochene Reich Gottes, das auf ein Finale zusteuert, wenn Gott „alles in allem" sein wird. Durch seine Auferstehung wird die Reich-Gottes-Verkündigung in Kraft gesetzt (Röm 4,2). Dabei geht es nicht nur um die individuelle Erfahrung des Heils, sondern um seine kosmische Dimension. Das Reich Gottes ist das Heil der Erde und verbunden mit einer Verwandlungsbotschaft für die Armen, die Kranken, die Unterdrückten. Christinnen und Christen beten „Dein Reich komme, wie im Himmel, so auch auf Erden!" Sie gehören zu einer Bewegung einer neuen Wirklichkeit, einer neuen Welt, die ihren Grundimpuls in der Auferstehung Jesu Christi empfangen hat.

* Ebeling: X ist ins Kerygma auferstanden

Christus, der Erstling der Auferstehung

Der Diskurs um die Historizität beziehungsweise Realität der Auferstehung Jesu Christi zeigt sich bereits in apostolischer Zeit (Mt 28,13–15; 1Kor 15,12) und erlebt durch Aufklärung und Rationalismus eine neue Dimension bis hin zur Leugnung der Auferstehung. Dennoch bleiben die historischen Spuren derer, die bezeugen, dem Auferstandenen vor der Himmelfahrt leibhaftig begegnet zu sein. Ebenfalls werden die äußeren Umstände in den biblischen Texten beschrieben und das leere Grab des Gekreuzigten wird thematisiert. Wenn das biblische Zeugnis Grundlage aller Theologie ist, so können diese Zeugnisse nicht einfach als Mythen, Erzählungen oder gar als unhistorisch gelten, mit dem Anspruch, dass es sich bei der Auferstehung Jesu lediglich um biblische Aussagen handle, die für die Verkündigung (*kerygma*) wichtig seien. Eine Theologie, welche die Wirklichkeit der Gottesoffenbarung lediglich mit einer natur- oder geschichtswissenschaftlichen Logik zu erfassen versucht, ist ungeeignet und wird dem biblischen Offenbarungscharakter nicht gerecht. Wie aber benennen wir diese neue Realität, die über die historischen Spuren hinausweist? Sprechen wir von Offenbarung, von transzendenter Immanenz, von dem Heiligen, dem Ewigen, den metaphysischen Dimensionen einer historisch verankerten transzendenten Wirklichkeit? Sicher bleibt alles Erkennen in diesem Bereich fragmentarisch, es bleibt „Stückwerk" (1Kor 13,10). Doch gerade in der gegenwärtigen Zeitenwende, der Transformation, die nicht nur auf Erneuerungen einer alten Denk- und Handlungsweise zielt, sondern auf Erkenntnistheorien aufbaut, die transrational argumentieren, brauchen wir überzeugend einladende Zeugnisse dieser neuen Wirklichkeit, die eben nicht mehr als Mythen vom wissenschaftlichen Tisch weggewischt werden. Denn es geht um nichts Geringeres als um die Frage, wie wir in dieser transformativen Zeit unsere Ethik, Verantwortung, Hoffnungen und Zukunftsaussichten verankern. Wenn die Auferstehung Jesu lediglich als Hoffnungsmoment, als Verkündigungsinhalt relevant ist, so steht die christliche Lehre und Hoffnung auf gebrochenem Fundament. Christenmenschen sind dann nur zu bedauern (1Kor 15,12–19).

Eine Soteriologie, die sich vorrangig oder gar ausschließlich auf das Versöhnungsgeschehen am Kreuz Jesu konzentriert, wird die Hoffnung der Christenheit nur im Ansatz beschreiben können. Zwar betont der Apostel Paulus, „Es sei aber fern von mir, mich zu rühmen als allein des Kreuzes unseres Herrn Jesus Christus" (Gal 6,14; vgl. 1Kor 2), doch kann damit keineswegs gemeint sein, dass die Verkündigung vom Kreuz Jesu alle anderen christologischen Verkündigungsinhalte, zum Beispiel Lehre, Leben, Auferstehung, Erhöhung oder Wiederkunft Jesu überflüssig mache. Vielmehr sind das Kreuz Jesu und sein Hinabsteigen in das Reich des Todes die Voraussetzungen für das Auferstehungsgeschehen, seine Erhöhung, Wiederkunft und Herrschaft (Phil 2,5–11). Das „Wort vom Kreuz" ist in diesem Sinn nicht nur das Kreuz mit Jesus, dem Gekreuzigten, sondern auch ein Hinweis auf das leere Kreuz. Kreuz und Auferstehung Jesu bilden eine kerygmatische Einheit: Das Kreuz Jesu weist auf die Auferstehung. Die Auferstehung Jesu weist auf das Kreuz.

Mit diesen maßgeblichen Zusammenhängen zwischen der Auferstehung Jesu Christi und der christlichen Lehre und Hoffnung im Blick folgert der Apostel Paulus:

> „Nun aber ist Christus auferweckt von den Toten als Erstling unter denen, die entschlafen sind. Denn da durch einen Menschen der Tod gekommen ist, so kommt auch durch einen Menschen die Auferstehung der Toten. Denn wie in Adam alle sterben, so werden in Christus alle lebendig gemacht werden. Ein jeder aber in der für ihn bestimmten Ordnung: als Erstling Christus; danach die Christus angehören, wenn er kommen wird; danach das Ende, wenn er das Reich Gott, dem Vater, übergeben wird, nachdem er vernichtet hat alle Herrschaft und alle Macht und Gewalt. Denn er muss herrschen, bis Gott „alle Feinde unter seine Füße gelegt hat". Der letzte Feind, der vernichtet wird, ist der Tod. Denn „alles hat er

> unter seine Füße getan" Wenn es aber heißt, alles sei ihm unterworfen, so ist offenbar, dass der ausgenommen ist, der ihm alles unterworfen hat. Wenn aber alles ihm untertan sein wird, dann wird auch der Sohn selbst untertan sein dem, der ihm alles unterworfen hat, auf dass Gott sei alles in allem." (1Kor 15,20–28; LU)

Die Auferstehung wird hier nicht ausschließlich als ein individuelles Finale gesehen, sondern sie hat universale Dimensionen. So wie in Adam der Tod in diese Welt eindrang, und die Menschheit sterblich wurde (Röm 5,12), so wird Jesus Christus nun zum Auslöser für die Auferstehung aller gemacht: „Denn wie in Adam alle sterben, so werden in Christus alle lebendig gemacht werden." (1Kor 15,22; LU). Es geht also um „alle", um ein universales Geschehen. Auch der Gedanke, dass die nichthumane Schöpfung, zum Beispiel die Tiere eine solche Auferstehung erfahren, ist nicht von der Hand zu weisen, zumal Paulus im Römerbrief schreibt, dass die ganze Schöpfung unter der Vergänglichkeit seufzt, aber sie wird „frei werden von der Knechtschaft der Vergänglichkeit zu der herrlichen Freiheit der Kinder Gottes" (Röm 8,21). So argumentiert etwa Martin Luther, dass Tiere ähnlich wie die Menschen nach dem Tod ein neues körperliches Sein erhalten. Auch in der orthodoxen Theologie ist der Gedanke einer Auferstehung der Tiere nicht unbekannt.

Fragen wir danach, was für eine Leiblichkeit uns nach der Auferstehung erwartet, so geben die Ausführungen in 1Kor 15,35–49 hierzu eine grundlegende Orientierung. Der Auferstehungsleib ist eine Leiblichkeit, die sich von der in dieser Welt vorfindlichen Leiblichkeit unterscheidet. So wie es in der Natur Unterschiede gibt und jedes Geschöpf eine eigene Schönheit (*doxa)* hat, so ist der Auferstehungsleib einzigartig. Es geht um einen „geistlichen Leib" (1Kor 15,44). Der Auferstehungsleib Jesu Christi ist nach drei Tagen noch nicht von der Verwesung gekennzeichnet, er trägt noch die Wundmale. Dennoch hat er eine andere Substanz, eine andere Schönheit (*doxa*). Er ist nicht an Raum und Zeit gebunden. Als „Erstling" der Entschlafenden markiert

Christus somit eine neue Wirklichkeit. Es gibt eine Identifikation des Auferstandenen, aber die Leiblichkeit hat eine andere geistliche Qualität. Paulus führt hierzu eine Samen/Saat-Analogie ein:

> „So auch die Auferstehung der Toten. Es wird gesät verweslich und wird auferstehen unverweslich. Es wird gesät in Niedrigkeit und wird auferstehen in Herrlichkeit. Es wird gesät in Schwachheit und wird auferstehen in Kraft. Es wird gesät ein natürlicher Leib und wird auferstehen ein geistlicher Leib. Gibt es einen natürlichen Leib, so gibt es auch einen geistlichen Leib." (1Kor 15,42–44; LU).

Das irdische Leben enthält einen Keim, der zu einem unverweslichen, herrlichen, kraftvollen, ewigen und geistlichen Leben führt. „Das Verwesliche muss das Unverwesliche anziehen" (1Kor 15,53). Das ist nur möglich durch die Auferstehung Christi von den Toten. Der Tod ist damit tot! Er hat nicht das letzte Wort über Gottes Schöpfung! Jürgen Moltmann scheibt dazu:

> „Es besteht keine Kontinuität von hier nach dort, aber eine Kontinuität wird von dort nach hier geschaffen [...] Alles, was Gott geschaffen hat, wird wiedergebracht und auferweckt. Es geht nichts verloren. Alles wird vollendet."[14]

Wenn Christus der „Erstling" *(aparche)* der Auferstehung ist, so schreibt Paulus ebenfalls von einer „Ordnung" *(tagma)* beziehungsweise einem „Geheimnis" *(mysterion)*, das eine gewisse Reihenfolge der Auferstehung kennzeichnet:

> „Ein jeder aber in der für ihn bestimmten Ordnung: als Erstling Christus; danach die Christus angehören, wenn er kommen wird. [...] Siehe, ich sage euch ein Geheimnis: Wir werden nicht alle entschlafen, wir werden aber alle verwandelt werden; und das

plötzlich, in einem Augenblick, zur Zeit der letzten Posaune. Denn es wird die Posaune erschallen und die Toten werden auferstehen unverweslich, und wir werden verwandelt werden."
(1Kor 15,23.51–52; LU).

Demnach dürfen wir davon ausgehen, dass als Ursprung die Auferstehung Jesu selbst anzuführen ist, da er der „Erstling" ist, der von den Toten aufersteht. Sodann werden die Gläubigen, die Christus angehören, auferstehen bei seiner Wiederkunft, wenn er sein messianisches Reich auf der Erde vollenden wird (vgl. Offb 20,1–6). Zeitgleich werden jene Gläubigen „verwandelt", die noch nicht gestorben sind. Hier werden wir auf eine „erste Auferstehung" der Glaubenden und eine „zweite Auferstehung" aller Toten hingewiesen. Die erste Auferstehung ist mit der Wiederkunft Jesu (vgl. 1Kor 15,23), der zeitlichen Bindung der satanischen Mächte (Tausendjähriges Reich) verbunden. Die zweite Auferstehung ist mit der endgültigen Vernichtung der chaotischen Satansmächte und dem Weltgericht verbunden, der Aufrichtung der Gerechtigkeit Gottes für alle Menschen und Völker (Offb 20,11–15). Nach biblischem Zeugnis ist demnach die Vorstellung, dass ein Mensch seinem Leben ein endgültiges Ende setzen könne, nicht haltbar.

Der Zwischenzustand vor der Auferstehung

Nicht nur das rege Interesse an den Berichten über Nahtoderfahrungen oder auch das Interesse an einer Kontaktaufnahme mit Verstorbenen (Spiritismus) in dieser von der Aufklärung geprägten Welt deuten darauf hin, dass eine mangelnde theologische Eschatologie der Neugier und religiösen Verirrungen neuen Raum bietet. Wo sind die Verstorbenen? Gibt es einen „Zwischenzustand" oder ein „Reich des Todes", wie es die jüdische Lehre vom *Scheol*, dem Totenreich, nahelegt? Was ist gemeint, wenn wir die Worte des Gekreuzigten hören, die er dem Schächer am Kreuz sagt, der zeitgleich mit ihm gekreuzigt wurde: „Wahrlich, ich sage dir: Heute wirst du mit mir im Paradies sein" (Lk 23,43)? Wo ist dieses zukünftige „Paradies"? Oder wovon war die Redeweise von „Abrahams Schoß" in Lk 16,22 geprägt? Es ist ein Schutzraum des Friedens, in den der arme, aber gerechte Lazarus von Engeln begleitet wird, wohingegen ein reicher und ungerechter Mensch sich nach dem Tod im *Hades* befindet, einem Ort, der schutzlos und quälend ist. Gibt es zwei Abteilungen im Totenreich? Ist das Reich der Toten eine Art Warteraum zum ewigen Gericht? Was meint Paulus, wenn er in Röm 8,38–39 bekennt:

> „Denn ich bin gewiss, dass weder Tod noch Leben, weder Engel noch Mächte noch Gewalten, weder Gegenwärtiges noch Zukünftiges, weder Hohes noch Tiefes noch irgendeine andere Kreatur uns scheiden kann von der Liebe Gottes, die in Christus Jesus ist, unserm Herrn." (LU)

Gibt es nach dem Tod so etwas wie ein Warten, oder sind Menschen gleich in einem neuen Zustand, der nicht von dem Raum- und Zeitempfinden dieser Weltzeit gekennzeichnet ist? Die Bilder, mit denen die biblischen Schriften diesen Zustand beschreiben, können Konturen aufzeigen, aber sie lassen viele Fragen offen. Martin Luther beschrieb zum Beispiel diesen Zustand wie einen Schlaf. Wenn Christus die Toten am „Jüngsten Tag" auferwecken wird, wissen sie demnach nicht, wie lange sie tot waren und wo sie waren. „Sobald die Augen sich schließen, wirst du auferweckt werden", heißt es im lutherischen Bekenntnis[15] (WA 37,151).

Dabei bezieht sich der Reformator auf die biblische Aussage, dass bei Gott „tausend Jahre wie ein Tag sind" (Ps 90,4; 2Petr 3,5). „Ewigkeit" ist demnach nicht eine Zeitlosigkeit nach dem irdischen Verständnis, sondern Gleichzeitigkeit. Die Verstorbenen erwartet keine lange Wartezeit, sondern sie werden in der Todesstunde übergehen in die Ewigkeit.

Anders fällt der klassische katholische Ansatz der Deutung dieses Zwischenzustandes aus. Nach dem Tod kommt eine Läuterungs- und Klärungsphase für den verstorbenen Menschen. So entstand die Lehre vom „Fegefeuer" in Anlehnung an die Redeweise: „so wird der Mensch gerettet werden, jedoch so wie durchs Feuer hindurch" (1Kor 3,15). Hinzu kam die Auffassung, dass durch Gebete, Totenmessen oder Ablass dieser brennende Reinigungsprozess nach dem Tod eines Verstorbenen verkürzt werden könne. Wenngleich es diesbezüglich durchaus kritische katholische Stimmen gibt (Karl Rahner, Gisbert Greshake), so gilt nach wie vor die Verlautbarung des Apostolischen Stuhls vom 17. Mai 1979, in der es heißt:

> „Die Kirche hält an der Fortdauer und Subsistenz eines geistigen Elements nach dem Tode fest, das mit Bewusstsein und Willen ausgestattet ist, so dass das Ich des Menschen weiterbesteht, wobei es freilich in der Zwischenzeit seiner völligen Körperlichkeit entbehrt."

Im starken Kontrast zu der Annahme, dass der verstorbene Mensch noch ein Bewusstsein und Willen habe, eine Seele, die weiterlebe, hat sich im 20. Jahrhundert eine „Ganztod-Lehre" verbreitet (Carl Stange, Paul Althaus, Karl Barth, Emil Brunner, Helmut Thielicke, Oscar Cullmann, Jürgen Moltmann, Wolfhart Pannenberg). Demnach kann der Tod nicht als Trennung von Seele und Leib interpretiert werden; die Hoffnung gründe sich auf die Auferstehung und nicht auf die Unsterblichkeit. Ich selbst habe mich dieser Deutung in den Jahren meines Theologiestudiums angeschlossen. Dabei war für mich entscheidend, dass ich mit „Seele" unter anderem die Psyche des Menschen gleichgesetzt habe. Angesichts der vielen Menschen, die unter psychischen Krankheiten litten, war für mich die Vorstellung eines Weiterlebens der Psyche unvereinbar und nicht nachvollziehbar. Sicher lag hier eine eigenwillige Deutung des platonischen Verständnisses von „Seele" vor. Zudem lehrte während meiner Studienzeit in

Hamburg Hans-Werner Wolf als Alttestamentler. In seiner Anthropologie des Alten Testamentes durchbrach er eine platonistisch geprägte Dreiteilung des Menschen in Geist, Seele und Leib. Vielmehr sei auch hier eine Ganzheitlichkeit des Menschen hervorzuheben. In jüngerer Zeit ist die Diskussion über ein Weiterleben der Seele nach dem Tod jedoch wieder neu aufgenommen.[16] Einstige Theologen der Ganztod-Lehre haben ihre Sicht korrigiert beziehungsweise relativiert (unter anderem Helmut Thielicke, Jürgen Moltmann und Paul Althaus).[17] Dabei waren folgende Aspekte wichtig: Die Kontinuität und der Erhalt der Verantwortung des Menschen im Jüngsten Gericht, die Fragestellung nach der *Creatio ex Nihilo* – der Schöpfung aus dem Nichts im Verhältnis zur „Verwandlung", welche eine Saat aus dem alten Leben hat – sowie neue Erkenntnisse aus der Anthropologie.[18] So gibt es erneut einen starken Zuspruch dafür, dass die Existenz der Verstorbenen nicht genügend mit einer Ganztod-Lehre zu beschreiben ist. Im ökologischen Dialog sei in diesem Zusammenhang auf die Sicht des rumänisch-orthodoxen Theologen Dumitru Stanisloae hingewiesen, der davon ausgeht, dass Gott den Menschen als Partner für eine ewige, ununterbrochene Beziehung geschaffen hat:

> „Die Unsterblichkeit beruht nicht auf der Unzerstörbarkeit der Seele als Substanz, sondern auf der Person, das heißt also auf der Seele als Grundlage des menschlichen Personseins, auf der Unzerstörbarkeit der Beziehung zwischen Gott und Menschen als Person."[19]

Jürgen Moltmann bezieht sich ebenfalls auf das nizänische Glaubensbekenntnis der Ostkirche, in dem es heißt: „Wir erwarten die Auferstehung der Toten und das Leben in der kommenden Welt." Moltmann folgert:

> „Wer wissen will, wo die Gestorbenen jetzt sind, denke an das Leben der kommenden Welt Gottes. Die neue Schöpfung umfasst

> auch die neue Erde, auf der Gerechtigkeit wohnt (2 Petr 3,13), eine neue Erde ohne Tod und Töten im Glanz der Schönheit Gottes. ‚Und ewige Freude wird über ihren Häuptern sein.' (Jes 35,10) [...] Leben ist dem Tod überlegen: Leben kann sterben, aber der Tod kann nicht leben. Leben ist dem Tod überlegen, es kann ohne den Tod leben, wenn es ewig ist."[20]

Die vielstimmigen theologischen Positionen zu dem Zustand zwischen Tod und Auferstehung haben erneut ihre Beachtung bekommen. Womöglich werden wir alle überrascht sein, wie sich dieser Zwischenzustand anfühlt und gestaltet. Dabei ist im biblischen Zeugnis nicht der Zwischenzustand entscheidend, sondern die ununterbrochene Liebesbeziehung Gottes zu seinen Menschen. Er benötigt nicht die für uns notwendigen Orientierungen, wenn es zum Beispiel um das Gericht geht. Sollte es für die Auferstehungshoffnung nicht ausreichend sein, dass unsere Namen im Buch des Lebens aufgezeichnet sind oder dass Gottes Buchführung über unser Leben immer von dem Retter und Richter Jesus Christus gewertet wird? Sind unsere bereits gestorbenen Glaubensgeschwister in einem Zustand der abwartenden Seelen- und Leiblosigkeit oder bereits heute auf dem Schoß Abrahams, im Paradies? Auf jeden Fall gilt, dass der Tod uns und alle unsere Mitgeschöpfe nicht von der Liebe Gottes trennen kann. Die Liebe, Gerechtigkeit und Gnade Gottes wird nicht durch unser Leben bestimmt, sondern unser Leben und Sterben wird von der Liebe, der Gerechtigkeit und Gnade Gottes bestimmt. Die Auferstehung setzt den wichtigsten Doppelpunkt für die Zukunft Gottes mit seiner Schöpfung.

Anmerkungen

1 Vgl. https://www.ekd.de/te7lsu3/umfrage-viele-glauben-an-ein-leben-nach-dem-tod.72497.htm (abgerufen am 16.01.2023).

2 Joas, Hans: *Die Macht des Heiligen*. Berlin 2017. Ders.: *Braucht es Religion? Über Erfahrungen der Selbsttranszendenz*. Freiburg i. B. ²2004.

3 Staats, Reinhard: *Auferstehung II/2. Alte Kirche.* In: Theologische Realenzyklopädie. Bd. 4. Berlin/New York 1979. Kaspar, Walter (Hrsg.): Lexikon für Theologie und Kirche. 1182–1185. Freiburg i. B.^{3}1993.

4 Strauß, David Friedrich: *Das Leben Jesu für das deutsche Volk bearbeitet. Zweiter Theil. Volksausgabe in verkürzter Form.* Emil Strauß. Bonn ^{13}1904. 645–663.

5 Bultmann, Rudolf: *Neues Testament und Mythologie. Das Problem der Entmythologisierung neutestamentlicher Verkündigung.* München ^{3}1988.

6 Lüdemann, Gerd: *Die Auferstehung Jesu. Historie, Erfahrung, Theologie.* Göttingen. ^{4}2011. 422.

7 Barth, Karl: *Kirchliche Dogmatik. Bd.IV/1.* Zürich 1953. §59. 171–394.

8 Wenz, Gunther: *Wolfhart Pannenbergs Systematische Theologie. Ein einführender Bericht.* Göttingen 2003. 182.

9 Wilckens, Ulrich: *Auferstehung. Das biblische Auferstehungszeugnis historisch untersucht und erklärt.* Gütersloh ^{3}1981.

10 „Ich denke, wir alle, in allen Konfessionen und Kirchen haben es dringend nötig, auch diese dritte Person, den Heiligen Geist, viel ernster zu nehmen, als es in der Regel geschieht […] Alles, was von Gott dem Vater und Gott dem Sohn im Verständnis des ersten und zweiten Artikels zu glauben, zu denken und zu sagen ist, wäre in seiner Grundlegung durch Gott den Heiligen Geist aufzuzeigen und zu beleuchten." Barth, Karl: *Schleiermacher-Auswahl.* München 1968. Nachwort.

11 *Katechismus der katholischen Kirche*, Absatz 648. http://www.vatican.va/archive/ccc/index/_ge.htm. (abgerufen am 16. 01. 2023).

12 Moltmann, Jürgen: *Auferstanden in das ewige Leben. Über das Sterben und Erwachen einer lebendigen Seele.* Gütersloh ^{2}2020. 24.

13 Moltmann, *Auferstanden*, 12.

14 Ebd.: 46–47.

15 Luther, Martin: *D Martin Luthers Werke*, Weimar 1537, in: WA, 37.151.

16 Swarat, Uwe/Söding, Thomas (Hg.): *Gemeinsame Hoffnung – über den Tod hinaus. Eschatologie im ökumenischen Gespräch.* Freiburg i. B. 2013. Thiede, Werner: *Unsterblichkeit der Seele? Interdisziplinäre Annäherungen an eine Menschheitsfrage. Theologische Plädoyers* 13. Münster 2021.

17 Thielicke, Helmut: *Der evangelische Glaube. III. Band.* Tübingen 1978. 548–552. Moltmann, Jürgen: *Das Kommen Gottes. Christliche Eschatologie.* Gütersloh 1995. 74–96. Ders.: *Auferstanden in das ewige Leben. Über das Sterben und Erwachen einer lebendigen Seele.* Gütersloh ^{2}2020. 61–91. Althaus, Paul: *Retraktionen zur Eschatologie*, in: ThLZ 75 (1950) 253–260).

18 Swarat, Uwe: *Jenseits des Todes – Unsterblichkeit der Seele oder Auferstehung des Leibes?*, in: Swarat, Uwe/Söding, Thomas: *Gemeinsame Hoffnung.* 13–35.

19 Staniloae, Dumitru: *Orthodoxe Dogmatik. Band III.* Solothurn/Düsseldorf 1995. 198 f.

20 Moltmann, Jürgen: *Auferstanden in das ewige Leben.* 90 f.

DIE GEBURT DER NEUZEIT AUS DEM GEIST CHILIASTISCHER THEOLOGIE: EINE HISTORISCHE UNTERSUCHUNG

Jürgen Moltmann

Chiliastische Eschatologie

Unter Chiliasmus versteht man die Erwartung eines Tausendjährigen Reiches Jesu Christi vor dem Ende dieser und dem Anfang der neuen Welt Gottes. Die gegenwärtige Kirche Christi wird zum Reich Christi werden, das identisch ist mit dem messianischen Reich für Israel. Der Teufel wird für tausend Jahre gebunden, sodass sich das Gute in der Menschheit ungehindert ausbreiten kann.[1] Diese chiliastische Erwartung eines Ziels und einer Vollendung der Geschichte gehört in die geschichtliche Dimension, die die personale und die kosmische Seite der universalen Eschatologie miteinander verbindet.

„Die letzten Dinge" haben eine immanente und eine transzendente Seite. Die geschichtliche Seite einer Vollendung des Reiches Christi und der Erfüllung der Verheißungen Israels gehört zur immanenten Seite der Eschatologie und ist auf die transzendente Seite der Eschatologie – Totenauferweckung und neue Schöpfung von Himmel und Erde – angewiesen. Chiliastische Erwartungen richten sich auf das Vorletzte und sind im Glauben an das Letzte verwurzelt.

Chiliastische Vorwärts-Hoffnung und transzendente Ewigkeits-Hoffnung sind die zwei Seiten derselben christlichen Hoffnung. Die geschichtszugewandte Seite und die geschichtsüberwindende Seite der christlichen Hoffnung gehören zusammen, denn die „letzten Dinge" setzen nicht nur dem Weltlauf ein Ende, sondern sind auch sein Ziel und geben ihm Sinn und Ordnung. Chiliastische Eschatologie spricht nicht nur vom „Ende der Geschichte", sondern auch von ihrem Ziel und Zweck. Sie erschließt die Weltwirklichkeit als einen zukunftsoffenen Prozess und überwindet irrationale Mächte wie *fortuna* und *fatum*, die ihr undurchschaubares Spiel mit den Menschen treiben.[2]

Transzendente Eschatologie ohne die chiliastisch in der Geschichte vorwärtsdrängende Hoffnung wird abstrakt und doketisch. Sie macht gleichgültig gegenüber bösen und besseren Zeiten. Chiliastische Hoffnung ohne Transzendenz verliert sich in den geschichtlichen Enttäuschungen und der Vergänglichkeit der Zeiten.[3]

Chiliastische Erwartung ist nicht nur ein Teilgebiet der christlichen Eschatologie, sondern auch eine Ausrichtung der ganzen Theologie. Darum spreche ich von chiliastischer Theologie. Als sie im 17. Jahrhundert entstand, nannte man sie „prophetische Theologie".[4] Ihre heilsgeschichtliche Schriftauslegung zielt auf die „Erfüllung der Schrift" im universalen Reich Christi.

Ich will in diesem Kapitel die These vertreten, dass die chiliastische Hoffnung wesentlich zur christlichen Eschatologie gehört und heute wieder aufgenommen werden sollte. Ich will sie historisch verifizieren durch

1. die Darstellung der reformatorischen Verdammungen dieser „jüdischen Träume",
2. den Nachweis der nachreformatorischen Wiedergeburt des Chiliasmus und der Hoffnung Israels,
3. den Beweis der Übersetzung des theologischen Chiliasmus in den „philosophischen Chiliasmus" der Aufklärung und der „Neuzeit", in das Humanitätsideal und den Menschenrechtsstaat. Diese weltgeschichtliche Wende von konfessionellem Zeitalter in das Menschheitszeitalter und von konfessionell einheitlichen Glaubensstaaten

zu Menschheitsstaaten auf der Basis der Menschenrechte (1776, 1789) wurde durch die chiliastische Theologie vorbereitet. Die Emanzipation der Juden in den modernen Menschenrechtsstaat war eine Erfüllung der *spes Israelis.*

Die reformatorischen Verdammungen der „jüdischen Träume"

Nach Adolf von Harnack war der Chiliasmus ein „Hauptstück der ältesten Verkündigung" der frühen Christen und „ein Teil der Kraft des Christentums im 1. Jahrhundert."[5] Doch dann kam die sogenannte „konstantinische Wende": Das Christentum wurde aus einer verfolgten Kirche Christi zu einer anerkannten und dann zur verpflichtenden Reichsreligion und das Römische Reich wurde zum Heiligen Reich des Christentums.[6] Euseb von Caesarea deutet diese Wende als Übergang vom Martyrium zum Millennium: „Wer mit ihm leidet, wird auch mit ihm herrschen." (1Kor 6,2–4; 2Tim 2,12) Es war eine chiliastische Wende von der Kirche Christi zum Reich Christi. Das ist das Reich des Menschensohns aus Daniel 7 und das Tausendjährige Reich Christi aus Offenbarung 20.

Das „Heilige Römische Reich deutscher Nation" war ideologisch durch die *translatio imperii*[7] aus dem Heiligen Reich Konstantins und seiner Nachfolger hervorgegangen und selbstverständlich das Reich Christi. Das Christentum war die Reichsreligion und das Reich das *Corpus Christianum.* Als die Täufer in der Reformationszeit die Hauptpfeiler des *Corpus Christianum* angriffen – die Kindertaufe und den Kriegsdienst –, taten sie dies kraft einer chiliastischen Hoffnung auf ein alternatives Reich Christi. Darum wurden sie auch Schwärmer genannt. Sie wurden von katholischen und protestantischen Fürsten im Namen des *Sacrum Imperium* aufgrund eines alten Dekrets Kaiser Justinians aus dem 5. Jahrhundert verfolgt und hingerichtet.[8] Das war Reichsrecht, dem katholische und protestantische Fürsten verpflichtet waren. Dies aber heißt: Es wurde von den Reformatoren nicht das Tausendjährige Reich verdammt, sondern nur die Hoffnung auf ein solches Reich, das eine Alternative zum bestehenden sein sollte.

Luthers Apokalyptik war durchaus chiliastisch bestimmt: Nach Ablauf der tausend Jahre kommt der apokalyptische Reichsuntergang durch Gog und Magog und das damit verbundene Jüngste Gericht. Melanchthon verstand seine Gegenwart nach der Weltzeitalterlehre als Ende des sechsten Zeitalters. Die damals bekannte *Chronica Carionis* und die *Magdeburger Centurien* verstanden die Zeichen der Zeit und die Reformation als endzeitliches Ereignis ebenso.[9] Das reformatorische Evangelium wurde als das „ewige Evangelium" (Offb 14,6) gedeutet. Um es mit eschatologischen Vokabeln auszudrücken: Die Reformatoren dachten wie die katholischen Zeitgenossen postmillenaristisch, während die Täufer prä-millenaristisch dachten. Die einen erwarten das unmittelbar bevorstehende Gericht mit dem Weltuntergang, die anderen den kommenden Christus und sein Friedensreich auf Erden. Die einen wollten die bestehenden Ordnungen erhalten, um in ihnen Liebe zu üben (*Conf. Aug. 16*), die andern wollten sie aus Liebe verändern und eine neue Welt vorwegnehmen.

***Confessio Augustana* von 1530, Artikel XVII:**

„Item werden hie verworfen auch etlich judisch Lehren, die sich auch itzund eräugen dass vor der Auferstehung der Toten eitel Heilige, Fromme ein weltlich Reich haben und alle Gottlosen vertilgen werden."

***Confessio Helvetica Posterior* von 1566, XI:**

„Wir verdammen außerdem die jüdischen Träume, dass es vor dem Tag des Gerichts auf Erden ein goldenes Zeitalter geben werde und die Frommen die Reiche der Welt einnehmen und ihre gottlosen Feinde unterdrücken werden."

Verdammt wird nebenbei auch das „muhamedanische Lust-und Feudenreich".[10] In beiden Bekenntnissen werden die chiliastischen

Erwartungen als „jüdisch" bezeichnet. Sind es Juden, die „jüdische Träume" haben, oder Christen, die „jüdisch träumen", oder Christen, die für Juden träumen? Oder soll „jüdisch" alttestamentlich bedeuten, weil die chiliastische Hoffnung, wie die Bekenntnisformulierungen zeigen, auf Daniel 7 fußen? Für Luther waren die Juden mit den Türken und Papisten Agenten des Antichristen.

Die Schweizer Reformierten fügten ihrer Verwerfung des „jüdischen Traums" auch noch die Verwerfung des römischen Traums vom „goldenen Zeitalter" hinzu, der von den Humanisten der Reformationszeit verbreitet wurde. Die Heilandsgeburt im „eisernen Zeitalter" vergegenwärtigt diese Zukunft.[11] Aus dem Traum vom goldenen Zeitalter entstand später die endzeitliche Vorstellung von der Neuzeit, die als das „dritte Zeitalter" nach Altertum und Mittelalter folgte.

Die Wiedergeburt chiliastischer Hoffnungen in England, Holland und den deutschen Ländern im 17. Jahrhundert zeigt, dass es nicht um „jüdische Träume" ging, sondern um die christliche Hoffnung für Israel und die Juden nach Röm 9–11 und der Offenbarung des Johannes. Die Juden wurden aus Agenten des Antichristen zu Protagonisten des kommenden Reiches Christi, des Messias' Israels, auf die Christen hoffen.

Die chiliastischen Hoffnungen ergriffen die Menschen ausgerechnet in den Jahren der ersten europäischen Urkatastrophe im Dreißigjährigen Krieg (1618–1648). Noch lange danach war diese katastrophale Erinnerung lebendig. Im 18. Jahrhundert schrieb Johann Albrecht Bengel: „Je gefährlicher eine Zeit ist, je größer ist die Hilfe, die dagegen in der Weissagung gereicht wird."[12]

Die nachreformatorische Wiedergeburt des Chiliasmus

Johann Heinrich Alsted und die Zukunftshoffnung der Hohen Schule Herborn

Die Hohe Schule von Herborn – die Johanna – spielte in der Frühzeit (1580–1660) eine führende Rolle nicht nur im deutschen, sondern auch im gesamten europäischen Calvinismus.[13] Durch die Fürsten von Nassau ergaben sich politische Verbindungen zu den Niederlanden. Der geistige Austausch erstreckte sich von England bis nach Siebenbürgen. Studenten kamen aus vielen europäischen Ländern. Die Herborner Theologie wirkte auf den Puritanismus unter dem Lordprotektor Oliver Cromwell und die Curricula aus Herborn wurden in Europa von vielen Hohen Schulen und akademischen Gymnasien übernommen. Es war schon die Zeit der ersten Enzyklopädisten. Die große *Encyclopedia scientiarum omnium* von J. H. Alsted beeinflusste viele protestantische Hochschulen von den Niederlanden bis nach Ungarn, später über England auch die Colleges von Harvard und Yale in Neuengland. Seine Kompendien und Kurse in verschiedenen Fächern waren weit verbreitet. Alsted galt als *omnis eruditionis thesaurus* (allumfassender Bildungsschatz).[14] Die philosophischen Lehrbücher waren nicht vom Aristotelismus, sondern vom Ramismus beherrscht, der auf die Verwendung (*usus*) Wert legte und eine ganzheitliche Sicht förderte.[15] Doch mehr noch als die *Encyclopedia* stellte die *Diatribe de mille annis apocalypticis* Alsteds große Wirkung her. Dieses Buch über das Tausendjährige Reich wurde zuerst 1627 veröffentlicht, dann gab es viele Nachdrucke. Sebastian Frank übersetzte es 1630: *Christlicher und wohlbegründeter Bericht von der zukünftigen tausendjährigen Glückseligkeit der Kirchen Gottes auf Erden.* Eine englische Übersetzung erschien 1643 unter dem Titel: *The beloved City* und beförderte die reiche chiliastische Literatur in England. Alsted stellte zum ersten Mal die von den Reformatoren verketzerte

Täuferbewegung in ein positives Licht. Die *Diatribe* beeinflusste nicht nur die puritanische Eschatologie in England, sondern durch Cotton Mather, Präsident des Yale College, auch die amerikanische Apokalyptik.[16]

Die Herborner Theologie wurde durch Caspar Olevian föderaltheologisch geprägt. Sie erweiterte den calvinistischen Begriff der Gnadenwahl um den Begriff des Gnadenbundes der Erwählten.[17] Die Hohe Schule in Herborn wurde politisch weit über die Grenzen Nassaus hinaus berühmt durch Johannes Althusius und seine *Politica methodice digesta* von 1603.[18] Sie stellte ein genossenschaftlich aufgebautes Gemeinwesen dar und unterstütze damit die calvinistischen „Monarchomachen": Politik ist nicht die souveräne Machtausübung wie im *Leviathan* von Thomas Hobbes, sondern die demokratische *Ars consociandi.* Das Widerstandsrecht und die Koalitionspolitik wurden rechtlich durch den Bund (*covenant*) begründet.

Der bedeutendste Schüler Alsteds war zweifellos der aus Mähren stammende Johann Amos Comenius. Er trug nicht nur die Idee der Enzyklopädie in die Schulen und Hochschulen der europäischen Länder, sondern auch Alsteds neue chiliastische Hoffnung auf eine *Reformatio mundi*, die auf die *Reformatio ecclesiae* im kommenden Reich Christi folgen werde. Alsted hatte die Zukunft des Tausendjährigen Reiches auf 1695 berechnet. Comenius schrieb:

> „Ich wage es, wahren Chiliasmus als wahres Christentum zu erklären, Antichiliasmus dagegen als Antichristentum ... Die allgemeine Besserung der Dinge wird das Werk Jesu Christi sein, der alles in den Zustand erneuert, aus welchem es entglitten ist. Trotzdem fordert er unsere Mitarbeit, aber die wird nicht mehr schwierig sein unter dem jetzigen Stand der Dinge."[19]

Menasseh Ben Israel und Spes Israelis 1650

Der israelische Historiker Avihu Zakai hat darauf aufmerksam gemacht, wie unter dem Einfluss der neuen chiliastischen Eschatologie die Stellung der Juden in England radikal verändert wurde.[20] 1290 hatte Edward I. mit königlichem Dekret die Juden von den britischen Inseln vertrieben. 350 Jahre später wurden sie unter dem Protektorat Oliver Cromwells wieder zugelassen. Was hatte sich geändert?

> „With the rise of a unique apocalyptic tradition during the Protestant Reformation negative attitudes in England towards the Jews changed considerably, and this trend culminated during the Puritan Revolution in the mission of Mensseh Ben Israel and the Whitehall debates of 1655 on the readmission of the Jews."[21]

Protestantische und puritanische Theologen veränderten die Sicht auf die Juden von den „Agenten des Antichristen" zu Protagonisten des wiederkommenden Christus. Schon das berühmte Buch von John Foxe, *Acts and Monuments*, allgemein als *Buch der Märtyrer* bekannt, verbreitete eine prophetisch-apokalyptische Sicht der Weltgeschichte: Gegenwärtige Geschichte besteht im Kampf zwischen Christus und dem Antichrist, und England, die erwählte Nation des wahren Glaubens, ist der Hauptfeind des Antichristen und von Gott erwählt, ihn zu überwinden.[22]

Als Elizabeth I. den Thron 1558 bestieg und der Protestantismus siegte, sah man das Ende des Antichristen kommen: Nach der Öffnung von sechs Siegeln stand jetzt die Öffnung des siebten Siegels bevor (Offb 8 und 11). Der Untergang der spanischen Armada vor den Küsten Englands 1588 wurde als weltgeschichtlicher „Ton der siebten Posaune" nach Offb 11,15 gedeutet. Es entstand eine prophetische Auslegung der Weltgeschichte. Vom vierfachen Schriftsinn des Mittelalters blieb nur der Literalsinn übrig, der politisch-weltgeschichtlich und zugleich heilsgeschichtlich angewendet wurde: Die Bibel ist der göttliche Kommentar zur Weltgeschichte und die Weltgeschichte erfüllt die biblischen Verheißungen. Prophetie ist *historia anticipata*. Was für die Juden das Buch Daniel mit seinem „Monarchienbild" Kapitel 7 bedeutet, war für die Christen die Offenbarung des Johannes. Da sie das letzte Buch der Bibel ist, geht es von ihren Weissagungen direkt in die zukünftige Weltgeschichte über. Darum wurden im England des 15. bis 17. Jahrhunderts mehr Kommentare zur Offenbarung geschrieben als zu irgendeinem anderen Buch, von König Jakob I. bis Sir Isaac Newton.[23]

Der aus dem Buch Daniel und der Offenbarung ermittelte Heilsplan Gottes für die Zukunft sah grob so aus:

1. Kampf Christi gegen den Antichristen,
2. Sturz des Antichristen,
3. Bekehrung Israels zum kommenden Christus,
4. Aufrichtung des Tausendjährigen Friedensreiches Christi aus Christen und Juden und allgemeine Glückseligkeit der Menschheit.

Die erwartete Bekehrung der Juden wurde als Zeichen genommen, dass die Wiederkehr Christi in Herrlichkeit gekommen war. Was mit der Bekehrung der Juden gemeint war, ist unklar. Sie steht zwischen der Kirche und dem Reich Christi und stellt den Übergang von Kirche Christi und dem Reich Christi, des Messias, dar. Also sollen wörtlich genommen die Juden nicht Kirchenchristen, sondern ihre zukünftigen Reichsgenossen werden. Sie werden den kommenden Christus in der Herrlichkeit Gottes als ihre Annahme von Gott und ihr „Leben aus den Toten" begrüßen. Sie sind auf jeden Fall nicht mehr Agenten des Antichristen, sondern das erwählte Volk des in Herrlichkeit kommenden Messias. Es ging nicht um Einzelbekehrungen, sondern eine „eminent and general conversion". Der Oberrabbiner von Amsterdam schrieb 1650 sein Buch *Spes Israelis*, um die Wiederzulassung der Juden auf den britischen Inseln zu erreichen. Dafür beschwor er die Stimmung der neuen chiliastischen Eschatologie: „Wir können nicht exakt die Zeit unserer Erlösung anzeigen, aber wir urteilen, dass sie sehr nahe ist, ungefähr am Ende des Jahrhunderts (*age*)." Dann bezog er sich auf die Weissagung der Propheten, dass bevor der Messias kommt, die Juden verstreut sein werden unter alle Nationen. Die Wiederzulassung der Juden auf den britischen Inseln wäre also ein Schritt näher zum Kommen des Messias/Christus.[24]

Jakob Brocard und die Vision Joachim von Fiores

„Brocardo was probably the most original and certainly the most prolific of sixteenth century Joachim writes", schrieb Richard Bauckham.[25] Ich stieß auf seine Spuren, als ich in Bremen die Reich-Gottes-Theologie von Johann Coccejus erforschte.[26] Jakob Brocard (ca. 1518–1594) war ein gebildeter Humanist, geboren und aufgewachsen in Venedig. Venedig war in der ersten Hälfte des 16. Jahrhunderts ein Hafen für „italienische Häretiker der Spätrenaissance", wie Cantimori nachgewiesen hat.[27] Hier fanden die ersten organisierten Täuferversammlungen statt, und in Venedig erschienen die Werke von Joachim von Fiores zuerst im Druck ab 1519.

1563, so schreibt Brocard, ergriff ihn hier die göttliche Berufung beim Lesen von Haggai 1. Er verließ seinen weltlichen Beruf und gab sich den Prophetien über „die Kirche und das Reich Christi" hin, das ist der endzeitliche Übergang von der Kirche Christi zum Tausendjährigen Reich Christi. Er verstand sich selbst als berufener Prophet des kommenden Reiches Christi und versuchte sich, getreu seiner weltgeschichtlichen Auslegung der Bibel, in konkreten Weissagungen. So verkündigte er den Venezianern den baldigen Verlust Zyperns an die Türken und rühmte sich, die Bartholomäusnacht 1572 sechs Jahre zuvor vorausgesagt zu haben. Er prophezeite dem Papst seinen zukünftigen Sturz durch einen protestantischen Fürsten, der die neue christliche Reichseinheit herstellen werde. 1565 übergab ihn der Magistrat von Venedig der Inquisition. Er konnte fliehen. 1573 finden wir ihn in Straßburg und dann in Heidelberg, wo er den Gesandten Heinrich von Navarras Jaques Ségur für sich gewann und mit ihm unter den protestantischen Fürsten und Städten Europas für eine politische Union warb. Seine Auslegungen zur Genesis und zur Offenbarung erschienen in Frankreich, wurden aber von der reformierten Nationalsynode in La Rochelle 1581 verworfen. 1577 besuchte er England und fand hier mit seinem Apokalypse-Kommentar gute Aufnahme, seine konkreten Weissagungen fanden jedoch wenig Glauben. Seine wichtigsten Bücher wurden in ihrer letzten Gestalt 1585 in Bremen gedruckt, wo er persönlich für einige Zeit lebte und die Freundschaft des „zweiten Reformators" der Stadt Christoph Pezel gewann.[28] 1594 starb er bei seinem Freund Camerarius in Nürnberg.

Brocard vertrat die trinitarische Drei-Zeiten-Lehre Joachims und wendete sie auf die eigene Zeit an. Die eigene Gegenwart ist danach im Übergang vom Zeitalter Christi zum Zeitalter des Heiligen Geistes begriffen. Christologisch wandte er die Lehre vom dreifachen Advent Christi an: Er kam im Fleisch – er kommt im Geist – er wird kommen in Herrlichkeit. Die eine Gegenwart ist der Übergang von der streitenden Kirche Christi zum siegreichen universalen Friedensreich Christi. Pneumatologisch sprach er von sieben Zeiten des Heiligen Geistes, die er weltgeschichtlich datierte: Die sechste Zeit war die Gegenwart zwischen Bartholomäusnacht bis zum Sturz des Papsttums. Dann sollte das siebte Zeitalter beginnen, der Weltensabbat und mit einem christlichen Generalkonzil in Venedig beginnen, um das Tausendjährige Reich zu begrüßen. Weltgeschichtlich rechnete Brocard wie die Quintomonarchianer mit dem Reich Christi als dem „fünften Reich", dem Reich des Menschensohns aus Daniel 7. Als Adressaten seiner universalen Prophetie nannte er: „Christen, Juden und alle Völker, die jetzt zur Aufnahme des Reichsevangeliums (*Evangelium Regni*) gerufen werden". Das „Reichsevangelium" war für ihn die Summe der Schrift und der verborgene Tenor der Weltgeschichte. Das „Reichsevangelium" war nichts Geringeres als die „Öffnung der Schrift" in der Endzeit. Nicht die Schrift an sich, sondern diese politische apokalyptische

„Öffnung der Schrift" wurde als Wort der Offenbarung Gottes verstanden. Wie bei Joachim von Fiore gab für Brocard die heilsgeschichtlich angewandte, nach ihren Werken neu bestimmte Trinitätslehre das Grundprinzip der Weltdeutung her. Diese Kräfte gibt es seit der Schöpfung in allen Dingen und Ereignissen: Die *creatio* des Vaters, die *formatio* des Sohnes und die *efficacitas* des Geistes. Entsprechend finden sich drei Stadien der Geschichte des Volkes Gottes. Im ersten Stadium wird Gott der Vater offenbar und im Gesetz angerufen; im zweiten Stadium kommt Christus, predigt das Evangelium, gründet die apostolische Kirche, bereitet durch das Blut der Märtyrer sein Volk auf sein kommendes Reich vor und schickt während der Herrschaft des Antichristen die Boten seiner zweiten Ankunft im Geist: Wer mit Christus leidet, wird mit ihm leben. Diese Boten waren nach Brocard: Joachim und Savonarola, Hus und Wycliff, Luther und die Reformatoren. Danach kommt Christus in Herrlichkeit. Im Reich des Vaters herrscht das Gesetz, im Reich des Sohnes das Evangelium, im Reich des Geistes die Prophetie. Brocard entwickelte daraus sogar eine Lehre vom „dreifachen Schriftsinn"; zum Beispiel spricht Psalm 3 im ersten Stadium von der Verfolgung Davids durch Absalom, im zweiten von der Verfolgung Christi durch die Juden, im dritten von der endzeitlichen Drangsal der wahren Christen in der Gegenwart. Für die Exegese folgt daraus die apokalyptische Hermeneutik: „*Interpretatio saepe requiretur secundum rationem septem aetatum*". Im Fortschritt der Geschichte wird die Schrift bewiesen und durch die vorausgesagten Ereignisse „geöffnet". Politisch arbeitete Brocard wie nach ihm auch Comenius am Sturz des Papsttums, einer politischen Union aller protestantischen Fürsten und Städte und einem allchristlichen Konzil, auf dem der wiederkommende Christus den Vorsitz führen sollte.

Die zukünftige Bekehrung der Juden zu dem Millennium war allgemeine und unbezweifelte Auffassung aller Joachimiten des 17. Jahrhunderts. Insofern hatten die Reformatoren unbewusst Recht, wenn sie die chiliastische Enderwartung einen „jüdischen Traum" nannten:

einen Traum für die Juden und für die Vereinigung des jüdischen Volkes und des christlichen Volkes im messianischen Reich Christi.

Vom 15. zum 16. Jahrhundert wandelte sich die Eschatologie von einer pessimistischen Erwartung des Weltuntergangs zum historischen Optimismus des kommenden Friedensreiches Christi. Vor 1618 gab es dafür in Westeuropa für die Protestanten auch viele „Zeichen und Wunder" wie den Untergang der spanischen Armada 1588, aber im Dreißigjährigen Krieg war es eher eine Hoffnung, wo nichts mehr zu hoffen war.

Die Quintomonarchianer und die spanische Weltmonarchie

Das „Monarchienbild" von Daniel 7 war die Grundlage politischer Theologie im *Corpus Christianum*. Es war die erste weltgeschichtliche Vision, und sie verband Heil und Politik.[29]

Im ersten Jahr Belsazars, des Königs von Babel, hatte Daniel einen Traum und Gesichte auf seinem Bett; und er schrieb den Traum auf:

> „Ich, Daniel, sah ein Gesicht in der Nacht, und siehe, die vier Winde unter dem Himmel wühlten das große Meer auf. Und vier große Tiere stiegen herauf aus dem Meer, ein jedes anders als das andere. Das erste war wie ein Löwe und hatte Flügel wie ein Adler. Ich sah, wie ihm die Flügel ausgerissen wurden. Und es wurde von der Erde aufgehoben und auf die Füße gestellt wie ein Mensch, und es wurde ihm ein menschliches Herz gegeben. Und siehe, ein anderes Tier, das zweite, war gleich einem Bären und war auf der einen Seite aufgerichtet und hatte in seinem Maul zwischen seinen Zähnen drei Rippen. Und man sprach zu ihm: Steh auf und friss viel Fleisch! Danach sah ich, und siehe, ein anderes Tier, gleich einem Panther, das hatte vier Flügel wie ein Vogel auf seinem Rücken und das Tier hatte vier Köpfe, und ihm wurde Herrschergewalt gegeben. Danach sah ich in diesem Gesicht in

der Nacht, und siehe, ein viertes Tier war furchtbar und schrecklich und sehr stark und hatte große eiserne Zähne, fraß um sich und zermalmte, und was übrig blieb, zertrat es mit seinen Füßen. Es war auch ganz anders als die vorigen Tiere und hatte zehn Hörner. Als ich aber auf die Hörner achtgab, siehe, da brach ein anderes kleines Horn zwischen ihnen hervor, vor dem drei der vorigen Hörner ausgerissen wurden. Und siehe, das Horn hatte Augen wie Menschenaugen und ein Maul; das redete große Dinge. Da sah ich: Throne wurden aufgestellt, und einer, der uralt war, setzte sich. Sein Kleid war weiß wie Schnee und das Haar auf seinem Haupt wie reine Wolle; Feuerflammen waren sein Thron und dessen Räder loderndes Feuer. Da ergoss sich ein langer feuriger Strom und brach vor ihm hervor. Tausendmal Tausende dienten ihm, und zehntausendmal Zehntausende standen vor ihm. Das Gericht wurde gehalten und die Bücher wurden aufgetan. Ich sah auf um der großen Reden willen, die das Horn redete, und ich sah, wie das Tier getötet wurde und sein Leib umkam und in die Feuerflammen geworfen wurde. Und mit der Macht der andern Tiere war es auch aus; denn es war ihnen Zeit und Stunde bestimmt, wie lang ein jedes leben sollte. Ich sah in diesem Gesicht in der Nacht, und siehe, es kam einer mit den Wolken des Himmels wie eines Menschen Sohn und gelangte zu dem, der uralt war, und wurde vor ihn gebracht. Ihm wurde gegeben Macht, Ehre und Reich, dass ihm alle Völker und Leute aus so vielen verschiedenen Sprachen dienen sollten. Seine Macht ist ewig und vergeht nicht, und sein Reich hat kein Ende. Ich, Daniel, war entsetzt, und dies Gesicht erschreckte mich. Und ich ging zu einem von denen, die dastanden, und bat ihn, dass er mir über das alles Genaueres berichtete. Und er redete mit mir und sagte mir, was es bedeutete. Diese vier großen Tiere sind vier Königreiche, die auf Erden kommen werden. Aber die Heiligen des Höchsten werden das Reich empfangen und werden's immer und ewig besitzen."
(Dan 7,1–18; LU)

In Daniel 2 werden die vier Königreiche noch einmal genannt mit der Variante, dass Gott ein Reich aufrichtet, das „alle diese Königreiche zermalmen und zerstören; aber es selbst ewig bleiben wird“ (V 44). Das geschieht durch den „Stein Daniels“ (V 34), der alle diese Weltreiche zerstören wird.

Die jüdisch-christliche Weltreichlehre hat die vier Tiere mit dem Reich der Assyrer, der Perser, der Griechen und der Römer identifiziert.[30] Das Römische Reich wurde als das „Eiserne“ angesehen. Das „Heilige Römische Reich deutscher Nation“ und das orthodoxe Zarentum in Russland wurden mithilfe der Rechtsfigur der *translatio imperii* mit dem Römischen, dem vierten Reich verbunden.[31] Das eschatologische Reich des Menschensohns wurde mit dem entstehenden christlichen Reich identifiziert. Mit der Christianisierung des Römischen Reiches seit Kaiser Konstantin entsteht also ein „fünftes Reich“, das ist die christliche Universalmonarchie, die missionarisch und imperialistisch bis an die Enden der Erde ausgebreitet werden muss. Das ist die politische Heilslehre der Quintomonarchianer und der *Fifth-Monarchy-Men*. Das christliche Schwert empfängt seinen Segen als „Stein Daniels“, der alle anderen Weltreiche zerstört. Das „fünfte Reich“ ist endgeschichtlich, es reicht bis an das Ende der Welt. Wenn es zu seinem Ende kommt, beginnt das große Weltgericht Gottes. Die Danielauslegung Luthers und Melanchthons stärkte das Kaisertum Karls V., „denn die Bibel lehret uns klärlich, dass der jüngste Tag bald kommen soll nach der Zerstörung dieses teuflischen Reichs“.[32] Als die Portugiesen Afrika umsegelten und Spanier Amerika entdeckten, entstand der politische „Messianismus in den iberischen Kulturen“. Der „Stein Daniels“ zerstörte die Reiche der Azteken, der Maya und der Inka. Das Reich Christi erreichte im spanischen Weltreich globale Horizonte. Als Karl V. sagte, es gehe in seinem Reich die Sonne nicht unter, war das nicht astronomisch gemeint, sondern messianisch: Die endzeitliche Universalmonarchie war erreicht. Der frühe europäische Imperialismus in Spanien, England und in Amerika wurde quintomonarchianisch gerechtfertigt und geprägt.

Sofern das Reich Christi, des „Menschensohns" nach Daniel 7, auf Erden ist und die anderen Weltreiche zerstört und ersetzt, kann man von einem „fünften Reich" sprechen. Wenn man jedoch den Ursprung und die Qualität beachtet, kann man nicht weitererzählen, weil das Reich Christi die qualitative Alternative zu den vier Weltreichen darstellt: Es kommt nicht aus dem Chaosmeer, sondern aus dem Himmel. Es ist kein Gewalt-, sondern ein Friedensreich.[33]

Philipp Jakob Speners „Hoffnung zukünftiger besserer Zeiten"

Philipp Jakob Spener (1635–1705) gilt als Vater des deutschen lutherischen Pietismus. Er war zeit seines Lebens ein vielgesuchter und bewunderter Prediger, zuerst in Straßburg, dann in Frankfurt, zuletzt in Dresden und Berlin. Johann Arnds *Wahres Christentum* regte ihn 1675 zu seiner bekannten Reformschrift *Pia Desideria oder herzliches Verlangen nach gottgefälliger Besserung der wahren evangelischen Kirchen* an, die weite Verbreitung fand.[34] Er beklagte die römisch-katholische Gegenreformation, den verwirrten Zustand vieler evangelischer Kirchen, die Separatisten in den verschiedenen Frömmigkeitsbewegungen und machte Vorschläge zur Besserung in seiner *Behauptung der Hoffnung künftiger besserer Zeiten*. Seine Kirchenkritik und seine Reformdynamik wurden von der messianischen Spannung der neuen chiliastischen Eschatologie getragen. Er sagte der Kirche Christi eine herrliche Zukunft voraus: Sie wird erstens nicht zerfallen, denn es gilt die Verheißung, dass „die Pforten der Hölle sie nicht überwinden werden". Sie wird zweitens im Licht der verheißenen Wiederkunft Christi „besseren Zeiten" entgegengehen, denn „Der Herr ist nahe!"

Darum erwartete Spener den baldigen Sturz des antichristlichen Papsttums, das jetzt noch das Evangelium unterdrückte und die evangelischen Christen verfolgte. Die römisch-katholische Bedrohung der evangelischen Christenheit geschah nach Spener durch grausame Verfolgungen und „die stille Gegenreformation". Die Befreiung aus dieser „babylonischen Gefangenschaft" hatte mit der Reformation begonnen und würde bald vollendet werden: „Wir haben noch einen größeren Fall des päpstlichen Roms zu erwarten." Das Ärgernis des antichristlichen Roms würde abgetan werden, wenn die Weissagung aus Offenbarung 18 und 19 ganz erfüllt sein wäre. Die jetzt unter dieser schweren Tyrannei leben, würden frei von ihren Banden mit Freuden zu der Freiheit des Evangeliums hingeführt werden. Spener versprach sich vom Sturz des antichristlichen Roms auch eine Besserung der evangelischen Kirchen, denn „von der katholischen Kirche haben wir einen großen Teil unserer Fehler geerbt". Im Grunde aber war der Sturz dieser „antichristlichen Macht" ein Sturz des Antichristen selbst und damit ein Zeichen des siegreichen wiederkehrenden Christus. Das zeigt auch der zweite Topos der neuen chiliastischen Eschatologie bei Spener: die Heimkehr Israels.

> „Wir haben nicht zu zweifeln, dass Gott einen besseren Zustand seiner Kirchen hier auf Erden versprochen hat. Wir haben eine herrliche Weissagung S. Paulus und das von ihm geoffenbarte Geheimnis: Nachdem die Fülle der Heiden eingegangen ist, soll ganz Israel selig werden." (vgl. Rö 11,25.26)

Spener verstand das so: „wenn eben nicht das ganze, gleichwohl ein offensichtlich großer Teil der bis dahin noch so verstockt gewesenen Juden zum Herrn bekehrt werden soll". Auf jeden Fall erwartete Spener eine „einmal aus Juden und Heiden gesammelte Kirche". Der Zustand der jetzigen Kirche stellte das größte Hindernis für die Bekehrung der Juden zum Herrn dar. Spener war unschlüssig, ob deren geforderter „heiliger Wandel" oder „Gott durch seine Kraft" die Juden bekehren würde. Wenn die Juden sich zum Herrn bekehrten, würde jedenfalls der Zustand der Kirche gründlich verändert werden. Die Besserung unserer Kirchen, die Schwächung des Papsttums und die

Bekehrung der Juden gehörten für Spener zusammen, denn „das in der Schrift Vorausgesagte wird sich erfüllen".

Mit seiner chiliastisch begründeten *Behauptung der Hoffnung künftiger besserer Zeiten* antwortete Spener auf die pessimistische Frage: „Wird Christus noch Glauben finden, wenn er wiederkommen wird?" Er vertrat auch ein biblisch begründetes Vollkommenheitsstreben in der persönlichen und gemeinschaftlichen Frömmigkeit, indem er das lutherische *simul justus et peccator* ergänzte um das *peccator in re – justus in spe*:

> „Zuerst ist es nicht verboten, die Vollkommenheit zu suchen, im Gegenteil, wir werden dazu angetrieben. Wäre es nicht zu wünschen, dass wir sie erlangen? Doch andererseits gestehe ich gern, dass wir es hier im Leben nicht dazu bringen werden."

In einer diesseitsorientierten, chiliastischen Eschatologie sind die Grenzen zwischen diesem Leben und dem jenseitigen Leben geöffnet, sodass dieses Leben sich schon jetzt nach dem ewigen Leben ausstrecken kann. Nur im Blick auf Vollkommenes wird in diesem Leben Unvollkommenes erreicht.

Wir gehen hier nicht auf seine kirchlichen Reformvorschläge ein. Nur ein Hinweis soll gegeben werden: Indem er die landeskirchliche Staatskirche mit einer Gemeindekirche durchdringt, in der bibellesende Gruppen die Gemeinschaften der Gemeinde bilden, stellt er die Kirche wieder in die eschatologische Spannung, wie er sagen würde, der neutestamentlichen Weissagungen. Die *ecclesiolae in ecclesia* macht Gemeinden lebendig für das zukünftige Reich Christi.

Speners späte Schrift *Behauptung der Hoffnung künftiger besserer Zeiten*, Frankfurt 1693, dient, wie der Untertitel sagt, der *Rettung des insgemein gegen dieselbe unrecht angeführten Spruchs Luc XIIX, v.8: Doch wann des menschen Sohn kommen wird maynest Du daß ER auch werde glauben finden auf erden?* Spener nennt Christus „den Propheten" und spricht von mehreren „Zukünften Christi": Er kam im Fleisch, er kommt im Geist und in den Herzen, er wird in geschichtlicher Zukunft zu seinem Reich kommen. Spener spricht an keiner Stelle von einer Wiederkunft Christi. Die Zukunft des Reiches Christi wird gegenüber seinem Kommen im Fleisch und im Geist neu sein. Das Tausendjährige Reich Christi hat einen Anfang in der Zeit, das ist der Sturz des Antichristen, und ein Ende in der Zeit, das ist der Ansturm von Gog und Magog (Offb 20,7–10).

Spener spekuliert nicht über den Glanz des Tausendjährigen Reiches Christi, weiß aber viel über die Umstände, mit denen es kommt. Da ist

1. „der völlige Fall Babels“ (336): „das ist Rom“, sagt er. Er rechnet mit dem Fall des antichristlichen Papsttums. Luther hat dem Papsttum schon „einen Stoß versetzt“, jetzt kommt der „völlige Fall“. Das heißt, Spener rechnet mit einem chiliastischen Sieg der Reformation.
2. die Bekehrung von „ganz Israel“ in der letzten Zeit (316). Mit ganz Israel ist nicht die Summe aller Israeliten gemeint, sondern das von Gott erwählte Volk, denn seit der Zeit der Apostel sind immer einzelne Juden Christen geworden.

Im Reich des Messias-Menschensohns Christus erfüllt sich der Heilsberuf und die Erwählung Israels. Spener führt dafür alle einschlägigen Bibelstellen an. Gegenüber den wenigen Bemerkungen in der *Pia Desideria*-Schrift merkt man, wie viel ihm an dieser chiliastischen Bekehrung des Judentums liegt.

Die Wendung zum philosophischen Chiliasmus der Neuzeit

Im 17. Jahrhundert geschah die Wiedergeburt des theologischen Chiliasmus im Protestantismus, im 18. Jahrhundert folgte dessen Umformung in den philosophischen Chiliasmus der Neuzeit, in das universale

Humanitätsideal, die Menschenrechte und den Fortschrittsglauben.[35] Man sagt nicht zu viel, wenn man von einer Geburt der modernen Welt in Europa und den USA aus dem Geist chiliastischer Hoffnung spricht. Auf dem Siegel und jeder Ein-Dollar-Note der USA steht der chiliastische Anspruch: *Novus ordo seclorum*: Die neue Ordnung der Weltzeitalter. In ihrer politischen Ideologie haben die USA immer eine chiliastische Rolle für den Rest der Welt gespielt. Im amerikanischen Millenarismus fehlt auch nie die jüdische Komponente der „Erlösung Israels".[36] Wir gehen hier der Wendung zum philosophischen Chiliasmus bei G. E. Lessing und I. Kant nach.

Gotthold Ephraim Lessing

> „Auch die Umformung der christlich-chiliastischen Idee von der Wiederkehr des Messiasreiches in eine philosophische von der Verwirklichung der moralischen Weltordnung ist nicht das Werk Lessings oder irgendeines ‚freien Geistes', sondern sie ist das Werk eines chiliastischen Pietisten",

schrieb Fritz Gerlich, der diese Umformung genauer untersucht hat, und weist mit Recht auf den lutherischen Philosophen Christian August Crusius in Leipzig hin.[37] Crusius war ein Schüler des schwäbischen chiliastischen Pietisten und Bibelauslegers Johann Albrecht Bengel und ein Lehrer Lessings. Als Philosoph vermied er zwar den Ausdruck „das Tausendjährige Reich", aber er war durch die prophetische Bibelauslegung Bengels davon überzeugt, dass der Menschheitsgeschichte ein göttlicher Heilsplan zugrunde liege. Das Ziel der Vorsehung war das universale Friedensreich Christi, auf das alle Entwicklungsstufen der Heilsgeschichte hinwiesen. Die Kirche Christi war im Blick auf das Reich Christi nur eine „Interimskirche". Für Crusius konnte die moralische Vollkommenheit in der Menschheitszukunft erreicht werden. Darin kommt nicht nur ein moralischer

Optimismus zum Ausdruck, sondern auch die apokalyptische Weissagung, dass der Satan für tausend Jahre gebunden wird (Offb 20,2), sodass sich das Gute in der Menschheit ungehindert ausbreiten kann.

G. E. Lessings letzte Schriften, *Die Erziehung des Menschengeschlechts* und *Ernst und Falk. Gespräche für Freimaurer* von 1780 gelten als Grundlagenschriften deutscher Aufklärung.[38] Die *Erziehung* ist eine gelungene Übersetzung der chiliastischen Erwartungen in das Humanitätsideal und den Fortschrittsglauben der modernen Welt. An die Stelle des göttlichen „Heilplans" tritt die erziehende Vorsehung, die aus den Fortschritten der Menschheit erkannt werden kann.

> „Erziehung ist Offenbarung, die dem einzelnen Menschen geschieht; und Offenbarung ist Erziehung, die dem Menschengeschlechte geschehen ist und noch geschieht." (§ 2)
> „Die Ausbildung geoffenbarter Wahrheiten in Vernunftwahrheiten ist schlechterdings notwendig, wenn dem menschlichen Geschlechte damit geholfen sein soll. Als sie geoffenbart wurden, waren sie noch keine Vernunftswahrheiten; aber sie wurden geoffenbart, um es zu werden." (§ 76)

Die chiliastischen Wurzeln dieser Verhältnisbestimmung von Offenbarung und Vernunft sind leicht erkennbar: Im Reich Christi ist Christus selbst gegenwärtig, sodass alle ihn erkennen. Die kirchlichen Vermittlungen seiner Gegenwart durch Wort und Sakrament hören auf. In seiner Gegenwart werden alle ihn erkennen und keiner wird die anderen lehren müssen. Lessings *Erziehung* hat das Ziel, dass alle die Wahrheit durch ihre Vernunft erkennen und das Gute von selbst tun.

Lessing nahm auch andere wichtige Punkte der chiliastischen Eschatologie auf: Die Bekehrung Israels. In *Nathan der Weise* (1779) stellt er die drei Religionen Judentum, Christentum und Islam in seiner Ringparabel als gleichwertig dar und relativiert sie auf sein Humanitätsideal:

„Sind Christ und Jude eher Christ und Jude als Mensch? Ah! Wenn ich einen mehr in euch gefunden hätte, dem es genügt, ein Mensch zu heißen!"[39]

Das Humanitätsideal beschrieb nicht nur die Aufklärung der Vernunft, die Reinheit des Herzens und den guten Willen, sondern auch die Verbrüderung der Menschheit. Das war ein altes Freimaurerideal: „Alle Menschen werden Brüder ..." Das war aber auch das Ideal der Herrnhuter Brüdergemeine des Grafen Zinzendorf in ihrer „philadelphischen Zeit". Die Missionen in Grönland und Surinam dienten auch der Brüderlichkeit aller Menschen.

In der *Erziehung* hat Lessing diese universale Humanitätszukunft durch seine „Drei-Zeitalter-Lehre" begründet:

„Sie wird kommen, sie wird gewiss kommen, die Zeit der Vollendung, da der Mensch das Gute tun wird, weil es das Gute ist, nicht weil willkürliche Belohnungen darauf gesetzt sind" (§ 85).[40]

Er übersetzte die Idee von Joachim von Fiore in seine Sprache:

„Sie wird gewiss kommen, die Zeit eines neuen, ewigen Evangeliums, die uns selbst in den Elementarbüchern des neuen Bundes versprochen wird." (§ 86)
„Vielleicht, dass selbst gewisse Schwärmer des dreizehnten und vierzehnten Jahrhunderts einen Strahl dieses neuen, ewigen Evangeliums aufgefangen hatten, und nur darin irrten, dass sie den Ausbruch desselben so nahe verkündigten." (§ 87)
„Vielleicht war ihr dreifaches Alter der Welt keine so leere Grille, und gewiss hatten sie keine schlimmen Absichten, wenn sie lehrten, dass der neue Bund eben sowohl antiquieret werden müsse, als es der Alte geworden. Es blieb auch bei ihnen immer die nämliche Ökonomie des nämlichen Gottes. Immer der nämliche Plan der allgemeinen Erziehung des Menschengeschlechts." (§ 88)

Aus Joachims „drittem Reich" des Heiligen Geistes macht Lessing das Zeitalter der Vernunftwahrheiten, die jeder Mensch durch Aufklärung erreichen kann. Diese Vernunftwahrheiten leuchten jedem Menschen unmittelbar ein. Aus Joachims Trinitätslehre macht Lessing drei separate und sequente Stufen in der Erziehung des Menschengeschlechts. Aus dem „ewigen Evangelium" (Offb 14,6) macht er die „Zeit der Vollendung" und aus dem „Heilsplan Gottes" wird der „Plan der allgemeinen Erziehung des Menschengeschlechts".

Lessing kritisiert an den Schwärmern, dass sie sich im Zeitpunkt irrten. Sie „übereilten ihn" und wollten „ihren Zeitgenossen, die kaum der Kindheit entwachsen waren, ohne Aufklärung, ohne Vorbereitung, mit eins (zu) Männern machen, die ihres dritten Zeitalters würdig wären" (§ 89). Mit der Aufklärung seiner Zeit, so Lessing, bricht endlich das neue, ewige Evangelium an: Das „dritte Zeitalter des Menschengeschlechts" beginnt „jetzt" in seiner Gegenwart. Jetzt ist die Zeit gekommen, um vom Glauben zur Vernunft und vom Gehorsam zum selbsterwählten Guten, von der Kirche zum Reich und vom Christentum zur Menschheitsreligion überzugehen. Wie seine frommen Vorgänger im 17. Jahrhundert ihre Zukunft als Wende erwarteten von der partikularen Interimskirche zum universalen Reich Christi, so deutete Lessing seine Zeit als Übergangszeit. Die „Zeit der Vollendung", die jetzt anbrach, sollte auch die Emanzipation der Juden im Menschheitsstaat bringen, wie er in *Nathan der Weise* empfahl. Und Lessing hatte sich nicht geirrt: Seine Zeit war eine Übergangszeit, ob zum „ewigen Evangelium" oder zur „Dialektik der Aufklärung" war in seiner Zeit noch nicht ausgemacht.

Immanuel Kant

Immanuel Kant gilt als Vater und Vordenker der deutschen Aufklärungsphilosophie. In seiner Schrift *Die Religion innerhalb der Grenzen der bloßen Vernunft* von 1793 war er dicht an Lessings Gedanken.

Er setzte sich mit den *Wolfenbütteler Fragmenten* auseinander und es finden sich eine Reihe wörtlicher Übereinstimmungen. Aus Lessings geistvollen Einfällen machte er eine ernsthafte Auseinandersetzung mit den Vertretern der chiliastischen Idee in dem dritten Stück seiner Religionsschrift: „Der Sieg des guten Prinzips über das böse und die Gründung eines Reiches auf Erden". Der „Kirchenglaube" vereinigt erst „provisorisch" die Menschen „zur Beförderung des Guten", doch die „reine Vernunftreligion" ist das Ziel, „damit Gott alles in allem sei".

> „Man kann im Grunde sagen: ‚dass das Reich Gottes zu uns gekommen ist', wenn auch nur das Prinzip des allmählichen Übergangs des Kirchenglaubens zur allgemeinen Vernunftreligion und so zu einem (göttlichen) ethischen Staat auf Erden allgemein und irgendwo auch öffentlich Wurzeln gefasst hat; obgleich die wirkliche Errichtung desselben noch in unendlicher Ferne von uns entfernt liegt."[41]

Wie Lessing rechnete auch Kant mit drei Zeitaltern – der Kindheit, dem Jünglingsalter, dem reifen Mannesalter –, wo

> „jeder dem Gesetz gehorcht, das er sich selbst vorschreibt, das er aber zugleich als den ihm durch die Vernunft geoffenbarten Willen des Weltenherrschers ansehen muss, der alle unter einer gemeinschaftlichen Regierung unsichtbarerweise in einem Staat verbindet." Kant nennt es „die neue Ordnung der Dinge".[42]

Für Kant war die chiliastische Vorstellung von einer Entwicklungsgeschichte des Menschengeschlechts schon selbstverständlich geworden. Er sah über das Allgemeine der Aufklärung hinaus in der Französischen Revolution ein „Geschichtszeichen" besonderer Art für die moralische Anlage des Menschengeschlechts zum Besseren. Von einem „verborgenen Plan der Natur" sagte er wörtlich: „Man sieht, auch die Philosophen können ihren Chiliasmus haben."[43] Dieser lag für ihn in der „vollkommenen bürgerlichen Vereinigung in der Menschengattung" zu einem „Völkerbund" und einem „Menschheitsstaat", der „ewigen Frieden" bringen wird.[44] Diese „bürgerliche Vereinigung" war nicht nur Ziel der Geschichte, sondern der „Endzweck der Schöpfung". Mit Lessing teilte Kant das endzeitliche Schwellenbewusstsein seiner Gegenwart:

> „Fragt man nun: Welche Zeit der ganzen bisher bekannten Kirchengeschichte die beste sei, so trage ich kein Bedenken zu sagen, es ist die jetzige, und zwar so, dass man den Keim des wahren Religionsglaubens, so wie er jetzt in der Christenheit zwar nur von einigen, aber doch öffentlich gelegt worden, nur ungehindert sich mehr und mehr darf entwickeln lassen, um davon eine kontinuierliche Annäherung zu derjenigen, alle Menschen auf immer vereinigende Kirche zu erwarten, die die sichtbare Vorstellung eines unsichtbaren Reiches Gottes auf Erden ausmacht."[45]

Die Auferstehung Christi – das eschatologische Ereignis

Das Reich Christi – die chiliastische Erwartung für Christen und Juden

Es fällt auf, dass in den herkömmlichen chiliastischen Eschatologien die Auferstehung Christi keine besondere Rolle spielt. Es werden die rabbinische Weltzeitenlehre, Daniels ewiges Reich des Menschensohns und seiner Heiligen, das „dritte Reich" des Geistes von Joachim herangezogen, aber nicht die neutestamentliche Christologie.[46] Das ist im heutigen Dispensationalismus nicht anders. Wir wollen sehen, ob sich aus der Theologie der Auferstehung Christi eine neue chiliastische Eschatologie begründen lässt und wie sie aussieht.[47]

Christus, der „Erstling der Entschlafenen", wird zum „Anführer des Lebens"

Obgleich Lukas und das Kirchenjahr die eschatologische Geschichte Jesu Christi mit symbolischen Zeitabständen nacheinander erzählt: Karfreitag – nach drei Tagen Ostern – nach 40 Tagen Himmelfahrt – nach 50 Tagen Pfingsten, handelt es sich doch um ein einziges Geheimnis des Heils. Christus kommt in diese Welt, stirbt den Tod der Hingabe am Kreuz, wird von den Toten auferweckt und zum Herrn der Gottesherrschaft erhöht und sendet die Lebenskräfte der zukünftigen Welt in diese Welt. Für die Auferstehungszeugen, die Frauen und die Jünger, fielen Ostern und Pfingsten im *Kairos* der Christusbegegnung zusammen. Den Auferstandenen zu erkennen und im Geist des ewigen Lebens wiedergeboren zu werden sind eins. Denn die Auferstehung Christi ist keine bloß historische Tatsache in einer sich immer weiter entfernenden Vergangenheit, sondern das eschatologische Ereignis, mit dem die Geschichte des Lebens mitten in der Welt des Todes eröffnet wird. Seine Auferweckung von den Toten ist auch keine Ausnahme und kein individuelles Ereignis, das nur Jesus betrifft, sondern hat als eschatologisches Ereignis menschheitliche und kosmische Relevanz. Die orthodoxe Liturgie sagt treffend:

> „Alles ist jetzt mit Licht erfüllt, Himmel und Erde und das Reich des Todes. Die ganze Schöpfung jubelt in der Auferstehung Christi."

Mit dem Ausdruck „auferweckt von den Toten" ist keine singuläre Antizipation der allgemeinen Totenauferstehung gemeint, sondern ihr Anfang: Der „Erstling der Entschlafenen" wird zum „Anführer des Lebens". „Wozu ist Christus gestorben und wieder lebendig geworden?" fragt Paulus (Röm 14,9; LU) und antwortet: „Dass er über Tote und Lebende der Herr sei." Die Herrschaft Christi schafft eine gemeinsame Gegenwart der Lebenden und der Toten und ihre gemeinsame Zukunft im Reich Christi. Denn wozu ist Christus zum Herrn der Gottesherrschaft erhöht?

Die Herrschaft Christi – das Reich Christi – das Reich des dreieinigen Gottes

„Er muss aber herrschen, bis Gott ihm ‚alle seine Feinde unter seine Füße gelegt hat'. Der letzte Feind, der vernichtet wird, ist der Tod." (1Kor 15,25–26; LU) Mit den „Feinden" sind die gottlosen „Mächte, Fürstentümer und Gewalten" gemeint, und wenn der Tod „vernichtet" wird, ist das neue, ewige Leben der zukünftigen Welt da (Offb 21,4). In jenem „muss" steckt der immanente Gedanke der Vollendung. Die innere Dynamik der Christusherrschaft drängt über sich hinaus. Das Ziel wird erreicht, wenn die Herrschaft Christi zum Reich Christi wird. Das ist chiliastisch gedacht, aber es ist ein eschatologischer Chiliasmus, weil das Reich Christi selbst noch vorläufig ist:

Danach das Ende, wenn er das Reich Gott dem Vater übergeben wird, nachdem er alle Herrschaft und alle Macht und Gewalt vernichtet hat …, „damit Gott sei alles in allen". (1Kor 15,24.28; LU)

Dann wird aus der Herrschaft Christi das Reich Christi und aus dem Reich Christi das Reich des dreieinigen Gottes.

Die „erste Auferstehung" der Toten und das Reich Christi

Für Paulus ist die Auferstehung ein Prozess: Zuerst Christus, dann die Christus angehören, wenn er kommen wird, dann die allgemeine Totenauferstehung und das Leben der zukünftigen Welt (1Kor 15,23). Die von Menschen jetzt erfahrene Geschichte steht unter dem eschatologischen Vorbehalt: „Jetzt aber sehen wir noch nicht, dass ihm alles untertan ist" (Hebr 2,8; LU). Nach dieser Prozessordnung beginnt mit der Ankunft Christi in Herrlichkeit die Auferweckung derer, die Christus angehören. Dies ist im Blick auf die allgemeine Totenauferstehung auch eine „Auferweckung aus den Toten". Man hat sie auch die „erste Auferstehung" genannt. „Wenn aber Christus, euer Leben, sich offenbaren wird, werdet ihr mit ihm offenbar werden in Herrlichkeit" (Kol 3,4; LU). Chiliastisch gedacht ist diese erste Auferstehung von den Toten ein Reich Christi und der Seinen. Gibt es für diese Hoffnung Belege? 1Kor 8,2 erinnert Paulus daran: „Wisst ihr nicht, dass die Heiligen die Welt richten werden?" Die Heiligen sind vornehmlich die Märtyrer: „Dulden wir mit ihm, so werden wir auch mit ihm herrschen." (2Tim 2,12)

Chiliastische Hoffnung als aktive Hoffnung der Christen

Die chiliastische Hoffnung, die sich aus dem „Muss" der Herrschaft Christi ergibt, hat nichts mit den heilsgeschichtlichen Berechnungen des „Siebten Weltzeitalters", des „dritten Reiches" oder der „fünften Monarchie" zu tun. Sie ist die innere Notwendigkeit der Herrschaft Christi, die aus seiner Auferstehung folgt, kein von außen herangetragener Heilsplan der Geschichte. Sie ist keine abwartende, sondern eine erwartende, keine passive, sondern eine aktive Hoffnung.

Ist das Reich Christi die Zukunft der Herrschaft Christi, dann ist die Herrschaft Christi die Antizipation dieses Reiches, und ein Leben, Leiden oder Tun in der gegenwärtigen Herrschaft Christi ist eine Vorwegnahme dessen, was Christus an seinem Tag vollenden wird. Mit dieser Zukunftserwartung widerstehen die Glaubenden den todbringenden Mächten und nehmen das „wahre Leben" schon „mitten im falschen" vorweg, was Th. W. Adorno für unmöglich hielt. Sie verändern sich selbst und ihre gegenwärtigen Verhältnisse in der Erwartung des kommenden Christus. Damit ist klar, dass die christliche Hoffnung aus inhärenten, christologischen Gründen eine eschatologisch motivierte, geschichtliche Vorwärtshoffnung ist. Die Hoffnung im Prozess der Auferstehung ist zugleich die wahre Ewigkeitshoffnung.

In ihrer Ethik folgt diese Hoffnung der inneren Dynamik der Christusherrschaft „Er muss herrschen". Wenn wir die Herrschaft Christi sachlich als Befreiung von den gottlosen Mächten, von Sünde, Tod und Teufel verstehen, ist damit ein Befreiungsauftrag für unterdrückte und getriebene Menschen und ein Befreiungsauftrag für die „seufzende Kreatur" verbunden. Die Freiheit Christi muss aber herrschen, bis die gottlosen Mächte und der Tod, mit dem sie verbündet sind, vernichtet sind. Eine „Ethik der Hoffnung" wird der inneren Dynamik der Christusherrschaft folgen.[48]

Chiliastische Hoffnung für Christen und Juden

Ist damit eine Hoffnung für Israel verbunden? In Offb 20 wird Israel nicht erwähnt und in 1Kor 15 auch nicht. Aber in Röm 9–11 hat Paulus eine ausführliche Israel-Hoffnung entwickelt.[49] Wie die Auferstehung Christi „von den Toten" muss auch die erste Auferstehung der Seinen vor der allgemeinen Totenauferstehung eine „Auferstehung von den Toten" sein. Es gibt eine weitere Auferstehung, die so ähnlich klingt, das ist für Paulus Israels „Annahme": „Was wird ihre Annahme anderes sein als Leben aus den Toten!" (Röm 11,15). Ganz Israel wird nicht durch das Evangelium der Heiden erlöst werden, sondern durch die Erscheinung des kommenden Christus, also durch das Sehen des Messias. Ich nehme an, dass Paulus dabei auch an seine eigene Bekehrung durch eine Christuserscheinung gedacht hat (Gal 1,11–24). Wenn „Leben aus den Toten" ganz Israels Erlösung durch die sichtbare Erscheinung des kommenden Christus sein wird, fällt sie mit dem „Reich Christi" zusammen. Dann haben Christen und Juden eine gemeinsame Hoffnung, und dann hat Israel neben der Kirche einen „Heilsberuf", wie der frühe Pietismus sagte.

Anmerkungen

1 Ausführliche Belege für Fakten und Thesen dieses Kapitels finden sich in Moltmann, Jürgen: *Das Kommen Gottes. Christliche Eschatologie*, Gütersloh 1996. III: Reich Gottes. Geschichtliche Eschatologie. 150–286.

2 Löwith, Karl: *Weltgeschichte und Heilsgeschehen. Die theologischen Voraussetzungen der Geschichtsphilosophie*, Stuttgart 1953. 26.

3 Für das Erste ist Althaus, Paul: *Die letzten Dinge. Lehrbuch der Eschatologie*, Gütersloh 1957 typisch. Für das Zweite ist Bloch, Ernst: *Das Prinzip Hoffnung*. Frankfurt 1961 typisch.

4 Moltmann, Jürgen: *Das Kommen Gottes*, 22–30.

5 Von Harnack, Adolf: *Lehrbuch der Dogmengeschichte I*, Tübingen [4]1909. 187.

6 Moltmann, Jürgen. a. a. O. III §3: *Politischer Millenarismus: Das „Heilige Reich". Kaiser Konstantin und die Folgen*, 182–192.

7 Goez, Werner: *Translatio Imperii. Ein Beitrag zur Geschichte des Geschichtsdenkens und der politischen Theorien im Mittelalter und in der frühen Neuzeit*, Tübingen 1958.

8 Fast, Heinold: *Der linke Flügel der Reformation. Glaubenszeugnisse der Täufer, Spiritualisten, Schwärmer und Antitrinitarier*, Bremen 1951. Görtz, Hans-Jürgen: *Die Mennoniten*. Stuttgart 1971.

9 Moltmann, Jürgen: *Christoph Pezel und der Calvinismus in Bremen*, Bremen 1958. 167 ff.: Von der philippistischen Geschichtswissenschaft zum apokalyptisch-heilsgeschichtlichen System des Coccejus.

10 Bekenntnisschriften der Evangelisch-lutherischen Kirche.

11 Das ist Virgils römische Vision.

12 Der bekannte Spruch Friedrich Hölderlins: „Wo aber Gefahr ist, wächst das Rettende auch" geht auf die chiliastische Eschatologie Bengels zurück, die in diesem Satz zum Ausdruck kommt.

13 Menk, Gerhard: *Die Hohe Schule Herborn in ihrer Frühzeit (1584–1660). Ein Beitrag zum Hochschulwesen des deutschen Kalvinismus im Zeitalter der Gegenreformation*, Wiesbaden 1981.

14 Menk, Gerhard. A. a. O. 78.

15 Ong, Walter J.: *Ramus. Method, and the Decay of Dialogue*. From the art of discourse to the art of reason, Cambridge Massachusetts 1958; Moltmann, Jürgen: *Zur Bedeutung des Petrus Ramus für Philosophie und Theologie im Calvinismus*. ZKG 68. 1957. 295–318.

16 Zakai, Avihu: *Exile and Kingdom. History and Apocalypse in the Puritan Migration to America*, Cambridge 1992. 4; Ders.: *The Poetics of History and the Destiny of Israel. The Role of the Jews in English Apocalyptic Thought and Philosophy*. 1996. Vol. 5. 313–350.

17 Olevian, Caspar: *De substantia foederis gratuiti inter Deum et electos*. Genf 1585. Deutsch: Herborn 1590.

18 Althusius, Johannes: *Politica methodice digesta*. Herborn 1603; Friedrich, Carl Joachim: *Johannes Althusius und sein Werk im Rahmen der Entwicklung der Theorie von der Politik*, Berlin 1975; Oestreich, Gerhard: *Die Idee des religiösen Bundes und die Lehre vom Staatsvertrag*, Berlin 1969.

19 Lochman, Jan Milič: *Comenius*, Hamburg 1982. 60; Biehl, Peter: *Johann Amos Comenius (1592–1670)*, in: Schroer, Henning (Hg.)/Zilleßen, Dietrich (Hg.): *Klassiker der Religionspädagogik*. Frankfurt 1989.46–72; Schaller, Klaus (Hg.): *Comenius. Erkennen – Glauben – Handeln*, St. Augustin 1985. Biehl nennt Comenius gar einen „Theologen der Hoffnung" (60) und nennt diese Hoffnung mit Recht chiliastisch: „Nun beginnt das siebte Jahrtausend, der Sabbat der Kirche, das große gnadenreiche Weltenjahr, in dem der neue Adam, der zur Erneuerung ausgesandt wurde, die Verbesserung aller verderbten Dinge auf der Welt beginnt." (Panorthosia).

20 Zakai, Avihu: *From Judgement to Salvation. The Image of the Jews in the English Renaissance*, WTJ 59 (1997). 212–230.

21 Ebd. 213.

22 Bauckham, Richard: *Tudor Apocalypse. Sixteenth century apocalyptism, millenarianism and the English Reformation*. Oxford 1975. 177: „The apocalyptic role of England".

23 Bousset, Wilhelm: *Die Offenbarung Johannis*, Göttingen [6]1906, führt die lange Liste der Apokalypsenkommentare auf.

24 Zakai, Avihu: *From Judgement*, 229.

25 Bauckham, Richard: *Tudor Apocalypse*, 218.

26 Moltmann, Jürgen: *Jakob Brocard als Vorläufer der Reich-Gottes-Theologie und der symbolisch-prophetischen Schriftauslegung des Johann Coccejus*. ZGK IX LXX. 1960. 110–129.

27 Cantimori, Delio: *Italienische Häretiker des Spätrenaissance*. Basel 1949; zu Brocard 49 ff. Für den Joachimitismus in England vgl. Reevers, Marjorie: *The influence of Prophecy in the Later Middle Ages. A Study of Joachimitism*, Notre Dame/Indiana 1993; dies.: *Joachim of Fiore and the Prophetic Future. A Medivial Study in Historical Thinking*, Sutton 1999.

28 Moltmann, Jürgen: *Christoph Pezel (1539–1604) und der Calvinismus in Bremen*, Bremen 1958.

29 Koch, Klaus: *Spätisraelitisches Geschichtsdenken am Beispiel des Buches Daniel*, HZ 193. 1961. 7–32. Wolfhart Pannenberg hat dieses Geschichtsdenken zur biblischen Grundlage seiner universalgeschichtlichen Theologie gemacht. Vgl. *Offenbarung als Geschichte*, Göttingen 1961.

30 Delgado, Mariano: *Die Metamorphosen des Messianismus in den iberischen Kulturen. Eine religionsgeschichtliche Studie*, Immensee 1964.

31 Goez, Werner: *Translatio Imperii*.

32 Goez, Werner: A. a. O. 261.

33 Moltmann, Jürgen: *Das Kommen Gottes*. III §3: Politische Eschatologie.

34 Ich benutze die neue Bearbeitung der „Pia Desideria“ von Erich Beyreuther, Wuppertal 1964. Die Zitate finden sich unter der Überschrift: Was hat Gott uns für die Zukunft der Kirche verheißen? 46–50.

35 Taubes, Jacob: *Abendländische Eschatologie*, Stuttgart 1983. Neuauflage München 1991, verhandelt das unter der Überschrift: Der Aufbau der philosophischen Eschatologie. 125–190.

36 Tuveson, Ernest Lee: *Redeemer Nation. The Idea of America's Millennial Role.* Chicago 1968.

37 Es ist das Verdienst von Gehrlich, Fritz: *Der Kommunismus als Lehre vom Tausendjährigen Reich*, München 1920. 142–179, diesen Umformungsprozess im Einzelnen nachgewiesen zu haben. Seine Marxismusdeutung ist schwächer. Karl Marx hat vermutlich nicht an das „Tausendjährige Reich“ gedacht. Ernst Bloch ist Fritz Gehrlich jedoch in dieser chiliastischen Deutung des „Wärmestroms“ im Marxismus gefolgt. Gehrlich wurde 1933 von den Nazis im KZ Dachau ermordet.

38 Lessing, Gotthold Ephraim: *Die Erziehung des Menschengeschlechts*, Stuttgart 1958.

39 Moltmann, Jürgen: *Lessing und der religiös „genügsame“ Humanist*, in: Ders.: *Der lebendige Gott und die Fülle des Lebens*, Gütersloh 2014. 19–23.

40 Auf dem Grabstein meines freimaurerischen Großvaters Johannes Moltmann steht dieser säkular-chiliastische Spruch.

41 Kant, Immanuel: *Religion innerhalb der Grenzen der bloßen Vernunft. Werke IV*, 797. Janowski, Christine J.: *Biblische Spuren und Motive in der Eschatologie I. Kants.* In: Heit, Alexander u. a. (Hg.): *Kant und die Bibel*, Tübingen 2015. 143–196.

42 Ebd., 777.

43 Kant, Immanuel: *Idee zu einer allgemeinen Geschichte in weltbürgerlicher Absicht. Werke VI, 43.*

44 Kant, Immanuel: *Zum ewigen Frieden. Werke VI*, 195–241.

45 Kant, Immanuel: *Religion*, 777.

46 Die theologische Kritik am Chiliasmus geht gewöhnlich nicht auf diese drei Vorstellungen ein, sondern lehnt ihn grundsätzlich ab. Die Ablehnung des Chiliasmus geht meistens zusammen mit einer Ablehnung Israels als Gottesvolk und einer Hoffnung für Israel. Typisch dafür ist Paul Althaus: *Die letzten Dinge*: In der Vorstellung eines „Zwischenreiches“, wie er es nennt, sieht er den Widerspruch einer „Vor-vollendung“. Er würdigte dennoch die „Diesseitigkeit“ dieser christlichen Hoffnung und ihren „Realismus“, doch „Realismus und Diesseitigkeit kommen vielmehr nach ihrer wesentlichen Wahrheit auch ohne den Chiliasmus zur Geltung“ (318). Der wahre Grund seiner Ablehnung des Chiliasmus aber ist seine Ablehnung eines besonderen „Heilsberufs“ für Israel neben der Kirche: Für ihn „gründet“ die Kirche in Israel und „mündet“ Israel in der Kirche (313). Eine Beziehung des christlichen Chiliasmus zur Hoffnung Israels behandelt auch Walter Kreck: *Die Zukunft des Gekommenen. Grundprobleme der*

Eschatologie, München 1966 nicht. Auch bei Hans Urs von Balthasar: *TheoDramatik IV: Das Endspiel*, Einsiedeln 1983, fehlt jede Erwähnung der jüdischen Hoffnung, außer dass er Joachim von Fiore für einen „geborenen Juden" hält (125). Wenn es heute „nach Auschwitz" zu einer theologischen Anerkennung der Treue Gottes zum Volk seiner Wahl in den christlichen Kirchen gekommen ist, muss es logisch auch zur Anerkennung der chiliastischen Eschatologie und ihrer diesseitigen, realistischen Vorwärtshoffnung kommen. Moltmann, Jürgen: *Das Kommen Gottes*, 222–225.

47 Durch Pannenberg, Wolfhart: *Grundzüge der Christologie*, Gütersloh 1964, wurde die Auferstehung Christi als historisches Ereignis und als eschatologische Prolepsis (Antizipation) in die theologische Diskussion gebracht. Vgl. jetzt dazu: Welker, Michael: *Gottes Offenbarung. Christologie*, Neukirchen 2012. 106–119. Der Teil 2, 99–134 führt in die heutige theologische Diskussion ein und stellt einen eigenen Entwurf dar.

48 Für Karl Barth wurde die chiliastische Eschatologie für die ethische Frage: „Was sollen wir tun?" relevant: „Ohne Chiliasmus, und wenn es auch nur ein Quäntchen wäre, keine Ethik." Barth, Karl: *Das Wort Gottes und die Theologie*, München 1929.140." Nicht der eudämonische Traum eines wiederkehrenden goldenen Zeitalters allgemeiner Glückseligkeit ist der bewegende Sinn der chiliastischen Erwartung, sondern der bewusste Ausblick auf die Wirklichkeit jenes Inbegriffs aller Zwecke, dessen Möglichkeit ja die Frage ist, die in jedem alltäglichen banalen Zweckhandeln verborgen schlummert." Nach Kant ist das „tausendjährige Reich der praktischen Vernunft" eine Aufgabe, nicht ein Wunschobjekt, ein Ziel, nicht ein Ende des sittlichen Kampfes [...] Der christlichen Hoffnung steht hier auf Erden vor Augen: „Freiheit in Liebe und Liebe in Freiheit als reines direktes Motiv gesellschaftlichen Handelns [...] Aufhebung der Grenzen des Krieges, des Zwanges und der Gewalt überhaupt [...]"(141).

49 Hofius, Otfried: *Das Evangelium und Israel. Erwägungen zu Röm 9–11*. In: ZThK 83. 1986. 297–324.

HOFFEN AUF GERECHTIGKEIT: ÜBERLEGUNGEN ZUM GEDANKEN EINES JÜNGSTEN GERICHTS

Corinna Dahlgrün

An Gräbern ist gegenwärtig vor allem vom „Licht“ die Rede, in dem sich die Verstorbenen nun befinden. Das ist bei vielen weltlichen Rednerinnen und Rednern so zu hören, und auch viele Pfarrerinnen und Pastoren beschränken sich auf diese Aussage, ergänzt um Hinweise auf die Geborgenheit in Gott und in seiner Liebe. Nun ist das inhaltlich weder falsch noch abwegig. Es hat durchaus seinen Anhalt in den biblischen Schriften und in der Tradition, etwa in den Texten der lateinischen Begräbnismesse: „Ewige Ruhe gib ihnen, Herr, und das ewige Licht leuchte ihnen.“ Allerdings formulieren die Texte des Requiems dann noch weitere Aussagen, die beispielsweise von Tagen des Zorns sprechen und vom richtenden Gott. Nicht so die Beerdigungsredner, und auch viele Pfarrerinnen vermeiden die agendarische Formulierung „Gott sei ihm/ihr gnädig im Gericht“. Meist ist es ein *pie in the sky*, eine Art „Süßigkeit im Himmel“, was verkündigt wird. Direkt nach dem Tod ist die oder der Verstorbene im Licht bei Gott angelangt, egal, wie sie oder er gelebt hat, egal, was sie oder er getan hat oder versäumt hat zu tun.[1] Es gibt keinen Zwischenschritt zwischen Sterben und Licht, schon gar keine negativen Möglichkeiten. Alles ist leicht, alles ist schön, alles ist gut. Von einem Gericht über unser Tun und Lassen, unser Reden und Denken möchten wir, so scheint die überwiegende Meinung der Redenden, nichts mehr hören. Und von der Hölle schon gar nicht.

Abgesehen davon, dass mit dem Verlust dieser theologischen Gedanken auch die Rede vom Himmel immer unkonkreter, immer weniger tröstlich geworden ist: Die Bibel sieht das anders. Die Propheten kündigen den Tag des Herrn an, der Schrecken mit sich bringen wird, doch auch die endgültige Aufrichtung der heilvollen Herrschaft Gottes (z. B. Jes 13, Am 5). Der Prediger beendet sein Buch mit der Mahnung zur Gottesfurcht, „denn Gott wird alles Tun vor sein Gericht bringen, es sei gut oder böse" (Pred 12,14). Viele meinen, dieser Gedanke sei typisch alttestamentlich. Aber auch Jesus hat mit großem Nachdruck das kommende Gericht angekündigt als ein Geschehen am Ende der Zeit, bei dem die Taten ebenso geprüft und beurteilt werden wie der Glaube. Er erzählt in vielen Reden, in sprachlichen Bildern und Gleichnissen von Gott, dem Vater, der liebt und barmherzig ist, der dem Verlorenen nachgeht und sich über die Umkehr der Sünder freut. Er selbst stirbt für uns – aus Liebe (Joh 15,13). Doch er spart in seinem Reden die andere Seite nicht aus. In einem Gleichnis sagt er, dass ein Knecht, der den Willen seines Herrn kennt, ihn aber nicht tut, am Ende viele Schläge wird erleiden müssen (Lk 12,47). Und er kündigt an, dass alle, die Böses getan haben, zum Gericht auferstehen werden (Joh 5,28). Er ruft zur Umkehr (Mk 1,15), zum Nicht-mehr-Sündigen (Joh 8,11), er beschreibt die Möglichkeit eines ‚Zu spät' (Lk 14,24; Mt 25,11 f.[2]), er beschreibt ein Gericht und dessen ewige Folgen (Mt 25,41.46). Wenn Gott auch das Heil des Menschen will, gibt es doch, so schärft er ein, die Hölle. Wir sollen wissen, dass es dieses ‚Zu spät' gibt, dass der von Gott geliebte Mensch im Gericht verurteilt werden und verloren gehen kann. Nimmt man seine Worte zusammen, erwartet uns im Tod die Konfrontation mit dem eigenen Tun und Lassen, dem Glauben, Denken und Reden vor dem Angesicht Gottes, dann ein reinigendes Feuer, möglicherweise eine Hölle oder der endgültige Tod. Das sind unangenehme Gedanken, und es überrascht nicht, dass immer weniger Menschen bereit sind, sie zu denken (die Theologinnen und Theologen unter ihnen weisen in diesem Zusammenhang gern darauf hin, dass Jesus hier auf traditionelles Gedankengut zurückgegriffen habe, das wir nicht mehr berücksichtigen müssten – als ob der Rückgriff auf überkommenes Gedankengut bedeutete, dass dessen Inhalte lediglich in postmoderner Weise ironisch zitiert würden, als ob die Aufnahme dieser Aussagen nicht zustimmend erfolgen könnte).

Nun betrifft diese Ausblendung des Negativen nicht nur das Christentum. Auch in der Rezeption anderer Religionen haben sich Menschen vieles zurechtgebogen: Die Wiedergeburt beispielsweise wird nicht als ein sich zeitlich erstreckendes Gericht (das Konzept des Karma), sondern als Chance zum Wachsen gesehen, die in unserer Hand liegt, als eine Selbstoptimierung im Angesicht der Ewigkeit – ein selbstgemachter Aufstieg ohne die Abhängigkeit von einem Erlöser. Und Yoga wird als eine Chance wahrgenommen, den Zustand des eigenen Körpers und der eigenen Nerven zu verbessern, nicht als der – oft harte – Weg, das eigene Selbst zurückzulassen. Aber: „Religion light", „Christentum light" gibt es nicht, jedenfalls dann nicht, wenn wir ernstnehmen, was die Religionen als Ganzes lehren und uns nicht Stücke nach Belieben herausschneiden.

Gehört also der – zugegebenermaßen unbehagliche – Gedanke an ein letztes Gericht zur christlichen Botschaft? Und ist ihm etwas Positives abzugewinnen? Es gibt Menschen, die diese Frage auch heute noch bejahen. Kürzlich las ich bei Twitter:

> „Von der Idee eines höchsten und letzten Richters jenseits aller menschlichen Autorität gehen innere Unabhängigkeit und Freiheit, Trost und Stärke aus. Und bei den Richtigen darf es auch gerne Furcht sein."[3]

Und der reformierte Schweizer Pfarrer und Schriftsteller Kurt Marti formulierte in seinem Gedicht „hölle himmel":

* Hamas → Israel

ich glaube nicht an die hölle enggläubiger christen
ich glaube nicht an die hölle bornierter fundis
doch bleibt mir im ohr was ein kluger jude gemurmelt:
„es muss eine hölle geben
– wo wäre sonst hitler?
es muss einen himmel geben
– wo wären sonst die vergasten?"
ich glaube dass schmerz und gedächtnis heilig
ich glaube dass sie weltenschwer wiegen
auf der waage des höchsten und des gerechten[4]

Ich ergänze diese beiden Zitate mit ein paar persönlichen Gedanken. Ich denke an die erschreckenden Berichte über Menschenrechtsverletzungen, die sich derzeit von Woche zu Woche vermehren, zum Beispiel Berichte über Massaker durch Angehörige der russischen Streitkräfte an der ukrainischen Zivilbevölkerung in Orten wie Butcha. Ich denke an die Bilder der Basidsch-e Mostaz'afin, der paramilitärischen freiwilligen Miliz im Iran, die in diesen Tagen im Herbst 2022 unbewaffnete junge Frauen angreifen, niederknüppeln, schwer verletzen und töten, weil sie sich gegen die Beschneidung ihrer Freiheit durch den schiitischen Islamismus mit seiner systematischen Unterdrückung von Frauen wehren. Ich denke an die Frauen und Mädchen in Afghanistan, an den Schulausschluss der Mädchen durch das Regime der Taliban, an den Anschlag auf die Schule in Kabul Anfang Oktober 2022, der mindestens 52 Mädchen und junge Frauen das Leben kostete. Berichte und Bilder wie diese lassen mich wünschen, dass es ein Gericht geben möge, in dem den Opfern Gerechtigkeit zuteilwird, in dem die Täter (und es sind überwiegend Männer, auch wenn Frauen durchaus ebenfalls zu Grausamkeit fähig sind) ihre Taten verantworten müssen. Ich phantasiere nicht von einem ewigen Straffeuer oder meine, dass Menschen wie Hitler, Stalin oder Tiglatpileser III.[5] in die Hölle gehörten – das ist kein Urteil, das endliche Menschen über andere endliche Menschen fällen könnten oder dürften.[6] Aber ich hoffe auf Gottes Gerechtigkeit, auf ein Wiederherstellen der von diesen und anderen Tätern zutiefst gestörten Ordnung im Miteinander der Geschöpfe. Ich hoffe auf ein letztes Gericht.

Wie ist das theologisch zu denken? Zunächst ist es einzuordnen in den Zusammenhang weiterer eschatologischer Vorstellungen.[7]

Tod

Da Menschen um ihre Sterblichkeit wissen, sind sie, selbst wenn sie nicht mehr an eine Transzendenz glauben, oft um eine Sinngebung für Sterben und Tod bemüht. Für einige kann ein solcher Sinn im emotionsfreien Ertragen letzter Sinnlosigkeit liegen. Für andere ergibt sich der Sinn im Vertrauen auf die Kontinuität des Lebens als solches, in der Erfüllung der Pflicht oder in der Liebe zu anderen. Eine weitere Möglichkeit, dem Sterben einen Sinn zuzusprechen, liegt in der erhöhten Intensität des Lebensgenusses, in der Nutzung der Rede vom Tod zu einem *carpe diem*. Auch die Behauptung eines „Dennoch" in Sätzen wie „Wir werden ihn nie vergessen", oder „Die Liebe ist stärker" wird der Erfahrung der Sinnlosigkeit des Todes entgegengehalten.

Doch was ist Tod? Das Nichts, die völlige Verneinung des Lebens? Dessen eigentliche Bestimmung, der letzte erreichbare Grad menschlicher Reife? Der Regelfall der Natur, und das Leben ist die Ausnahme? In biblischer Perspektive ist der Tod vor allem radikaler Abbruch des Lebens, Ende menschlicher Bezogenheit, Ende der Zugehörigkeit zur Weltgeschichte. In den Schriften des Alten Testaments gibt es eine Form des natürlichen Todes, wenn ein Mensch „alt und lebenssatt" stirbt. Für das Neue Testament ist der Tod eher der letzte Feind, der besiegt werden muss (1Kor 15,26), ein radikales Ende. In jedem Fall ist der Tod eine Grenze, wenn auch die Grenze zu etwas Neuem und anderem.

Was ist dieses Neue? Die Bibel kennt zum einen die Vorstellung eines sofortigen Auferstehens, gemäß der ein Mensch unmittelbar nach dem Tod zu Gott kommt und bei Christus ist (Phil 1,23; Lk 23,43). Zum anderen kennt sie den Gedanken der Auferweckung der Toten am Ende der Zeit. Das Wort „Auferweckung" macht deutlich, dass die Menschen zuvor entweder vollständig, an Leib und Seele, gestorben sind, oder dass ihre Seele geschlafen hat – daher das RIP, *resquiescat in pace* (Ruhe in Frieden). Die Rede von der Auferweckung betont die Ausschließlichkeit, mit der sich der Mensch in seiner Ganzheit dem neuschaffenden, den Tod überwindenden Handeln Gottes verdankt.

Nicht neutestamentlich ist dagegen die Vorstellung der Fortdauer der geistigen und also unzerstörbaren Seele.[8] Christus hat anderes verkündet und durch sein Sterben und Auferstehen erwirkt, nämlich die Rettung nicht nur der Seele, sondern des ganzen Menschen.

Der Gedanke der unsterblichen Seele ist allerdings auch unter Christen sehr verbreitet. Selbst unter regelmäßigen Gottesdienstbesucherinnen und -besuchern ist die Interpretation der Credo-Zeile „Auferstehung der Toten" als ein Fortleben der Seele durchaus gebräuchlich, obwohl dies eher zur Idee der *Scheol* passt, zu dem Schattenreich, in dem die Toten als Schatten fortexistieren, doch abgeschnitten sind von der Welt der Lebenden und von Gott. Die Bibel verhilft an dieser Stelle, wie so oft, nicht zu völliger Eindeutigkeit. Als wichtig festzuhalten scheint mir: Die Seele wird durch Gottes Handeln im Gottesreich wieder zur Seele eines Leibes, sodass „das Leben des Menschen aufersteht. Nichts, was darin gewesen ist, ist vernichtet."[9]

Damit sind aber auch die Verfehlungen, der mangelnde Glaube, die Schuld im Moment der Auferstehung noch im Menschen gegenwärtig, die vor Gottes Heiligkeit weder bestehen dürfen noch können. Das macht den Gedanken des Gerichts notwendig. Wir werden auferweckt als die, die wir waren. Und als die so Auferweckten stehen wir vor Gottes Gericht.

Gericht

Dass sich das Motiv des Gerichts durch die ganze Bibel zieht, vom angekündigten Tag Jhwhs bis zur Apokalypse, nach der die Herrschaft Gottes zum Heil der Menschen endgültig aufgerichtet wird, wurde bereits festgehalten, ebenso wie die Aufnahme dieser Vorstellungen durch Jesus. Bei ihm prüft dieses letzte, „Jüngste Gericht" die menschlichen Taten, vor allem die liebende Zuwendung zum Nächsten, es prüft das Gottesverhältnis und es prüft die Bereitschaft, Jesu Worte zu hören und zu glauben, umzukehren und ihm nachzufolgen. In seinen Gerichtsankündigungen erscheint das Heil der Menschen zumeist als die eindeutig vorgeordnete, von Gott gewollte Möglichkeit; allerdings ist auch die Hölle eine reale Alternative. Paulus kennt ein Gericht nach dem Glauben ebenso wie eines nach den Werken (Röm 3,23 ff. und 9,30 ff.; 1Kor 3,11 ff. und 2Kor 5,10), verlagert aber den Schwerpunkt auf den Glauben, der über das Heil entscheide. In jedem Fall wäre es nicht evangeliumsgerecht, an der Botschaft vom Gericht vorbeizusehen.

Wie dieses Gericht dann vonstatten geht, wird unterschiedlich dargestellt: als Scheidung der Böcke und Schafe (Mt 25), als apokalyptische Szene, in der Christus, das Gotteslamm, auf dem Thron sitzt und die Toten nach ihren Werken, die im Buch des Lebens verzeichnet sind, gerichtet werden (Offb 5 und 20), als unmittelbar nach dem Tod geschehende Scheidung von Täter und Opfer, die Opfer sofort in Abrahams Schoß und die Täter in die Hölle bringt (Lk 16), als Gewinn oder Verlust des wahren Lebens bereits auf dieser Welt (Joh 3,18). In jedem Fall gilt, dass das Tun des Menschen ebenso von Bedeutung ist wie sein Glaube.

Doch die biblischen Schriften geben, in unterschiedlichen Schriften und nicht systematisiert, noch weitere Auskünfte. Hinsichtlich des Zeitpunkts – wann dieses Gericht ergeht – gibt es, wie angedeutet, verschiedene Modelle:

Zeitpunkt

präsentisch:

- individuell als permanente Sündenerkenntnis (ein eschatologisches Gericht folgt)
- individuell als göttliche Strafe für Fehlverhalten
- kollektiv als göttliche Strafe (Kriege, Seuchen oder Naturkatastrophen)

futurisch:

- individuell unmittelbar nach dem Sterben
- kollektiv für alle Menschen aller Zeiten am Jüngsten Tag

Das Gericht kann präsentisch ergehen, in der Lebenszeit des Menschen (Joh 3,16–21), es entscheidet sich in diesem Konzept an der Haltung des Menschen zu Jesus als dem Christus. Damit verbunden kann auch der Schrecken der Sündenerkenntnis und das Leiden an den Sündenfolgen als Gericht interpretiert werden. Aus der Vorstellung des Tun-Ergehen-Zusammenhangs[10] heraus werden außerdem immer wieder individuelles Leiden, Krankheit und Schicksalsschläge als göttliche Strafe interpretiert (dies nicht nur individuell, sondern auch kollektiv in Form von Kriegen oder Naturkatastrophen, vgl. Lk 13,1–5), was aber von Theologinnen und Theologen derzeit kaum vertreten wird. Ebenso kann das Gericht als futurisch ergehend beschrieben werden, sofort nach dem Tod individuell, im Gegenüber der einzelnen Seele zu Gott, oder am Ende der Zeiten kollektiv für alle Menschen (Mt 25,31 ff.). In der Gemeindefrömmigkeit ist, in Zusammenhang mit der zunehmenden Dominanz der Unsterblichkeits- über die Auferstehungshoffnung, die Erwartung eines nach dem Tode ergehenden individuellen Gerichts verbreitet. Dies wird beispielsweise von Jürgen Moltmann unterstützt, der das besondere Gericht im Tode als eine Konfrontation der einzelnen Seele mit der Wahrheit des eigenen gelebten Lebens auffasst.[11]

Auch hinsichtlich des Ziels des Gerichts gibt es unterschiedliche Aussagen:

Ziel des Gerichts

Strafe für begangenes Unrecht

- Beschämung der Täter
- Rache oder Gerechtigkeit für die Opfer

Befreiung des Menschen von Sünde

- in Form einer Aufdeckung
- als schmerzliche Reinigung („Gericht als Fegefeuer")
- als Verwandlung

Durchsetzung des Willens Gottes (Gott als Herr der Geschichte)

Als Ziel kann entweder die Strafe für das begangene Unrecht genannt werden, die Beschämung der Täter, die Rache für die Opfer, die Befreiung der Menschen von ihrer Sünde durch Aufdeckung, Reinigung oder Verwandlung oder die Durchsetzung des Willens Gottes. Die – möglicherweise strafende – Befreiung von der Schuld ermöglicht dann neue Gemeinschaft nach zwei Seiten hin. Zum einen kann die Gemeinschaft zwischen Opfern und Schuldigen wiederhergestellt, der Dialog zwischen ihnen wieder aufgenommen werden. Zum anderen war auch die Gemeinschaft des Sünders mit Gott durch die eigene Entscheidung und das entsprechende Tun nachhaltig gestört. Das Gericht ist dann als ein Festhalten Gottes am Sünder zu verstehen, als „gleichsam letzte[r] Akt der Solidarität Gottes mit den Gottlosen"[12].

Schließlich ist natürlich noch der Ausgang des Gerichts von Interesse.

Ausgang des Gerichts

a. • Annihilationsalternative
  - als Vernichtung der Sünde (= Reinigung)
  - als Vernichtung des Sünders

b. • *Apokatastasis panton* – Wiederbringung aller (auf Origines zurückgehend, Neuzeit: Karl Barth)

c. • Doppelter Ausgang (CA 17)

Hier gibt es drei Alternativen (von denen die letzte die Mehrheit der biblischen Belege für sich hat): (a) die Annihilationsalternative, das heißt die endgültige Vernichtung der Sünde oder aber der Sünderinnen und Sünder, (b) die *Apokatastasis panton*, die Wiederbringung aller[13] oder (c) der doppelte Ausgang, also der Weg entweder in den Himmel beziehungsweise das ewige Leben oder in die Hölle.

(a) Die Annihilationsalternative wird, soweit ich sehe, derzeit kaum vertreten, allerdings kann sie – als Vernichtung der Sünde – im Zusammenhang mit dem Gedanken der Neuschöpfung, der Vorstellung des „neuen Himmels und der neuen Erde" als bedenkenswert angesehen werden. Wenn Gott der Herr der Geschichte und sein Wille ihr letztes Ziel ist, wird entweder die Weltgeschichte selbst zum Gericht, oder aber das Weltende ist nur als Gericht zu denken. Dieses Gericht ist dann ein Beenden des Alten, das zugleich Neues schafft, eine Wiederherstellung der durch Unrecht und Sünde gestörten Weltordnung, eine Überwindung des Todes. In diesem Sinne könnten meines Erachtens auch die Überlegungen des Phänomenologen Vilém

Flusser weitergeführt werden: Handlungen, die als Sünde zu bezeichnen wären, müssten von solchen unterschieden werden, in denen sich „das Böse" äußere. Die ersteren wären Taten oder eher Versäumnisse im kommunikativen Geschehen, kommunikative Gesten, denen die Geste der Liebe fehle[14]. Diese Taten sind jedoch noch immer als ein menschliches Tun, als Handlungen innerhalb einer menschlichen Ordnung anzusprechen. Die letzteren, Gesten einer motivlosen, somit „reinen" Zerstörung[15], können als Handlungen bestimmt werden, die die menschliche Ordnung und Gestalt negieren, sich außerhalb stellen, somit sich auf das Chaos zubewegen. In diesem Zusammenhang wäre das Gericht, in dem das zur Chaosmacht gehörige Böse vernichtet wird, damit Gott Gott bleibt und in dem die Sünder gerechtfertigt werden, als neue, zweite Schöpfung vorzustellen. Diese neue Schöpfung stellt Ordnung wieder her, oder besser, schafft allererst eine Ordnung, die nicht mehr vom Chaos bedroht wird wie die gegenwärtige Schöpfung, in der das Chaos zwar gebändigt, aber nicht behoben ist.

(b) In vielen Gemeinden erfreut sich die *Apokatastasis* inzwischen größerer Beliebtheit als die Idee einer wie auch immer gearteten Konsequenz des menschlichen Tuns und Denkens, zweifellos wegen der Vorstellung, dass die Strafe allenfalls eine zeitlich begrenzte Phase sei und dass nichts Geschaffenes endgültig leiden müsse oder verlorengehe. Ich habe allerdings den Eindruck, dass damit oft die Sünde nicht ernst genug genommen wird – und ebenso wenig die Perspektive der Opfer, für die ein göttliches „Schwamm drüber" eine Fortsetzung ihrer Leiden bedeuten könnte.

(c) Die Bekenntnisschriften der lutherischen Kirchen, auf die Pfarrerinnen und Pfarrer in der Ordination verpflichtet werden, lehren den doppelten Ausgang (CA 17). Und weil die Gnade Gottes als unverfügbar festgehalten werden muss, ist meines Erachtens dem systematischen Theologen Wilfried Härle zuzustimmen:

> Wir sind „sicher gut beraten, wenn wir die [...] *Doppelaussage* ernst nehmen: a) Gottes Heilswille in Jesus Christus ist *universal* [...,] und b) nur den an Jesus Christus *Glaubenden* wird das Heil zuteil. [...] Ich wüßte nicht, mit welchen theologischen Mitteln ich [...] die Aporie auflösen sollte. Ich sehe aber auch gar nicht, daß das meine oder irgendeines Menschen Aufgabe ist. Wenn wir beharrlich, verständlich und einladend die in Joh 3,16 exemplarisch zusammengefaßte Botschaft verkündigen, dann tun wir ganz gewiß auch der Welt einen besseren Dienst, als indem wir darüber nachdenken, wie voll oder leer die Hölle sein wird oder mit welchem Härtegrad an Unglauben jemand im Jüngsten Gericht noch ‚durchkommen' kann."[16]

Der Gerichtsgedanke wahrt den Zusammenhang der unterschiedlichen eschatologischen Aussagen; er verbindet den individuellen und den kollektiven Aspekt des menschlichen Lebens, er bindet das Leben auf der Erde und das Sein in der Ewigkeit aneinander, er nötigt zur Wahrnehmung von Gottes Gnade *und* Gerechtigkeit.

Hölle und Himmel

Schließlich sind die biblischen Aussagen und die Aussagen der theologischen Tradition über das Geschick der Toten nach dem Gericht kurz zu betrachten. An die Hölle (als *Scheol* oder Strafort) wird kaum mehr geglaubt, und sie wird auch nicht mehr ausgemalt, aber sie wird gelegentlich doch noch gefürchtet, als Zustand äußerster Einsamkeit und Gottferne, als Beziehungslosigkeit ohne jede Hoffnung auf Vollendung des Lebens. Mit der Hölle zu drohen wäre schlechte Theologie, doch es spricht auch manches dagegen, sie zu verschweigen: Denn die Rede von der Hölle wahrt die Freiheit der Gnade Gottes, und sie bewahrt die Theologie vor Einseitigkeit, davor, „zu einer reinen Bedürfnistheologie oder Gebrauchsreligion" zu verkommen.[17]

Auch für den Himmel gibt es biblisch und in der christlichen Tradition verschiedene Bilder: das Paradies, ein kompensatorischer Himmel (seit Irenäus von Lyon), die asketisch-geistige Gottesschau, in der jede Seele leibfrei die ewige Begegnung mit Gott allein erlebt (seit Augustins neuplatonischer Phase) oder die harmonische kirchliche Gemeinschaft, in der die Menschen einander wiedersehen mit einem neuen, unvergänglichen Leib, doch ohne Fortleben oder Wiederaufnahme der alten Bindungen (so der späte Augustin). Wie auch immer:

> „Da der Himmel darin besteht, daß Gott alles in allem ist, wird von der Vollendung nichts Menschliches ausgelassen, nicht die Welt des Kindes und nicht die Welt des Greises. ‚Schenke am Ende auch die Vollendung, nicht in die Leere falle die Vielfalt irdischen Seins', betet die Kirche im Stundengebet."[18]

Die biblischen Schriften und die christliche Tradition sagen vieles zu den letzten Dingen, zum Tod ebenso wie zum Gericht und seinem Ausgang. Diese Aussagen sind notwendig spekulativ, denn es sind Sätze des Glaubens und der Hoffnung, die nicht empirisch belegbar sind. Und diese Aussagen sind notwendig, wenn die Theologie nicht zur Verkündigung eines *pie in the sky* verkommen will. Wenn Gott ein heiliger Gott ist, können und dürfen Verfehlungen, Lieblosigkeit und mangelnder Glaube vor ihm keinen Bestand haben. Wenn Gott ein gerechter Gott ist, dürfen die Opfer nicht ewig Opfer bleiben, muss ihr Schaden ausgeglichen werden. Wenn Gott ein mächtiger Gott ist, ist seine Gnade, auf die wir hoffen dürfen, nichts, über das wir verfügen könnten, aber auch nichts, das leicht oder selbstverständlich zu nehmen wäre. Nun verspricht das Christentum den Glaubenden Erlösung von den Sünden durch Christi Tod. Müssen trotzdem auch Christinnen und Christen vor Gottes Gericht erscheinen? Paulus meint, dass es so sein wird (z. B. 1Kor 3,11–15): *Alle* werden gefragt werden, ob sie Notleidenden geholfen haben. *Alle* werden gefragt werden, ob sie Gott wirklich über alle Dinge geliebt haben.

Viele Menschen, auch viele Theologinnen und Theologen, halten diese Gedanken für eine Zumutung, weil sie nur Schrecken verbreiteten und die Liebe Gottes nicht genügend betonten, oder sie finden sie generell überholt. Letzteres ist eine Meinungsäußerung, der man zustimmen kann oder auch nicht. Ersteres, der Hinweis auf die Zumutung, die Gottes Liebe nicht hinreichend betonte, ist ernst zu nehmen, auch wenn in der Folge des Hinweises die Liebe oft überbetont wird, was dem Evangelium und der Bibel im Ganzen nicht gerecht wird. Ich möchte darum abschließend die Frage bedenken: Wo ist in der Rede von einem Jüngsten Gericht Hoffnung verborgen, Evangelium und Verheißung? Ich denke, es gibt viele solcher Momente.

Die Rede vom Gericht betont den Wert des gesamten Lebens – nichts ist unwichtig –, und sie macht deutlich, dass der Mensch der Verantwortung für sein Leben gewürdigt wird. Damit sagt sie zugleich, dass der Mensch mit allem, was er ist, bleiben wird, auch über den Tod hinaus. Außerdem liegt in der Rede vom Gericht die Hoffnung auf die Durchsetzung der Macht Gottes, und damit Hoffnung auf das Ende des Bösen, Hoffnung auf die Durchsetzung Gottes gegenüber dem Tod als letztem Feind (1Kor 15,26), Hoffnung auf eine Gerechtigkeit, die es auf dieser Welt nicht gibt, für jeden einzelnen Menschen und innerhalb der Gemeinschaft der Völker. Wenn das Heil wirklich anbrechen soll, darf Schuld nicht im Verborgenen und nicht ohne letzte Antwort bleiben. Im Gericht wird alle Schuld offenbar, der Mensch muss dafür einstehen, aber er wird, so dürfen wir hoffen, auch davon befreit. Sicherlich kein nur schöner oder leichter Prozess. Doch diese strafende Befreiung von Schuld ermöglicht neue Gemeinschaft zwischen Opfern und Schuldigen, zwischen Mensch und Gott. Das Gericht beendet das Alte und schafft zugleich Neues, es stellt die durch Unrecht und Sünde gestörte Weltordnung wieder her und befreit uns aus dem Tod. Die Hoffnung auf den richtenden Gott ist ein Durchhalten der Hoffnung auf das Kommen des Gottesreiches, denn „der Vollzug des Gerichts als Ereignis der Gerechtigkeit Gottes *ist* die Heraufführung des Reiches Gottes."[19]

Anmerkungen

1 Dies – ebenso wie das positive Bild, bei dem alle dunkleren Töne ausgespart werden – hat seine Wurzeln nicht selten in den Wünschen der Hinterbliebenen, die um das Ansehen ihrer Verstorbenen und ihre eigene Reputation fürchten. Gestorbene sind *iustus*, das *simul peccator* wird ausgespart.

2 Zu denken ist auch an die Erzählung von dem reichen Mann und dem armen Lazarus, Lk 16,19 ff.

3 Andreas Püttmann, katholischer Politikwissenschaftler und Publizist. Natürlich kann man an diese leicht hingeworfenen Sätze Anfragen formulieren, wie etwa, wer denn in der Frage der „Richtigen" entscheide. Aber darum geht es mir hier nicht.

4 Wiedergegeben nach Holliger, Heinz: *hölle himmel. Motette nach Gedichten von Kurt Marti für Chor SATB a capella*, Mainz 2013. Aus: Marti, Kurt: *Gott Gerneklein: Gedichte*, Stuttgart 1995. Abdruck mit freundlicher Genehmigung des Radius-Verlags.)

5 Ein assyrischer Herrscher im Neuen Reich, der Menschen in den von ihm eroberten Gebieten, wenn er sie nicht deportierte, massakrieren ließ, um die Möglichkeit von Aufständen von vornherein gering zu halten.

6 Etwas anderes ist es, wenn der entsprechende Wunsch von den Opfern formuliert wird. Dann entspricht eine solche Aussage Gebeten wie dem 137. Psalm mit seinem bestürzenden Schlussvers – sofern sie die letzte Entscheidung Gott zu überlassen bereit sind.

7 Siehe dazu ausführlich Corinna Dahlgrün: *Nicht in die Leere falle die Vielfalt irdischen Seins. Von der Notwendigkeit eschatologischer Predigt*, Frankfurt u. a. 2001, 103–241.

8 Diese Vorstellung stammt aus der griechischen Philosophie, näherhin von Platon, der den Tod als Befreiung von den Grenzen und Lasten des Körpers zur Freiheit rein geistigen Daseins verstand. Das hebräische Denken kennt zunächst keine Trennung von Leib und Seele.

9 Guardini, Romano: *Die letzten Dinge. Die christliche Lehre vom Tode, der Läuterung nach dem Tode, Auferstehung, Gericht und Ewigkeit*, unveränderter Nachdruck der 6. Aufl. Würzburg 1966, Mainz 1989, 75.

10 Der Begriff des Tun-Ergehen-Zusammenhangs, 1995 vom Hamburger Alttestamentler Klaus Koch geprägt, steht für die Vorstellung, dass menschliches Tun eine Art Sphäre um den Menschen schaffe (schicksalswirkende Tatsphäre), die in der Begegnung mit dem Heiligen unmittelbare Auswirkungen auf das Leben in dieser Welt habe: Gute Taten führten zu einem gelingenden Leben, zu Gesundheit, Reichtum usw., böse Taten, die nicht gesühnt würden, führten zu Krankheit, Armut, frühem Tod. Für dieses Denken gibt es in der Hebräischen Bibel zahlreiche Belege, doch zeigt sich hier ebenso, vor allem im Buch Hiob, die Einsicht, dass der Tun-Ergehen-Zusammenhang nicht verlässlich ist, dass der Gerechte oft leidet, während es dem Ungerechten gut ergeht. Diese Krise des

Tun-Ergehen-Zusammenhangs führt den Prediger schließlich zu der Aussage, dass alles nichtig sei und Haschen nach Wind (Pred 1,14).

11 Moltmann, Jürgen: *Wo sind die Toten? Was bleibt vom Leben?* in: Müller, Helmut A. (Hg.): *Aufstehen – Auferstehen. Auferstehung im Spiegel der Gegenwartskunst*, Stuttgart 1998, *87–100*.

12 Dietrich, Walter/Link, Christian: *Die dunklen Seiten Gottes. Willkür und Gewalt*, Neukirchen-Vluyn 1995, 170.

13 Diese wurde von Karl Barth – vorsichtig – vertreten: Er lehre sie nicht, aber er lehre sie auch nicht nicht. Anschaulich wird dies an der Antwort auf die Frage einer Vortragshörerin, ob sie dereinst alle ihre Lieben wiedersehen werde. Barth soll geantwortet haben: „Ja, gnädige Frau, aber die anderen auch."

14 Vgl. Flusser, Vilém: *Gesten. Versuch einer Phänomenologie*, Frankfurt/M. 1994, 78.

15 Vgl. a. a. O., 85. Flusser fährt fort: „Aus solchen Gesten kann man das Dasein als Gegenwart des Bösen in der Welt herauslesen; als das echte, radikale Böse. Es gibt den ‚Teufel'."

16 Härle, Wilfried: *Die Rede von der Liebe und vom Zorn Gottes*, in: ZThK. B 8 (1990). 50–69, hier: 65.

17 Jüngling, Elke: *Die Hölle – veralteter Glaubensartikel oder unverzichtbares Element im Gottesbild? Eine Untersuchung über die Relevanz des Topos Hölle in Gesellschaft, Religionsdidaktik und Systematischer Theologie*, Frankfurt a. M. u. a. 1997, 19.

18 Langemeyer, Georg Bernhard OFM: *Himmel, Hölle, Fegefeuer. Was erwartet der Christ nach dem Tod?*, in: Gerhards, Albert (Hg.): *Die größere Hoffnung der Christen. Eschatologische Vorstellungen im Wandel* (QD 127), Freiburg/Basel/Wien 1990, 78–92, hier: 89.

19 Krötke, Wolf: *Das menschliche Eschaton. Zur anthropologischen Dimension der Eschatologie*, in: Stock, Konrad (Hg.): *Die Zukunft der Erlösung. Zur neueren Diskussion um die Eschatologie (Veröffentlichungen der Wissenschaftlichen Gesellschaft für Theologie 7)*, Gütersloh 1994, 132–146, Zitat: 141 (Hervorhebung: Verfasserin).

APOKATASTASIS ALS ALLVERSÖHNUNG? EINE (ORTHODOXE) ORIENTIERUNG AUF DEM WEG ZUR NEUEN WELT GOTTES

Athanasios Vletsis

Ewigkeit der Hölle als Sieg der Orthodoxie?

> „Anathematisiert werden diejenigen, die jene nichtigen griechischen Denksprüche akzeptieren und weitergeben, denen zufolge es angeblich eine Vorexistenz der Seelen gibt, und [...] ein Ende der Hölle oder gar eine Wiederherstellung (*apokatastasis*) der Schöpfung und der menschlichen Geschichte (*pragmaton*). Denn durch ihre derartigen Worte zersetzen sie das Himmelreich und betrachten es als vergänglich, ungeachtet, dass Christus unser Gott selbst das Himmelreich als ewig und unauflöslich verkündet und überliefert hat. So haben wir gleichfalls durch die ganze Heilige Schrift des Alten und Neuen Bundes jenes Zeugnis empfangen, demzufolge die Hölle unendlich und das Reich ewig ist. Die Irrlehrer werden also aufgrund ihrer haltlosen Ansichten anathematisiert und vom Reiche ausgeschlossen, da sie Anlass zur ewigen Verdammung für andere werden."[1]

Mit diesen und anderen Anathematismen werden die orthodoxen Gläubigen am ersten Sonntag in der vorösterlichen großen Fastenzeit aufgerufen, das besondere orthodoxe Fest ihrer Kirche, etwa ihren Namenstag, den Sonntag der Orthodoxie, zu begehen und zu feiern und damit ihren orthodoxen Glauben zu bekunden. Die Ergänzung des *Synodikon der Orthodoxie*, verfasst ursprünglich im Jahre 843 als feierlicher Abschluss der langen Streitigkeiten, die in der Geschichte unter dem Begriff des Ikonoklasmus eingegangen sind, ist allmählich zu einem anti-häretischen Summarium gewachsen, das den orthodoxen Glauben von einer Reihe von Verfälschungen des Glaubens schützen wollte. Das genannte Zitat geht auf eine spätere Zufügung zurück[2], es handelt sich aber praktisch um die Erneuerung der Verurteilung alter Häresien, die vor allem die Kirchen des Ostens im 5. und 6. Jahrhundert geplagt hatten. Auf diese Weise, kann man sagen, ist es an sich nichts Neues. Der oben zitierte Anathematismus geht zum Beispiel auf den 9. Kanon des Edikts von Justinian (543) gegen die Irrlehre der Origenisten (Anhänger des Origenes) zurück.[3]

Und doch gibt diese feierliche Wiederholung und Anstimmung gerade am Sonntag der Orthodoxie zu bedenken: Ist etwa die Ostkirche so unbarmherzig, dass sie einer Milderung der Härten der Hölle keine Aussicht einräumt? Wie ist diese Haltung im Hinblick auf jene Milde und Nachsicht zu verstehen, die in den orthodoxen Kirchen als *Oikonomia*-Prinzip eingegangen ist – wodurch zum Beispiel eine zweite und auch eine dritte Ehe gesegnet werden kann und damit die Barmherzigkeit der Orthodoxie demonstriert werden soll, und womit orthodoxe Theologen gegen eine juridische Strenge der lateinischen Kirche Kapital zu schlagen versuchen? War denn die Idee einer Apokatastasis, einer Wiederherstellung,[4] als Wiederaufrichtung einer heilen Ordnung der Dinge, nicht ein Proprium des Denkens ihrer hellen und mystischen Geister, beispielsweise eines Origenes, eines Gregor von Nyssa oder gar eines Maximos Homologetes?

Hätte dieses Synodikon der Orthodoxie – nämlich die synodale feierliche Verkündigung des Sieges der Kirche des Ostens – im

15. Jahrhundert noch eine Zufügung erfahren, dann wäre mit Sicherheit noch dazu ein Anathematismus gegen die Fegfeuerlehre der lateinischen Kirche hinzugefügt worden. In jenem Fall müsste man aber von einer Pattsituation sprechen, denn es war bereits die lateinische Kirche, die die Irrtümer der Orientalen verurteilt und die Fegfeuerlehre in der zweiten Synode von Lyon 1274 proklamiert hatte.[5] Diese und ähnliche Ansichten der lateinischen Kirche haben das Eigene zur Vertiefung der Entfremdung und Festigung der Spaltung zwischen West- und Ostkirche beigetragen.

Ich kann unmöglich in diesem Beitrag den dogmen- und kirchengeschichtlichen Rahmen der Fegfeuer-Streitigkeiten rekonstruieren, die erneut im letzten Unionskonzil von Ferrara/Florenz 1438/39 diskutiert worden sind, ohne zu einer glücklichen Lösung geführt zu haben. Ich möchte aber in dieser Hinführung gerade jene Argumente unterstreichen, mit der die Vertreter der Ostkirche im Konzil von 1439 diese Lehre ablehnten: Sie waren nämlich größtenteils die gleichen mit der Polemisierung der eingangs erwähnten Apokatastasislehre. Wenn im Zwischenzustand eine Läuterung von Sünden möglich ist, dann würde die Anstrengung der Gläubigen nachlassen, ihr Heil willentlich und eifrig zu suchen. Genauso, wie in der Apokatastasislehre, würde durch eine Läuterung durch das Fegfeuer die pastorale Sorge für die Anstrengung der Gläubigen, ihr Heil zu erlangen, zum Erliegen kommen. Handelt es sich also doch in der Fegfeuerlehre um eine, wenn auch begrenzte, Apokatastasis, oder gar um eine Art Zwischenabrechnung Gottes, irgendwie einen Ausgleich für die Ungerechtigkeiten auf dieser Welt im Jenseits zu schaffen? Wird denn das Bestreben der Kirche um die Lebendigkeit des Glaubens der Christen durch die Androhung einer ewigen Strafe – in einer ewigen Hölle – aufrechterhalten? Und hat dieser Gott, der auf Grund der Androhung einer ewigen Strafe seine Gläubigen sammeln will, heute überhaupt noch eine Chance? Wie kann man heute angemessen vom Gottesgericht und von Gottes Gerechtigkeit sprechen, damit die unendliche Liebe Gottes, mit der der christliche Gott einst erfolgreich in die

Geschichte eingegangen ist, nicht marginalisiert wird, sondern erneut redlich unter Beweis gestellt werden kann?[6] Welcher wird dann der Endzustand (*Katastasis*) der Welt und der Schöpfung Gottes sein, welche ist denn die Hoffnung der Gläubigen auf einen neuen Himmel und eine neue Erde? Dieser Beitrag will zwar auf das fokussieren, was nach dem Tod als das neue Leben kommt, dies kann aber nicht geschehen, ohne vorher einen Blick auf den eschatologischen Rahmen der orthodoxen Überlieferung zu werfen.[7]

Präsentische oder futurische Eschatologie? Hauptmerkmale orthodoxer eschatologischer Erwartung

Wenn das „eschatologische Büro" im Westen „meist geschlossen" war, jedenfalls in den Anfängen des 20. Jahrhunderts – nach dem legendären Satz von Ernst Troeltsch – arbeitete dieses Büro im Osten in vollem Tempo, in der Regel sogar mit Überstunden. Die eschatologische Orientierung der Ostkirche trägt jedoch einige besondere Züge im Vergleich zum namensgleichen eschatologischen Frühling der Theologie im Westen ab dem 20. Jahrhundert.[8] Ich möchte in einem ersten Schritt Grundtendenzen eschatologischer Erwartung und Wahrnehmung in der orthodoxen Welt kurz schildern und in einem zweiten Schritt die eschatologische Erwartung für die letzten Tage mithilfe eines klassischen Werks orthodoxer Dogmatik darstellen und kommentieren.[9]

Typen eschatologischer Wahrnehmung in der Orthodoxie

Das biblische „jetzt und noch nicht" der Zeit des Reiches Gottes, was in der Theologiegeschichte oft einseitig als eine präsentische oder als eine rein futurische Eschatologie isoliert wurde, kommt in der orthodoxen Theologie nicht als Alternative vor, sondern als eine, wenn auch eigenartige Ergänzung und Kombination. Dabei erscheint es mir notwendig, eine Differenzierung voranzustellen: Wenn die neuzeitliche akademische und spirituelle Theologie eher eine präsentische Eschatologie zu prämieren scheint, wird das Kirchenvolk, jedenfalls in seiner Mehrheit, eher von rein futurischen eschatologischen Erwartungen geprägt, wo zum Beispiel die Spekulationen um die apokalyptische Nummernsymbolik („666“) hohe Konjunktur genießen, neben Erzählungen über das Schicksal der Seele kurz vor und nach ihrem Scheiden aus dem Körper[10]. Die eingehende Untersuchung dieses Phänomens würde jedoch den Rahmen dieses Beitrags sprengen. Ich möchte nun in den folgenden drei Punkten grundlegende eschatologische Merkmale des Ostens kurz zusammenfassen:

Eschatologie als jenseitige Transzendierung alles christlichen Lebens

Die Orientalen haben, in treuer Fortsetzung urkirchlicher eschatologischer Erwartungen, den Bibelvers aus dem Hebräerbrief (Hebr 13,14; LU) als tragendes Motto nicht nur ihrer persönlichen, sondern auch ihrer kirchlichen Orientierung gewählt: „Wir haben hier keine bleibende Stadt, sondern die zukünftige suchen wir.“ Die Vorläufigkeit des irdischen Lebens und die ständige Suche und Orientierung nach der himmlischen Welt, dem Reich Gottes, hat jedoch das ostkirchliche Christentum, jedenfalls in seiner Blüte im Byzantinischen Reich, nicht zu einem Gegensatz zu dem irdischen Reich geführt. Die symphonische Kooperation der Beziehung zwischen Kirche und Staat oder, mit dem Vokabular des Ostens, zwischen Priestertum und Königtum (6. Novelle von Justinian, 535), sorgte für die klare eschatologische Verankerung und Vertiefung des christlichen Glaubens. Danach hatte nämlich, gemäß einer Kompetenzenteilung, der Staat für das Leibwohl seiner Bürger zu sorgen und die Kirche für das Wohl und die Rettung der Seelen und damit vor allem für ihre Vorbereitung, das Reich Gottes zu erben.[11] Erst die Osmanenherrschaft über die Balkanländer – vergleichbar mit dem Tatarenjoch im 13.–15. Jahrhundert und später mit den Entwicklungen in Russland mit der Zeit Peter des Großen und der Zeit nach der Oktoberrevolution von 1917[12] – hat das apokalyptische Interesse steigen lassen und die staatliche Macht – weil ungläubig – mit der Herrschaft des Antichristen zu vergleichen oder gar zu identifizieren erlaubt. Diese reine futurische eschatologische Tendenz gewinnt jedes Mal an Intensität, wenn die Interessen des Staates die Belange der Kirche durchkreuzen.

Eschatologie als asketische und mystische Überbietung christlichen Lebens

Auch wenn nach der konstantinischen Wende das Mönchtum seine Blüte erlebt, zum Teil als Antwort auf die Säkularisierung des Reiches Gottes in seiner Integration im irdischen Reich der Römer, bleibt die Askese das Proprium ostkirchlicher Praxis und Theologie, was bis heute das gesamte Kirchenvolk mitreißen kann. Das Mönchtum war und ist nicht nur ihr eifriger Schützer, sondern der Ort der Askese par excellence. Alles Irdische wird gemäß den asketischen Idealen relativiert und für das ewige Heil als überflüssig erklärt. Damit gewann eine rein geistliche Verinnerlichung des Glaubens an Wichtigkeit, die in den Schätzen spirituellen Lebens bereits die Schätze des Himmels zu erblicken und zu kosten sucht. Die eigenartige Entsprechung zwischen präsentischer und futurischer Eschatologie im Mönchtum wird unter anderem in folgenden Aussagen ersichtlich:

> „Wenn der Mystiker [...] gewürdigt wird, das Taborlicht zu sehen und damit Gott Selbst in Seinen Energien, dann ist tatsächlich für ihn der Himmel bereits in seinem irdischen Leben hier Gegenwart."[13]

Liturgie als Vorwegnahme der Eschata

Nirgendwo ließe sich diese spirituelle Verinnerlichung des Reiches Gottes besser erleben, als in der Feier der Eucharistie. In der göttlichen

Liturgie der Orthodoxie wird die himmlische Liturgie um den Altar Gottes vorweggenommen und jetzt schon gefeiert. Darin kann man nicht nur die grandiose Inszenierung des Byzantinischen Reiches als antizipatorische Vorstufe und Vorwegnahme des himmlischen Reiches erblicken und bewundern, darin findet das verklärte Leben seinen angemessenen Ausdruck, denn die Erlösung wird im Bild und im Lichte der Auferstehung geschaut und erlebt. Der Sieg Jesu Christi über das Totenreich (Hades), welches die Auferstehungsikone symbolisch darstellt (Abstieg in den Hades und Befreiung der Verstorbenen – und damit aller Menschen – aus der Herrschaft des Todes), stellt jede andere Vorstellung vom Ende der Welt und vom Jüngsten Gericht in den Schatten. Das Reich Gottes ist bereits sakramental vor allem in der Eucharistie erfahrbar.[14] Der Einzelne hat nur noch von diesem Angebot Gebrauch zu machen und synergetisch durch die Werke der Askese den Weg zu dieser Vervollkommnung voranzuschreiten. Zwar lauschen überall die dämonischen Kräfte, um den Menschen aus diesem Weg zu entreißen, ihre Macht ist jedoch begrenzt. Ihr Reich wurde zertreten, ihre Macht vernichtet: Das Böse als das nicht Seiende hat nirgendwo ein bleibendes Recht, seitdem der Seiende die Bühne der Weltgeschichte, aber auch der Unterwelt betreten hat. Der Einzelne hat nur noch Teil der eucharistischen Gemeinschaft zu werden und dem Grad seiner Vervollkommnung gemäß Anteil zu bekommen an diesem Heil.

Diagramm einer (eschatologischen) Reise in den letzten Tagen

Nach dieser Hervorhebung der besonderen Merkmale des eschatologischen Denkens der orthodoxen Welt möchte ich nur in sechs Punkten die Ereignisse der letzten Tage in einer Reihenfolge aufzählen, hier basierend auf den Darlegungen des Johannes von Damaskus, die orthodoxerseits weit rezipiert worden sind[15]:

1. Das Evangelium soll verkündet werden unter allen Völkern.
2. Dann kommt der Antichrist, der ein Mensch ist (nicht mit dem Teufel zu verwechseln), aus Hurerei gezeugt, und empfängt die ganze Wirksamkeit des Satans, um auch die Auserwählten in die Irre zu führen. Die Sendung der eschatologischen Propheten Henoch und Elias, die die Gläubigen wieder zu Jesus Christus zurückführen wollen, wird mit ihrem Tod beendet.
3. Der Herr wird kommen vom Himmel, wie die Apostel ihn in den Himmel hinauffahren sahen. Er wird den Menschen der Gesetzlosigkeit „mit dem Hauchen seines Mundes“ vernichten.
4. Die Auferstehung der Leiber und ihre Einheit mit den Seelen (dieser Punkt wird besonders akzentuiert und lang ausgeführt) vervollständigt das Werk der neuen Schöpfung. Die Auferstehung ist zugleich ein Akt der Gerechtigkeit: „Gibt es keine Auferstehung, dann gibt es auch keinen Gott und keine Vorsehung, sondern alles wird durch Zufall gelenkt.“
5. Das Gericht vor dem Richterstuhl Christi soll endlich Klarheit schaffen: Der Antichrist und alle teuflischen Mächte werden zusammen mit den Sündern und den Gottlosen dem ewigen Feuer übergeben. Dieses Feuer wird kein materielles sein; seine Beschaffenheit ist nur Gott bekannt. Die Gerechten aber werden leuchten wie die Sonne; sie werden Jesus Christus sehen und werden von ihm auch gesehen und in einer unaufhörlichen Freude den dreieinen Gott lobpreisen.
6. Bis zu diesem endgültigen Gericht (Jüngstes Gericht) werden diejenigen, die sterben, einen Vorgeschmack ihres zukünftigen Zustandes erleben. Dies wird jedoch nicht der endgültige Stand der Dinge sein. Die Gebete und die Erinnerung der Lebenden an die Verstorbenen kann zu ihrer Erquickung führen und Gott zu einem milderen Urteil über sie bewegen. Dadurch werden sie vorbereitet für eine bessere Schau der Herrlichkeit Gottes.

Allerdings führt der Damaskener diesen letzten (6.) Punkt nicht in seiner Dogmatik an, er ist aber ein gemeinsames Gut der orthodoxen patristischen Überlieferung.[16]

Was in dieser knappen Hinführung zu den Themen der patristischen Eschatologie hervorsticht, fasse ich nun in vier Punkten zusammen:

1. Die Wirkung des Antichristen wird nicht besonderes akzentuiert. Als Mensch kann er gedacht werden, als er in seiner Heuchelei die Gläubigen von ihrem Weg der Vereinigung mit Gott ablenkt und zugleich der Kirche Schaden zufügt und sie verfolgt.
2. Die Auferstehung der Leiber wird nicht näher erläutert, noch wird die Qualität dieses neuen Lebens beschrieben. Es wird lediglich auf das erste Werk der Schöpfung verwiesen, damit die Schöpfungskraft Gottes unter Beweis gestellt werden kann. Erst in dieser Einheit des nun unversehrten Leibes (kraft der Auferstehung Christi und der endgültigen Vernichtung des Todes) und der eigentlich unsterblichen Seele kann der Mensch zur Rechenschaft gezogen werden: Damit kann er wieder jene existenzielle Einheit erlangen, in der die Zurechnung seiner Taten berechtigt erscheint.
3. Das Feuer der Hölle wird nicht näher bestimmt, jedenfalls handelt es sich nicht um etwas Materielles. In der späteren Zeit wird dieses Feuer seine Entsprechung zur göttlichen Gnade finden: Ihre Anwesenheit wirkt für die Gottlosen wie eine harte Strafe – diese werden ja von ihrem eigenem Selbstbewusstsein bestraft –, denn sie haben sich nicht auf diese Begegnung mit Gott vorbereitet. Dagegen lässt dieses eine Licht oder besser die Lichtquelle die Gerechten leuchten wie die Sonne. Das bedeutet, dass die Gnade Gottes die Gerechten fähig macht, nachdem sie sich aber zuvor der Aufnahme dieser Gnade als würdig erwiesen haben, mit Gott zusammen zu leuchten.
4. Die Vorläufigkeit der Erfahrungen im Zwischenzustand kann nicht darüber hinwegtäuschen: Was jeder in diesem Zwischenzustand

erfährt, wird in größerer und endloser Intensität nach dem Jüngsten Gericht erlebt. Dennoch gibt es kein Ende dieses Weges der Gerechten, die von Herrlichkeit zu Herrlichkeit voranschreiten werden.

Erstaunlich finde ich in der zitierten Darlegung des Damaskeners das Schweigen über die Möglichkeit einer Änderung oder gar einer Verbesserung des Standes der Verstorbenen. Kann dieses Schweigen Raum lassen für die Apokatastasislehre, für die Wiederherstellung aller, in der (zweiten) Parusie des Herrn?

Apokatastasis als Allversöhnung? Die Aporie um ein Proprium der Theologie der Ostkirche

> „Apokatastasis (Allversöhnung) ist die endliche Wiederherstellung der ganzen Schöpfung einschließlich der Sünder, der Verdammten und Dämonen zu einem Zustand vollkommener Seligkeit."[17]

Diese Definition kommt nicht von einem orthodoxen, sondern von einem katholischen Lehrbuch, als Zusammenfassung jener Lehre der Väter der Ostkirche, die sich mit der Idee einer ewigen Hölle auseinandergesetzt haben. In der Tat scheint es, dass nicht wenige von den großen Geistern der Theologie der Ostkirche sich mit der Vorstellung endlicher Qualen der Hölle angefreundet haben und die (Wieder-)Herstellung einer ursprünglichen Ordnung der Schöpfung, wie Gott sie heilvoll intendiert und erschaffen hat, vertreten haben. Dies soll mit dem Wort Apokatastasis (wörtlich Wiederherstellung) gemeint sein; die Übersetzung mit Allversöhnung oder sogar die weitere Interpretation als Allerlösung wird von den Ausführungen der Kirchenväter, die dieses *Theologoumenon* vertreten haben, nicht gedeckt. Man sollte zunächst das Wort Apokatastasis nicht mit dem Wort *apokatalaxai* verwechseln, das wirklich von einer Versöhnung spricht, jedoch in einem anderen Zusammenhang: Hier ist die Rede von der Versöhnung der Menschen mit Gott in der Person und im Werk Jesu Christi (so in Kol 1,19–20). Kann aber dieses Werk der Versöhnung aller in Jesus Christus nicht mit der Idee der Endlichkeit der Hölle korrespondieren, womit das Wort von der Allversöhnung irgendeine Existenzberechtigung beanspruchen kann?

Das Vertrauen auf die Menschenfreundlichkeit und die Barmherzigkeit des christlichen Gottes hat seit den ersten christlichen Jahrhunderten die Theologie herausgefordert – und nicht nur die Theologie der Ostkirche. Man kann aber einen sicheren Orientierungsort für diese Gedanken der Apokatastasis in der theologischen Schule Alexandriens finden.

Origenes

Die Schule Alexandriens und konkret der erste große Lehrer der Apokatastasis, Origenes, argumentierte vorerst nicht einfach von der Barmherzigkeit Gottes her. Prägend für sein theologisches System und Schaffen war die Idee der Einheit aller in und mit Gott. Sie trägt sicherlich gewisse philosophische Züge, nichtsdestoweniger wird sie aber bei Origenes biblisch fundiert: Die Unterwerfung aller Feinde unter Christus und durch Christus unter den Vater beschreibt Paulus in 1Kor 15,25–28[18] oder auch im berühmten Hymnus in Phil 2,5–11. Dies kann sowohl mit dem Gebet Jesu nach der Einheit aller in Gott (Joh 17,21–23) in Verbindung gebracht werden, auf die auch Eph 4,13 anspielt, als auch in sich feste schöpfungstheologische und ontologische Grundzüge der Theologie des großen Meisters von Alexandrien vereinen. Origenes hat in seiner Schöpfungstheologie versucht, die Idee des Schöpfergottes als allmächtigen Herrscher (Pantokrator) mit einer Ewigkeit der Schöpfung bei Gott zu versöhnen – eine Idee, die in sich gewisse neoplatonische Züge trägt: der aus Gott ausströmenden und in ihn wieder heimkehrenden Schöpfung. Wenn Gott alles in seiner Hand hält und trägt, was das Wort *Panto-krator* wörtlich auch bedeutet, dann kann keine zeitliche Distanz diese Eigenschaft als Pantokrator eingrenzen. Die Schwierigkeiten, die sich dadurch für die christliche Schöpfungslehre ergeben, und zugleich die christologischen Implikationen mit der Vorstellung der Präexistenz Jesu Christi als des Logos Gottes, können im Rahmen dieses Beitrages nicht weiterverfolgt werden. Mit diesen Schwierigkeiten des Origenismus hat sich Maximus Confessor eingehend in seinem Werk befasst, als er die Ideen des großen Meisters einerseits mit dem gebührenden Respekt zu interpretieren suchte, sich andererseits aber anstrengte, die Gefahr eines Pantheismus abzuwehren und die Verankerung der Schöpfung im Logos neu zu artikulieren. Behalten wir vorerst aus dieser grandiosen Synthese des Werkes des Origenes seine Intention bei, die Allherrschaft Christi zusammen mit seinem Gott Vater mit der Idee einer ewigen Existenz des Bösen zu versöhnen.

Wenn das Ende dem Anfang gleich sein sollte, dann hat die Existenz des Bösen in Gottes heilem Anfang nichts zu suchen.[19] Gott konnte unmöglich als Urheber des Bösen angeklagt werden. Die Existenz des Bösen, die eigentlich sekundär ist, eine *Par-hypostasis*, stiehlt ihre Seinsberechtigung von der Existenz der Geschöpfe und stellt sich in dieser Funktion des Diebes und des Diabolos (des Widersachers, der das Werk Gottes schlechtredet) der Intention Gottes in den Weg. Nachdem das Böse aber seine erzieherische Funktion erfüllt hat, wird es verschwinden. Das Heilswerk (*Soteria*) als eine Erziehung zum Heil zu konzipieren,[20] hatte bereits in der Schule Alexandriens Tradition: Klemens von Alexandrien hatte Jesus als den großen Erzieher beschrieben, den *Paidagogos*. Wie der Lehrer die Schüler (Kinder: *paidia*) zur Erkenntnis der Wahrheit führt, so führt auch Christus uns zur wahren Erkenntnis und Vollkommenheit unserer Existenz. Bei Origenes bedeutet die Apokatastasis, und damit die Universalität des Heils, jene Erkenntnis Gottes des Vaters zu erlangen, die uns auch die wahre Morphe/Gestalt der Kinder Gottes zu prägen erlaubt.

Gregor von Nyssa

Gregor von Nyssa, der die Idee der Apokatastasis des großen alexandrinischen Meisters am besten in seinem theologischen System integriert hat, fühlt sich jedoch gezwungen, die Vorstellung der Apokatastasis in ihren Konsequenzen weiterzudenken und zu entfalten: Gregor kombiniert die Apokatastasis mit der Auferstehung der Toten, „denn die Auferstehung ist die Wiederherstellung der Gefallenen in ihren alten Zustand", der Einheit mit der göttlichen Wirklichkeit.[21] Dieser Zustand aber wird nicht durch einen Automatismus erreicht: Gregor von Nyssa greift als erster Kirchenvater des Ostens mit solcher Klarheit die Vorstellung einer Läuterung auf. Das unlöschbare, niemals schlafende (*akoimiton*) Feuer[22], wird den Menschen aus allen jenen Beimischungen befreien, mit denen er unterwegs in diesem Leben seine Natur verschmutzt hat; hier wird konkret auch der freie Wille des Menschen angesprochen. Diese Läuterung ist ein Akt, der seinen Beginn durch die Prüfung/Reinigung unserer Existenz von allen bösen Einflüsterungen bereits in diesem Leben kennt. Er erreicht dann im Zwischenzustand und jedenfalls vor der Auferstehung der Toten seine volle Wirkung: Jeder wird gemäß des Schmutzes, den er unterwegs in seiner (irdischen) Existenz aufgestaut hat, gereinigt, damit wieder das Gold unserer wahren Natur zum Leuchten kommt. Dieser Akt der Läuterung durch das Feuer lässt dieses Gold aber nicht unberührt. Jede Existenz wird durch das Leiden der Läuterung hindurchziehen müssen. Aber auch, wenn das Gold schmilzt, verliert es nicht seine Eigenschaft zu leuchten; nur jene Elemente werden zu Ende verbrannt, die dem Feuer nicht standhalten können (wie Holz etc.).

Die Verurteilung der Apokatastasislehre war für die Kirche eine klare Angelegenheit, nicht nur, weil diese Lehre eindeutige biblische Aussagen über das Endgericht und über die ewige Strafe der Verdammten außer Kraft zu setzen und im Leben der Christen den Müßiggang zu diktieren drohte, sondern auch aufgrund der Grobheit gewisser Aspekte der Lehre Origenes', die von einer *Met-ensarkosis*

(Reinkarnation) zu sprechen schienen und ohnehin von einem zyklischen Denken beherrscht waren. Dennoch hat die Verurteilung der Apokatastasislehre im sechsten Jahrhundert anscheinend die Gemüter im Osten nicht völlig beruhigen können.

Maximus Confessor

Erst Maximus Confessor im 7. Jahrhundert (†662) stellt sich der Aufgabe, dieser Lehre von innen her eine theologische Antwort zu geben.[23] Indem er Aussagen von Gregor von Nyssa wörtlich aufgreift, kommt er zu einer nicht unerheblichen Differenzierung. Er versucht, das Wertvolle dieser Lehre der Apokatastasis zu retten, ohne jedoch die Lehre der Kirche – und damit wohl die Verurteilungen der Synoden von 543 und 553 – preisgeben zu müssen. Die Wiederherstellung *(apokatastasis)* unserer Kräfte zum ursprünglichen Stand können durchaus ein Erkennen dessen erlauben, was Gottes Plan alles beinhaltet und was er in seiner Vorsehung intendiert hat. Damit kann Gott für das Böse, konkret die Sündigkeit der Geschöpfe, endgültig nicht mehr die Schuld zugeschoben werden; sie alle werden nämlich das Böse („die bösen Erinnerungen") ablegen und zur Einsicht Gottes befähigt. Doch dieses Erkennen führt eben zu keinem Automatismus einer Teilhabe im Leben Gottes.[24] Liefert aber diese Einstellung von Maximus eine Antwort zu der Frage, was denn mit allen jenen, die nicht sogleich am Leben Gottes teilnehmen können, geschieht? Bevor nun im letzten Teil auf ähnliche Fragen noch einmal eingegangen werden kann, möchte ich kurz die Ablehnung der Fegfeuer-/Purgatoriumlehre der lateinischen Kirche aus der Sicht der orthodoxen Tradition beleuchten. Wenn nämlich die Idee der Läuterung der ostkirchlichen Theologie nicht gänzlich fremd war und wenn noch dazu die Praxis der Gebete für die Verstorbenen bis heute, sogar in der Orthodoxie lebendig geblieben ist, warum konnte die orthodoxe Theologie sich nicht mit der Idee einer „zeitlichen Läuterung" anfreunden?

Fegfeuer als Erlösung von den (unendlichen) Qualen?

Die konfessionellen Auseinandersetzungen um die Fegfeuerlehre

Die Auseinandersetzung um das Fegfeuer hat bereits, wie schon erwähnt, die Unionsgespräche von 1274 beschäftigt, ihren Höhepunkt jedoch 150 Jahre später in der Synode von Ferrara/Florenz erreicht (1438–39). Wenn man die Gründe der Ablehnung der Lehre vom Fegfeuer seitens der Orientalen richtig verstehen wollte, dann sollte man diese Lehre so wahrnehmen und präsentieren, wie sie in der damaligen Zeit zur Sprache kam, und nicht wie sie in den Formulierungen ihrer Interpreten heute vor allem in der römisch-katholischen Kirche transformiert wird. Dies kann indessen unmöglich im Rahmen dieses Beitrages geschehen. Ich werde jedoch nur kurz jene Argumente aufzählen, die vor allem der Bischof von Ephesus, Markos, vorgebracht hat. Ob nun Markos und die anderen Orientalen die Lehre der Lateiner wirklich verstanden und in all ihren Intentionen erfasst hatten, bleibt dahingestellt. Ich erwähne diese Argumente unter anderem deshalb, weil sie in der orthodoxen Lehre heute immer noch im Umlauf sind, und einen der Gründe für die Verurteilung der römisch-katholischen Kirche seitens der Orthodoxen liefern.[25]

1. Es gibt einen Unterschied in der Intensität der Schau Gottes, abhängig von der Läuterung des Menschen bereits von diesem Leben an (hier wird verwiesen auf Joh 14,2; LU: „Im Hause meines Vaters sind viele Wohnungen."). Die Lehre vom Fegfeuer nimmt diese Differenzierung nicht wahr, denn alle Menschen, die durch die Läuterung des Fegfeuers hindurchgehen, können in jene gleiche Schau Gottes gelangen, die die Glückseligkeit bedeutet. Übrigens beteuern Markos und die orthodoxe Kirche eine stufenweise Aneignung nicht nur für die paradiesische Freude, sondern gleichfalls für das Leben fern von Gott – in der Hölle.

2. Es ist nicht möglich, dass der Wille des Menschen nach Ausscheiden aus diesem Leben durch das Fegfeuer (und durch kein anderes Feuer) geändert wird. Für die endgültige Zurechtweisung gemäß dem Leben auf dieser Erde wird auf die Perikope des reichen Prassers (Lk 16,19–31) verwiesen.
3. Es ist nicht möglich, dass die immaterielle Seele nach ihrer Scheidung vom Leib mit einem materiellen Feuer gepeinigt wird.
4. Die Fegfeuerlehre führt die Menschen zum Müßiggang und zu Verzicht auf den harten Kampf während des irdischen Lebens, gleich wie die Lehre von der Apokatastasis dies tun kann.
5. Die Gebete der Lebenden für die Verstorbenen zielen auf diese Verbesserung der Toten in ihrer jeweiligen Stufe. Es sind diese Gebete, die den Stand der Verstorbenen verbessern können und nicht ein materielles Feuer. Letztlich ist es allein die Barmherzigkeit Gottes, die eine Befreiung, aus welchen Qualen auch immer, bewirkt, und die nicht zu einer Genugtuung durch das Strafleiden auffordern kann.

Für die Lehre der Ostkirche bleibt jedenfalls die Vorstellung unerschüttert, dass im Zwischenzustand, das heißt vor dem Jüngsten Gericht, nur eine Vorläufigkeit des zukünftigen Zustandes erlebt werden kann, nicht zuletzt wegen der Scheidung der Seele vom Leib. Selbst die Heiligen, für die wir sicher sein können, dass ihr Leben gottgefällig war, sind aufnahmebereit für eine intensivere Schau Gottes. Eine vermittelte Lösung seitens der Synode von Florenz (1439), welche die Art der Reinigung und die Qualität des Feuers verschwiegen hat, konnte damals nicht akzeptiert werden, denn diese Lösung sah nichtsdestoweniger vor, dass sowohl für die Geretteten als auch für die Verdammten die ewige Freude beziehungsweise die ewige Strafe gleich mit ihrem Tod beginnt. Für alle anderen, die für ihre Sünden während ihres irdischen Lebens nicht richtig haben büßen können, ist eben eine Läuterung – welcher Art auch immer – vorgesehen. Eine solche Teilung konnte also die Ostkirche nicht akzeptieren, denn diese würde mit einem gewissem Zwang dem Urteil Gottes vorgreifen, welches wiederum erst am Jüngsten Tag offenbart wird.

Wo stehen wir aber heute? Wurden die Antithesen der Vergangenheit überwunden? Gibt es neue Ansätze, die einen differenzierten Blick erlauben?

Perspektiven für eine Verständigung in der Fegfeuerlehre

Aus dem, was ich aus den heutigen offiziellen Äußerungen der römisch-katholischen Kirche zu dieser Lehre entnehmen darf, scheint mir, dass der Unterschied nicht unüberbrückbar sei. An dieser Stelle denke ich vor allem an die Enzyklika *Spe Salvi* (2007) von Papst Benedikt XVI., die meines Erachtens eine neue Interpretation dieser Lehre erlaubt. Für den Zwischenzustand bis zum Jüngsten Gericht ist von einer „Vorläufigkeit" die Rede, und zwar nicht nur, was die Reinigung, sondern auch, was „die Formen der Seligkeit" anbetrifft. Der Text der Enzyklika geht sogar ausdrücklich auf die Lehre der Ostkirchen ein, die kein reinigendes und sühnendes Leiden der Seelen im Jenseits einräumen, sondern verschiedene Stufen der Seligkeit oder auch des Leidens, ohne daraus einen Differenzpunkt zur eigenen Lehre zu konstatieren. Wenn nun das Fegfeuer das „Reingebranntwerden in der Begegnung mit dem richtenden und rettenden Herrn ist", dann finde ich, dass die Distanz zu der Ostkirche überbrückt sei. Freilich sprechen andere Texte, wie der Katechismus der katholischen Kirche eine andere Sprache, die oft das Denken in geschlossenen Kästen einzugrenzen scheint, wo nämlich die Dynamik des Prozesses der Vorbereitung auf die Begegnung mit dem Herrn nicht sofort zu erkennen ist. Ich denke aber, dass die Vielfalt der theologischen Formen und Formulierungen nicht in einem juridischen Sinn interpretiert werden soll und dies auch noch von einer Kirche wie der orthodoxen, die sich sowieso darin zurückhaltend zeigt, ihre Lehre nur kataphatisch zur Sprache zu bringen. Ich jedenfalls finde, dass die folgende

Äußerung aus der zitierten Enzyklika *Spe Salvi* eine gute und sichere Basis sein kann für die Vielfalt der Sprachen in unserer heutigen theologischen Arbeit:

> „Das Begegnen mit Ihm ist der entscheidende Akt des Gerichts. Vor Seinem Anblick schmilzt alle Unwahrheit. Die Begegnung mit Ihm ist es, die uns umbrennt und freibrennt zum Eigentlichen unserer selbst [...] Aber in den Schmerz dieser Begegnung, in der uns das Unreine und Kranke unseres Daseins offenbar wird, liegt Rettung. Sein Blick, die Berührung Seines Herzens heilt uns in einer gewiss schmerzlichen Verwandlung, ‚wie durch Feuer hindurch'. Aber es ist ein seliger Schmerz, in dem die heilige Macht Seiner Liebe uns brennend durchdringt, so dass wir endlich ganz wir selber und dadurch ganz Gottes werden."[26]

Wie sieht der neue Kosmos Gottes aus? Versuch einer Orientierung in den Eschata

> „Eines Tages traf Abbas Makarios bei einem Spaziergang in der Wüste auf einen Totenschädel, und als er den Schädel mit seinem Stock bewegen wollte, hatte der Schädel eine Stimme ausgelassen (und es ergab sich folgender Dialog ...): Makarios fragte: Wer bist du? Der Schädel entgegnete: Ich war Priester unter den Heiden. Wenn du, o Makarios, für uns, die wir in der Hölle sind, betest, erfahren wir eine große Erquickung. Makarios fragte daraufhin: Wie ist denn die Hölle, und welche ist die Erquickung? Der Schädel antwortete: Wir stehen inmitten von himmelhohen Flammen und leiden Qualen. Deren schlimmste aber ist, dass wir Rücken an Rücken gefesselt sind, und das Gesicht des anderen nicht sehen können – das ist die eigentliche Hölle! Wenn du aber für uns betest, lockern sich die Fesseln, und wir können einander wieder ansehen, von Angesicht zu Angesicht. Das ist unsere Erquickung!"[27]

Der Dialog von Abbas Makarios mit dem Schädel will uns sicherlich nicht den Zwischenzustand erklären, geschweige denn zwischen den Antithesen der Vergangenheit vermitteln. Und doch meine ich, dass dieser Text wertvolle Impulse liefern kann, einerseits für die Gestaltung unseres hiesigen Lebens und andererseits für die Wahrnehmung der Qualität des erhofften, eschatologischen Lebens.

Der Mensch ist weder für den anderen ein Wolf (vgl. *homo homini lupus* von Plautus) noch sind die anderen „meine Hölle" (Jean-Paul Sartre). Im eben zitierten Dialog des Abba Makarios wird die christliche Überzeugung ausgedrückt, die von einem ganz anderen Gesichtspunkt ausgeht. Nicht die Anwesenheit, sondern die Abwesenheit des Mitmenschen, das Fehlen von Kommunikation, die Einsamkeit, ist es, was uns Höllenqualen bereitet.

Die Erquickung im Leben nach dem Tod hat unmittelbar mit dem Erinnern zu tun. Das Angesicht des anderen bleibt so lange verborgen und dadurch wird es zur Quelle einer unendlichen Qual, solange die persönliche Beziehung fehlt oder sich als fehlerhaft erweist, etwa als unversöhnte Erinnerung.[28] Die Erinnerung Gottes ist offensichtlich nicht losgelöst von den Erinnerungen, die die Menschen mit ihm und den anderen gesammelt und gemacht haben. Die versöhnte Erinnerung – der Blick des Makarios auf den Schädel, unabhängig und deshalb befreit von all der Last der unversöhnten Auseinandersetzung – befreit auch das Angesicht des anderen, mit ganz neuen Augen zu sehen, mit einem verklärten, leuchtenden Blick.

Das Erlangen der Fähigkeit, die Dinge wieder oder besser gesagt jetzt erst richtig, in ihrer von Gott intendierten Reinheit zu betrachten, und dadurch klarer, durchsichtiger zu sehen und zu erkennen, kann kein Prozess sein, auch wenn Orthodoxe dies oft vermuten oder so wahrnehmen. Dies gilt umso mehr, wenn wir uns irgendwie auf die besondere Interpretation der Apokatastasislehre von Maximus Confessor einlassen wollen. Es handelt sich dabei um einen zweifelsohne schmerzhaften Prozess, sich nämlich von allen belasteten Augenblicken und den unversöhnten Blicken zu befreien. Wie intensiv wir am

Leben Gottes teilnehmen, hängt vielleicht mit der Intensität der Suche nach dem Blick des anderen, nach der *Koinonia* in der Wahrheit als Erwachen aus der Vergessenheit, zusammen. Diese Suche kann unmöglich die Ewigkeit der Qualen in der Hölle akzeptieren.[29]

Ich möchte nun meinen Beitrag mit drei Punkten abschließen, die eigentlich als Fragen formuliert werden:

1. Das Ende der Welt als Termin für die (zweite) Parusie des Herrn?

Die Rede vom Ende der Welt (vgl. Mt 24,14 par.) kann nicht mit einem Datum der menschlichen Geschichte oder mit einem Datum der astrophysischen Geschichte des Weltalls (vgl. die Rede von einem „Punkt Omega", zum Beispiel bei F. Tipler: *Physik der Unsterblichkeit*) verwechselt werden. Die glorreiche Parusie des Herrn sprengt den Begriff der Zeit. Sie kann nicht in zeitlichen Kategorien erfasst werden, weil sie nicht ein Ereignis unserer physikalischen oder kosmischen Ordnung und Zeit ist. Dadurch ließen sich auch die Erwartungen um das nahe gekommene Reich Gottes interpretieren, vor allem in der Urkirche. In diesem Sinn kann die Rede von einer „präsentischen Eschatologie" (vor allem basierend auf dem Johannesevangelium) ihre Geltung beanspruchen: Der Herr ist gekommen, sein Reich wird vollendet.

2. „Auferstehung im Tod"?

Wenn die Rede von einer vor allem philosophisch geprägten Unsterblichkeit (der Seele) überwunden werden soll, weil sie unter anderem einer christlichen Ontologie und Soteriologie nicht gerecht werden kann, und demzufolge die Rede von einem Zwischenzustand als praktisch gegenstandlos betrachtet wird – jedenfalls in den klassischen

Aussagen von diesem Zwischenzustand –, welche Alternativen bleiben dann, um der Rede von der „Auferstehung der Toten" gerecht zu werden, die ein Grundsatz in jeder christlichen Predigt ist (vgl. 1Kor 15,15f. und das Credo)? Wird dann die Auferstehung als eine ganz neue Schöpfung Gottes am Jüngsten Tage erwartet, das heißt am Ende der Welt oder des Kosmos, wann und wie auch immer dies von Gott herbeigeführt wird? Oder erfährt der Verstorbene bereits mit seinem Tod seinen „Jüngsten Tag", fällt also der Jüngste Tag mit seinem individuellen Tod zusammen? [30] Damit könnte die Naherwartung beantwortet werden und die personale Identität des Menschen und konkret die Verbindung seiner Leiblichkeit zu seiner geistig-seelischen „Natur" bewahrt bleiben; ebenso könnte die Rede von einem Zwischenzustand (sogar im traditionellen Sinn, zum Beispiel eines Purgatoriums) praktisch überwunden werden. Doch bringt auf der anderen Seite nicht nur eine Rede von der „Auferstehung des Leibes", die „im Tod geschieht", die Sprache der christlichen Predigt in gewisse Verlegenheit. Auch die Predigt von einer „Auferstehung der Toten" bei der Parusie des Herrn (1Thess 4,16) gerät in Aporie, ihre Wahrheit zu begründen. Wird damit nicht zuletzt auch die kosmische Dimension, die biblische Rede von einer neuen Erde und einem neuen Himmel (Offb 21,4), verkürzt oder individualisiert? Diese Lösung sollte noch modifiziert werden. Die Vollendung jedes einzelnen Glieds „jenes Leibes" kann nicht bereits mit seinem Tod erfolgen, wenn dieser Leib „seine Vollendung erst in der Vollendung aller sein Pleroma erreicht haben wird".

3. Eine steigende, unendlich-eschatologische Teilnahme an Gott?

Das Thema der Apokatastasis (Wiederherstellung oder Wiederbringung aller) hat der Eschatologie der Ostkirchen einen besonderen Akzent verliehen. Wenn man von einer allzu allgemeinen und demnach undifferenzierten und missverständlichen Allversöhnung oder Allerlösung absieht, könnte die Interpretation dieses *Theologoumenon* wesentliche Punkte einer christlichen Eschatologie auch für die heutige Zeit zur Sprache bringen. Die Parusie des Herrn, die die bleibende Hoffnung der Gläubigen darstellt, wird in ihrer Vollendung sehnsüchtig erwartet, doch kann der Mensch nicht die Zeiten erkennen und bestimmen (vgl. Apg 1,7), die Gott in seiner weisen Vorsehung eingeschlossen hat. Bis zu dem Ende der Geschichte und der Zeit, wie wir sie heute wahrnehmen, werden die Toten bereits gerichtet, das heißt, sie erfahren und erleben bereits die Nähe des Menschensohnes – dadurch lässt sich auch die Verehrung der Heiligen begründen.

In diesem Sinne kann die Rede von einer Wiederherstellung der „seelischen Kräfte" verstanden werden (vgl. Maximus Confessor): Auch die Ungerechten werden jene Kräfte wieder- oder erst recht erlangen, so wie es Gott mit ihnen allen in seinem Schöpfungsplan intendiert hat. Dass diese Wiederherstellung der entstellten Kräfte ein nicht schmerzfreier, sondern ein läuternder Akt ist, kann man wohl annehmen; damit könnte unter anderem dem Wort von der Scheidung der Ungerechten von den Gerechten (vgl. Mt 25)[31] Rechnung getragen werden. Doch damit wird auch Gott von der Schuld freigesprochen, die die Menschen mit ihren Taten angehäuft haben. Das Böse in der Welt hat nicht Gott zu verantworten und seine Macht (*Para-Hypostase*) ist eine endliche. Die neue Schöpfung ist nicht auf das Gericht und bloß auf die Gewährung von Gerechtigkeit fixiert[32], sondern auf einen neuen Anfang orientiert, was alles erneuern kann, wozu auch die Einsicht der Gottheit Gottes nun endlich gefestigt ist. Diese Einsicht kann jedoch nicht mit einer für alle gleich intensiven Teilnahme am Leben Gottes und an seiner Herrlichkeit wahrgenommen werden. Das Leben in Gott ist kein indifferenter Automatismus und keine langweilige Wiederholung des Gleichen, sondern perichoretische Einheit von lebendigen Personen. Die Protologie, die Lehre von den ersten Dingen, bestimmt nicht die Eschatologie, sondern umgekehrt, wie die Theologie Maximus des Bekenners tiefsinnig gezeigt hat; dies kann stets die Kreativität fördern, das Leben in Fülle zu entfalten und intensiver zu erleben.

Die orthodoxe Theologie hat in der Kategorie der Theosis-Vergöttlichung die Möglichkeit, Gott ähnlich zu werden, zusammengefasst, oder mit anderen Worten die Möglichkeit, Anteil zu haben an seinen unendlichen und ungeschaffenen Energien. Diese „energetische" (und nicht naturgemäße) Angleichung des Menschen an Gott begleitet und prägt nicht nur den endlichen Weg dieses Lebens, sondern formt auch die Menschen in die Ewigkeit Gottes, indem ihre ganze Existenz verwandelt wird, das Neue aufzunehmen. Dies wird dann vorrangig ein Wirken der Energie Gottes und nicht des Menschen sein.[33] Der Überdruss an Gott, der einst angeblich die intelligiblen Geschöpfe, etwa eines origenistischen Mythos, zum Abfall von ihrer Einheit im paradiesischen Leben bewegt haben soll, zeugt von einem zyklischen Denken, das einem sisyphischen, pessimistischen Bild von Gottes Welt verhaftet bleibt und die wahre, unendliche Dimension göttlicher Schöpfungskraft völlig verkennt.

Das Ende der Zeit ist mit den Kategorien unserer jetzigen, in der geschaffenen Zeit verhafteten Wahrnehmung nur sehr begrenzt und bedingt erschließbar. Die Erwartung der ewigen Freude der Kinder Gottes als Schau der göttlichen Herrlichkeit von Angesicht zu Angesicht prägt jedoch die Hoffnung der Christen und begleitet sie durch ihr ganzes Leben. Dass das Ende keine langweilige Unendlichkeit ausmacht, dafür kann die göttliche Parusie uns trösten, wenn eine unaufhaltsame Bewegung von Herrlichkeit zu Herrlichkeit (vgl. 2Kor 3,18) das Leben Gottes über jede menschliche Fülle zu ertasten sucht.[34]

Die Hoffnung der Christen auf das Kommen des Herrn wird nicht zu einem unendlich verängstigten Beharren auf seine Wiederkunft. Die Hoffnung auf die versöhnte, befreiende Erinnerung im Angesicht Gottes und auch des anderen (vgl. den Dialog des Makarios von Ägypten mit dem Schädel) verwandelt bereits jetzt das Antlitz des Lebens und unserer Erde. Die neue Erde und den neuen Himmel (Offb 21,4), ja die Qualität einer neuen Schöpfung zu beschreiben, in der Gott alles in seiner Vorsehung eingeschlossen hat, entzieht sich letztlich unserer Vorstellung. Die Hoffnung auf die Auferstehung und auf den Sieg des Lebens kann jedoch alle verkrusteten Seiten des diesseitigen Lebens sprengen und erst recht die Perspektive öffnen, das Neue, was das Alte richten kann, in jedem Augenblick zu schauen, in jedem Augenblick zu erwarten.

Der Herr ist gekommen; sein Reich ist mitten unter uns und nimmt Gestalt an bis zu seiner Fülle im unendlichen Leben Gottes.

Anmerkungen

1 Das *Synodikon tis Orthodoxias* ist u. a. im Liturgischen Buch der Orthodoxen Kirche *Triodion* zu lesen (Übersetzung durch den Autor).

2 Die Ergänzungen des *Synodikon* aus dem 11. und dem 12. Jh. sind teilweise gegen die Häresien des Johannes des Italos gerichtet, wie I. Karmiris bemerkt. Siehe auch den oben zitierten Text in Karmiris Sammlung: *Dogmatische und Symbolische Monumente der Orthodoxen Katholischen Kirche, Bd. 1*, Athen 1960, 415.

3 DH 411: „Wer sagt oder daran festhält, die Strafe der Dämonen und gottlosen Menschen sei zeitlich und sie werde nach einer bestimmten Zeit ein Ende haben, bzw. es werde eine Wiederherstellung von Dämonen oder gottlosen Menschen geben, der sei mit dem Anathema belegt."

4 Zur Bedeutung und Geschichte des Wortes neben den bekannten Lexika (LThK, RGG, TRE) s. auch: Kallis, Anastasios: *Von Adam bis Zölibat. Taschenlexikon Orthodoxe Theologie*, Münster 2008. 55, sowie den gewichtigen Aufsatz von von Balthasar, Hans Urs: *Apokatastasis*, in: Trierer Theologische Zeitschrift 97 (1988), 169–182.

5 DH 856–861: (856) „Wenn sie aber in wahrer Buße in der Liebe verschieden sind, ohne zuvor durch würdige Früchte der Buße für das Begangene und Unterlassene Genugtuung geleistet zu haben, so werden ihre Seelen, [...]nach dem Tod durch Reinigungs- bzw. Läuterungsstrafen gereinigt: und zur Milderung derartiger Strafen nützen ihnen die Fürbitten der lebenden Gläubigen, nämlich Messopfer, Gebete, Almosen und andere Werke der Frömmigkeit, die von den Gläubigen entsprechend den Anforderungen der Kirche für andere Gläubige gewöhnlich verrichtet werden. (857) Die Seelen derer aber, die nach dem Empfang der Heiligen Taufe überhaupt keiner Sündenschuld verfallen sind, sowie jene, die nach einer zugezogenen Sündenschuld entweder noch in ihren Leibern verweilend, oder nachdem sie ebendies abgelegt haben, wie weiter oben gesagt wurde, gereinigt wurden, werden sogleich in den Himmel aufgenommen. (858)

Die Seelen derer aber, die in einer Todsünde oder allein mit der Ursünde verscheiden, steigen alsbald in die Hölle hinab, werden jedoch mit ungleichen bestraft."

6 Der Leser der neuzeitlichen Literatur zur Eschatologie, konkret in deutscher Sprache, kann u. a. (neben eher traditionstreuen Darlegungen) zwei diametral entgegenlaufende Tendenzen wahrnehmen: einerseits das sehr ernst nehmen des (Jüngsten) Gerichts und des Zornes Gottes, andererseits den Versuch, eine „entdualisierte" Eschatologie zu entwerfen. Ein Dialog zwischen diesen zwei Strömungen scheint mir jedoch in den aus einem ersten Blick sich widersprechenden Ansätzen nicht unmöglich zu sein. Dies will ich auch in diesem Beitrag kurz andeuten. Fuchs, Ottmar: *Das Jüngste Gericht. Hoffnungen auf Gerechtigkeit*, Regensburg 2007 (2. Auflage 2009); Miggelbrink, Ralf: *Der zornige Gott. Die Bedeutung einer anstößigen biblischen Theologie*, Darmstadt 2002; Janowski, J. Christine: *Allerlösung. Annäherung an eine entdualisierte Eschatologie, in 2 Bänden*, Neukirchen-Vluyn 2000. Siehe auch die sehr interessanten Beiträge in den Sammelbänden: Bedford-Strohm, Heinrich (Hg.): *„...und das Leben der zukünftigen Welt". Von Auferstehung und Jüngstem Gericht*, Neukirchen-Vluyn 2007; Heß, Ruth/Leiner, Martin (Hg.): *Alles in allem. Eschatologische Anstöße. J. C.Janowski zum 60. Geburtstag*, Neukirchen-Vluyn 2005.

7 Einen inhaltsreichen Überblick zu orthodoxer Eschatologie s. Begzos, Marios: *Die Eschatologie in der Orthodoxie des 20. Jahrhunderts*, in: Epetiris, Epistimoniki: *Tis theologikis scholis tou panepistimiou Athinon 28* (1989) 779–799. Weitere Literatur s. Vlantis, G.: *In Erwartung des künftigen Äons. Aspekte orthodoxer Eschatologie*, in: *Ökumenische Rundschau 56* (2007), 170–182.

8 Die systematische Reflexion der orthodoxen Theologie zur Eschatologie ist eigentlich neueren Datums. Federführend für einen eschatologischen „Frühling" in der Orthodoxie des 20. Jahrhunderts waren mit ihrem Werk v. a. G. Florovsky, A. Schmemann und I. Zizioulas. Die Angaben zu ihren Werken befinden sich im zitierten Beitrag von G. Vlantis, Anm. 7.

9 Vgl. auch Daley, Brian E.: *Eschatologie. In der Schrift und Patristik. Handbuch der Dogmengeschichte IV/7a*, Freiburg u. a. 1986.

10 In dieser Richtung einer volkstümlichen Erzählung mit reichhaltigen Rückgriffen auf eine nur halbwegs spirituelle Literatur s. Fr. Seraphim Rose: *The Soul after death. Contemporary „After-Death" Experiences in the light of the Orthodox teaching on the afterlife*, Platina/California 1994. Für die Entwicklung im Westen s. Beinert, Wolfgang: *Apokalyptische Vorstellung in christlich-fundamentalistischen Gruppierungen. Ein Beitrag zur „negativen" Ökumene*, in: *Catholica 65* (2011), 53–70.

11 Podskalsky, Gerhard: *Tod und Auferstehung in der byzantinischen Theologie*, in: *Zeitschrift für katholische Theologie 122* (2000), 14–33. Vgl. ferner Kalaïtzidēs, Pantelēs: *La relation de l'Église à la culture et la dialectique de l'eschatologie et de l'histoire*, in: *Istina* 55 (2010), 7–25.

12 Die Rolle der Apokalyptik für die Entstehung der Spaltung der Altgläubigen in Russland (17. Jh.) unterstreicht Felmy, Karl Christian: *Orthodoxe Theologie. Eine Einführung*, Darmstadt 1990, 241.

13 Felmy, Karl Christian, a. a. O., 243.

14 Die eschatologische Dimension der Eucharistie haben insbesondere A. Schmemann und I. Zizioulas in ihren Werken stark akzentuiert. Vgl. Kallis, Anastasios a. a. O. (Anm. 4), 99: „Im Unterschied zur linearen Betrachtung der Geschichte und der Heilsökonomie, demzufolge die Eschatologie am Ende einer Entwicklung steht, meint die christliche Botschaft vom Reich Gottes nicht eine Verheißung, die am Ende der Zeiten verwirklicht wird, sondern eine Realität, die der menschgewordene Logos eingeleitet hat (1Kor 10,11; Hebr 1,2) und die mit der Auferstehung der Toten und der Erneuerung der ganzen Schöpfung (1Kor 15,51–54; Offb 21,1–4) ihre Vollendung erreicht. Daher stellt die Kirche nicht den Antipoden der Welt dar, sondern das Eschaton in ihr, ihren „Sauerteig", der sie „durchsäuert" (Mt 13,33), indem sie sie mit dem Geist versöhnt und ihre Bewegung auf das Letzte hin lenkt. In diesem Bewusstsein feiert die orth. Kirche ihre die ganze Schöpfung umfassende Göttliche Liturgie, in der das Letzte in der Dimension der liturgischen Grenzlosigkeit präsent ist [...] als „Rekapitulation der ganzen Heilsgeschichte (Theodoros Stud. antirr. I:PG 99,340C)".

15 Johannes von Damaskus: *Expositio fidei*, Kap.99–100, PG 94, 1216–1228. Für eine traditionelle Aufarbeitung dieser eschatologischer Konzeption der Orthodoxie s. Ierotheos, Metropolit von Nafpaktos: *Life after death*, Levadia 1996.

16 Man könnte kurz folgendermaßen die Darstellung von Metropolit Ierotheos zusammenfassen: Im Tod trennt sich der Leib von der Seele: Der Leib wird bis zur Auferweckung und seine neue Schaffung aufgelöst und die Seele kommt in einen Warte- bzw. Zwischenzustand, wobei die Gerechten in Freude warten, die Ungerechten in Angst auf das Jüngste Gericht. Nur die Heiligen sind schon bei Gott. Am Ende der Tage erfolgt dann die Auferweckung aller Toten und das Endgericht. Danach kommen alle entweder in den Himmel oder in die Hölle.

17 Finkenzeller, Josef: *Eschatologie* in: Beinert, Wolfgang (Hg.): *Glaubenszugänge. Lehrbuch der Katholischen Dogmatik, Bd. 3, 644*, Paderborn/München/Wien 1995. Auch in der RGG[4] wird für das Stichwort Apokatastasis auf das Wort Allversöhnung verwiesen.

18 Zu dieser gewichtigen Bibelstelle, die u. a. eine tragende Rolle der biblischen Untermauerung der Apokatastasislehre spielte, s. Schendel, Eckhard: *Herrschaft und Unterwerfung Christi. 1. Korinther 15,24–28 in Exegese und Theologie der Väter bis zum Ausgang des 4. Jahrhunderts*, Tübingen 1971.

19 Das stark protologisch orientierte Interesse Origenes kann am besten in seinem Grundwerk *Peri ton archon* studiert werden. Siehe die klassische Ausgabe: Origenes: *Vier Bücher von den Prinzipien* (De principiis libri IV), Hrsg.,übersetzt, mit kritischen und erläuternden Anmerkungen versehen von Herwig Görgemanns und Heinrich Karpp, 3. Aufl. Darmstadt 1992. Zu den origenistischen

Streitigkeiten s. Tsirpanlis, Constantine N.: *The Origenistic Controversy in the Historians of the Fourth, Fifth and Sixth Centuries: Aug. 26* (1986) 177–183.

20 Vgl. Greshake, *Gisbert: Der Wandel der Erlösungsvorstellungen in der Theologiegeschichte*, in: Scheffczyk, Leo Kardinal (Hg.): *Erlösung und Emanzipation*, Freiburg i. Br. 1973, 69–101.

21 Gregor von Nyssa: *De anima*, PG 46, 156: „denn die Auferstehung ist die Wiederherstellung (Apokatastasis) unserer Natur in ihrem ursprünglichen Zustand". Sehr repräsentativ ist ein kleines Werk, sein Kommentar zu 1Kor 15,28 in: PG 44, 1303–1326 (s. insbesondere 1316). Das Interesse bleibt jedoch weiterhin, wie bei Origenes, stark protologisch orientiert. Einen interessanten Vergleich zeigt Ludlow, Morwenna: *Universal Salvation. Eschatology in the Thought of Gregory of Nyssa and Karl Rahner*, Oxford 2000. Ferner zu Gregor von Nyssa s. Mühlenberg, Ekkehard: *Die Unendlichkeit Gottes bei Gregor von Nyssa. Gregors Kritik am Gottesbegriff der klassischen Metaphysik*, Göttingen 1966.

22 Gregor v. Nyssa: *De anima*, PG 46, 100.

23 Zu Apokatastasis bei Maximus s. den Beitrag von von Balthasar, Hans Urs: *Apokatastasis* (s. Anm. 4). Für eine Besprechung der Literatur s. Neuhoff, Klaus Heinrich: *„Bunte" Eschatologie? Zu Eugène Michauds Verständnis der Allerlösung bei Maximos dem Bekenner*, in: *Internationale kirchliche Zeitschrift Bd. 99* (2009), 170–205.

24 Der gewichtige Text von Maximus zu *Apokatastasis, Quaestiones et Dubia* 13, PG 90, 796AC lautet (Übersetzung vom Autor): „Das dritte Verständnis (von Apokatastasis), von dem Gregor von Nyssa in seinen Werken besonders Gebrauch gemacht hat, ist das folgende: die Wiederherstellung (*apokatastasis*) der seelischen Kräfte, die der Sünde verfallen waren, in das, wozu sie auch geschaffen sind. Wie denn bei der Auferstehung die ganze Natur zur erhofften Zeit die Unversehrtheit im Fleisch erlangen wird, so sollen auch die verdorbenen (gefallenen) Kräfte der Seele in der Verlängerung von Äonen die Erinnerungen der ihr zugefügten Bosheit ablegen; und nach einem Durchlaufen durch alle die Äonen, wo sie keinen Halt (*stasis*) finden, schließlich (sollen sie) zu Gott gelangen, der keinerlei Endlichkeit (*peras*) hat; und so durch Erkenntnis (*epignosis*), nicht durch Teilnahme (*methexis*) (sollen sie) die Gütern erlangen und zum ursprünglichen (*archaion*) Zustand aufgerichtet werden (*apokatastinai*), und so (soll es) sich zeigen, dass der Schöpfer nicht die Ursache der Sünde ist."

25 Eine ausführliche Besprechung der Fegfeuerlehre des Konzils von Ferrara-Florenz aus orthodoxer Sicht s. im zitierten Werk des Metropoliten Ierotheos (s. Anm. 15). Die Texte von Markos (*De Igne Purgatorio*) in: *Patrologia Orientalis* (PO) Bd.15, 39–168. Einige von diesen Texten sind auch in Englischer Übersetzung verfügbar in: *Holy Trinity Monastery, St. Mark of Ephesus and the Union of Florence*, Jordanville /New York 1963.

26 Benedikt XVI.: *Enzyklika. Spe Salvi*, No 47, Rom 30. November 2007.

27 Dieser Text handelt vom Hl. Abba Makarios von Ägypten, 4. Jh., dem großen Asketen der Wüste, und ist dem Werk *Apophthegmata Patrum, Migne PG 34*,

257CD entnommen. Deutsche Übersetzung aus der Webseite der Orthodoxen Akademie Kreta www.oac.gr. Die Orthodoxe Akademie Kreta hat aufgrund dieses Textes ein großangelegtes Projekt initiiert. Weitere Informationen s. auf der Webseite der Akademie.

28 Vgl. den Spruch des Abba Makarios: „Wenn wir an die bösen Taten erinnern, die uns von Menschen zugefügt wurden, annullieren wir die Erinnerung Gottes." *Apophthegmata Patrum*, PG 34, 257B.

29 Dass die Lehre einer Apokatastasis ton panton bis in unseren Tagen sogar von hoch geschätzten Mönchen in der Orthodoxie weitere Kreisen ziehen kann, beweist folgende Erzählung eines Starez der Orthodoxie des 20. Jahrhunderts, des Heiligen Siluan vom Berg Athos: „Es gibt Menschen, die ihren Feinden und den Feinden der Kirche Untergang und Qual im ewigen Feuer wünschen. Sie kennen die Liebe Gottes nicht, und darum denken sie so. Nur wer die Liebe und Demut Christi hat, weint und betet für die ganze Welt. Du sagst vielleicht: dieser oder jener ist ein Übeltäter und muss darum im ewigen Feuer brennen. Ich frage dich aber: Angenommen, der Herr gibt dir einen Platz in Seinem Reich, und du siehst denjenigen im höllischen Feuer, dem du ewige Qual gewünscht hast, wirst du nicht Mitleid mit ihm haben, selbst wenn er ein Feind der Kirche war? Oder hast du ein Herz aus Stein? Aber im Himmel ist kein Platz für Steine. Demut braucht man dort und die Liebe Christi, die für alle Mitleid hat". Zitiert in: Kallis, Anastasios: *Das hätte ich gern gewußt. 100 Fragen an einen orthodoxen Theologen*, Münster 2003, 106. (Orig. Zitat aus: Archimandrit Sophronios, Starez Siluan, *Mönch vom Berg Athos, Bd. 2: Die Schriften*, Düsseldorf 1981, 17 f.).

30 Greshake, Gisbert/Kremer, Jacob: *Resurrectio Mortuorum. Zum theologischen Verständnis der leiblichen Auferstehung*, Darmstadt 1986. 266: „Auferstehung im Tod und Auferstehung am Jüngsten Tag stehen dabei nicht als zwei punktuelle Ereignisse hintereinander, sondern sie sind durch einen dynamischen progressiven Prozeß miteinander verknüpft: Durch Leben, Sterben und Auferstehen des einzelnen kommt je und je ein Glied jenes „Leibes" zur Vollendung, der erst in der Vollendung aller sein Pleroma erreicht haben wird." Einen Vergleich zwischen der „Endentscheidungshypothese" (der Tod als nicht passives Erleiden, sondern als eine Aktivität, eine endgültige Entscheidung über das ganze vergangene Leben) von L. Boros (*Mysteriums Mortis*) und der „Auferstehung im Tod" von Greshake (und anderen), sowie die Besprechung von weiteren eschatologischen Entwürfen insbesondere der katholischen Theologie s. in: Lahl, Alexander: *Hoffnung auf ewiges Leben. Entscheidung und Auferstehung im Tod*, Freiburg i. Br. 2009.

31 Vgl. Moltmann, Jürgen: *Das Evangelium vom Gericht und der Neuschöpfung aller Dinge*, in: Bedford-Strohm, Heinrich (s. Anm. 6), 30–45,38: „Die Täter der Sünde und der Gewalt werden eine zurechtbringende, transformierende Gerechtigkeit erfahren. Sie werden schon dadurch verwandelt, dass sie nur zusammen mit ihren Opfern erlöst werden." Andere Akzente setzt im selben Band Etzelmüller, Gregor: *Die Bedeutung der Weltgerichtsrede Jesu (Mt 25, 31–46)*, 90–102, 99.

32 Vgl. Moltmann, Jürgen (s. Anm. 30), 39: „Das Gericht steht nicht im Dienst der Sünde und des Todes als die große Abrechnung, sondern im Dienst der neuen Schöpfung. Das Ende der alten Weltzeit im Gericht ist nichts anderes als der Anfang der neuen Weltzeit im ‚Leben der zukünftigen Welt'. Es war der Fehler der christlichen Tradition, in Bild und Begriff, in Frömmigkeit und Lehre nur auf das Gericht über die Vergangenheit dieser Welt zu blicken und nicht durch das Gericht hindurch die neue Welt Gottes zu erkennen und also im Ende nicht den neuen Anfang zu glauben."

33 Vgl. Maximus Confessor, Ad Thal. 22, PG 90, 320–321.

34 Die spirituelle Patristik des Ostens hat dafür den antinomischen Ausdruck „ewig bewegende Ruhe" (ἀεικίνητος στάσις) geprägt. Siehe Maximos Confessor, Ad Thal. 65, PG 90, 781C und Theol. Pol. 1, PG 91, 24CD.

MENSCHLICHES HANDELN UND GOTTES HEILSPLAN: ERLÖSUNG IM BUCH RUT

Deborah Storek

Erlösungshoffnungen heute: Müssen wir uns selbst retten?

„Wer sich ehrlich bemüht, der ist Teil der Erlösung. […] Wir können nicht erwarten, dass wir errettet werden, wir müssen uns selbst retten." Diese Sätze habe ich vor einiger Zeit auf einer Tagung mitgeschrieben. Sie stammen aus dem Vortrag eines Klimaforschers, der nach der Verantwortung der Kirchen im Kontext der „Klimakatastrophe" gefragt wurde.[1]

Mich hat dieser Vortrag sehr aufgewühlt. Nach meinem Eindruck tragen Jugendliche und junge Erwachsene schwer an der Last ihrer Verantwortung für die Rettung der Welt. Bei vielen nehme ich nach den Jahren der Pandemie und der stetigen Sorge um das Klima eine große Bedrücktheit wahr: Da kommen Einsamkeit und Zukunftsängste, Schuldgefühle und Wut zusammen. Ich denke zum Beispiel an eine Person, die trotz zeitweiliger Essstörung nicht einmal den Salat im Supermarkt zu kaufen wagte, weil der ja in Plastik verpackt ist. Welche Last bürden sich junge Menschen heute auf! Können sie, können wir die volle Verantwortung für die Erlösung der Welt tragen?

Aus Seelsorgevorlesungen erinnere ich mich an den Satz: „Es gibt einen Erlöser, und ich bin es nicht." Es gehört zu meinem Lernprozess als Seelsorgerin, dass ich Menschen ein Stück ihres Wegs begleiten kann, aber mich auch schützen darf. Ich darf mir Grenzen meiner Möglichkeiten zugestehen, Grenzen meiner Verantwortung. Gott mutet mir nicht die Rolle als Erlöserin zu! Diesen Zuspruch erlebe ich als wohltuende Entlastung.

In vielen gesellschaftlichen Bereichen wird das heute anders gesehen. Aktuelle Debatten scheinen mir oft religiös aufgeladen, sie kreisen um Schuldige und Retter, um Gut und Böse, um Wege aus Höllenszenarien zur Erlösung. Der richtige Impuls zu verantwortlichem Handeln geht dabei zuweilen über in kaum tragbare Sündenscham und Erlösungsdruck. Wo Gott nichts mehr zugetraut wird, liegt es an uns, uns an den eigenen Haaren aus dem Sumpf zu ziehen. Was können wir aus christlicher Sicht dazu sagen? Was ist unsere Verantwortung für die Zukunft dieser vielfach krisengeschüttelten Welt – und wie passt sie mit dem Glauben an einen erlösenden Gott zusammen?

Bisher habe ich mich als Politikinteressierte und Seelsorgerin geäußert. Meine aktuelle Hauptbeschäftigung ist aber eine andere: Als Bibelwissenschaftlerin liebe ich es, tief in einzelne Texte einzutauchen und dabei auch zu fragen, was sie uns heute zu sagen haben. Auf den nächsten Seiten möchte ich einen Blick auf alttestamentliche Vorstellungen von Erlösung werfen. Was mich immer noch erstaunt: Erlösung war in Israel zuerst etwas, was Menschen taten.

Erlösung im Alten Testament: Bodenhaftung mit Himmelsblick

Es gibt im biblischen Hebräisch zwei Verben, die im Deutschen mit „erlösen" übersetzt werden: *padah* (פדה) und *ga'al* (גאל). Beide beschreiben ursprünglich alltägliche Rechtsakte und werden dann auch als Metaphern für Gottes befreiendes Wirken gebraucht. Mit *padah* wird zum Beispiel die Auslösung der Erstgeborenen bezeichnet (Ex 13,12–13), aber auch Ersatzzahlungen anstelle der Todesstrafe (Ex 21,30) oder der Freikauf aus Sklaverei (Ex 21,8). Manchmal aber wird der Begriff auf Gottes große Erlösungstat übertragen: die Befreiung Israels aus der Sklaverei in Ägypten (z. B. Deut 7,8; 9,26; 15,15). Göttliche Erlösung als das Freikaufen aus dem Tod und versklavenden Bindungen: Aus dieser Vorstellungswelt wurde im Neuen Testament und in christlicher Lehre vieles aufgenommen. Im Folgenden will ich mich aber auf das zweite Wort für „Erlösung" konzentrieren, das im Alten Testament wichtiger ist.

Nur von diesem zweiten Verb, *ga'al*, wird das Nomen „Erlöser" (*go'el*) gebildet. Nicht der Vorgang der Auslösung steht hier im Mittelpunkt, sondern die Person, die auslöst. Der Löser ist immer ein Verwandter, der zugunsten seiner Sippe (dem größeren Familienverband) eingreift. Manchmal wird „Löser" einfach als Bezeichnung für Sippenangehörige gebraucht (z. B. 1Kön 16,11). Die Aufgaben, die Löser hatten, lassen sich aus den biblischen Texten nur in Ausschnitten erkennen – wahrscheinlich griffen sie im Normalfall selbstständig ohne spezifische rechtliche Regelung ein.[2] In der Bibel finden wir eine enorme Bandbreite von Situationen, in denen Löser aktiv wurden: Sie hatten ein Vorkaufsrecht auf Grundstücke von Verwandten, damit der Besitz in der Sippe blieb (Jer 32). Sie sollten verarmte Angehörige aus der Schuldsklaverei freikaufen (Lev 25), agierten aber auch als Bluträcher, die den Mörder eines Verwandten verfolgten und zur Rechenschaft zogen (Num 35,10–34; Deut 19,1–13).[3] Außerdem setzten sie sich als eine Art Anwalt für Verwandte ein, die ihr Recht nicht selbst durchsetzen konnten (darauf deuten Hiob 19,25; Spr 23,10–11 hin). Ein Löser war im alten Israel offenbar ein Verwandter, der für die Sippe eintrat. Der verarmten, verschuldeten, verwitweten, sogar verstorbenen Angehörigen beistand und ihnen zu ihrem Recht verhalf. Diesen Brauch verwandtschaftlicher Solidarität nennt man „Löserinstitution".

Was aber hat diese alltägliche Solidarität in der Sippe mit Gottes wunderbarer Erlösung zu tun? Im Deutschen unterscheiden wir scharf zwischen menschlichen „Lösern" und „Auslösung" einerseits und Gott als „Erlöser" und der geistlichen „Erlösung" andererseits. Im Hebräischen gibt es diese Unterscheidung nicht. Ein und dasselbe Wort bezeichnet menschliche und göttliche „Er-Löser" und ihr Handeln. Übrigens ist das auch im Englischen der Fall (*redeem*). Unsere kategoriale Trennung ist irreführend. Sie verwischt die erstaunliche Tatsache: Erlösung ist im Hebräischen kein theologischer Begriff![4] Anders als zum Beispiel das Verb für „schaffen", *bara* (ברא), das *nur* mit Gott als Subjekt gebraucht wird, wurzelt das Verb *ga'al*, „erlösen", tief in zwischenmenschlichen Beziehungen.

Im Buch des Propheten Jesaja wird „Erlöser" aber nun zu einer der wichtigsten Bezeichnungen für Gott. Eindringlich wird Israel immer wieder zugesagt: Gott ist dein Erlöser, wird dich erlösen, hat dich längst erlöst. Zum Beispiel in Jes 43,1 (LU):

> „Und nun spricht der HERR, der dich geschaffen hat, Jakob, und dich gemacht hat, Israel: Fürchte dich nicht, denn ich habe dich erlöst; ich habe dich bei deinem Namen gerufen; du bist mein!"[5]

Die Forschung rätselt, was mit Erlösung in diesen Kontexten gemeint ist: Wird eine bestimmte rechtliche Handlung auf Gott übertragen, etwa der Freikauf aus Sklaverei oder gar die Blutrache, also das robuste Eingreifen gegen Gewalttäter?[6] Ich vermute eher, dass die ganze, umfassende Idee der zwischenmenschlichen Lösung im Hintergrund steht. Mit dem damals bekannten Brauch verwandtschaftlicher Solidarität bekräftigt der Prophet Gottes Zusagen: Wie ein verlässlicher Verwandter tritt Gott für sein bedrängtes Volk ein. Konkret wird Israel vor allem die Rückkehr aus dem babylonischen Exil und ein neues Gedeihen in der Heimat verheißen. Mit berührenden Bildern wird das zum Beispiel in Jes 54,4–5 ausgeführt: wie eine einsame Witwe, wie eine unverheiratete und wenig angesehene junge Frau ist „Zion" (hier ein weibliches Bild für Israel). Gott aber wird dieser zerschlagenen, gedemütigten Frau als ihr „Ehemann" und „Erlöser" vorgestellt, der ihr wieder neue Blüte und Sicherheit schenken wird. Es sind Gottes unerschütterliche Liebe und seine verlässliche Fähigkeit zu helfen, die ihn zum Erlöser par excellence machen.

Erlösung ist im Alten Testament einerseits etwas sehr Bodenständiges: Ackerkauf, Blutrache, Rechtsbeistand. Andererseits lädt Jesaja mit genau diesem Begriff zum Vertrauen auf Gottes Rettung ein: Er schenkt Israel neues Heil, weil er seinem Volk zugewandt ist wie ein naher Verwandter. Wie ein Löser greift er rettend ein, wo sie sich nicht selbst helfen können.

Genau in der Mitte dieser beiden Pole, zwischen Himmel und Erde sozusagen, steht ein oft unterschätztes Buch: Rut. In dieser kurzen Erzählung kommt das Wort *ga'al*, „lösen", so häufig vor, dass deutlich wird: Es ist die Geschichte einer umfassenden Er-Lösung.[7] Einerseits wird von den alltäglichen Taten eines Lösers erzählt. Diese werden aber bis zum Äußersten ausgeweitet. Sanfte Andeutungen weisen zudem darauf hin, dass Gott im Hintergrund die Fäden zieht; dass durch die menschlichen Taten seine Erlösung durchscheint. Es ist spannend zu entdecken, wie im Rutbuch erlösendes Handeln von Menschen und der Glaube an Gott als den eigentlichen Erlöser zusammenwirken. Anhand von drei Nahaufnahmen möchte ich das nachzeichnen.

Zwischen Himmel und Erde: Er-Lösung im Buch Rut

Hunger, Fremdheit und der Beginn der Erlösung: Rut 1–2

Um was für eine Erlösung geht es im Buch Rut? Nach dem katholischen Alttestamentler Erich Zenger erzählt das Buch, „wie Jahwe durch die *haesaed* (Güte, Treue, Liebe) der Rut und des Boas die Naemi ‚er-löst', d. h. vom Tod zum Leben führt: durch Liebe in der Gestalt von Brot und in der Gestalt eines Kindes".[8] Die Erlösung Noomis vom Tod zum Leben, ihre Rettung aus Hunger und Einsamkeit sieht Zenger als roten Faden der Erzählung. (Ergänzen würde ich, dass auch

Rut Erlösung erfährt.) Wichtig ist mir die Beobachtung: Die Erlösung bezieht sich auf konkrete irdische Not. Es geht um Armut, Benachteiligung und Zukunftssorgen.

Diese harte Lebenswirklichkeit wird schon in den ersten fünf Versen des Buchs skizziert. Aufgrund einer Hungersnot wandert Noomis Familie aus Juda nach Moab aus. Dort stirbt zunächst ihr Mann und nach zehn Jahren sterben auch beide Söhne. Am Ende bleibt Noomi scheinbar allein zurück, kinderlos im fremden Land (Rut 1,5). Die Nachricht von Gottes Eingreifen in Juda, der nach der Hungersnot wieder „Brot" geschenkt hat, setzt die eigentliche Handlung in Gang: den Weg zurück nach Hause, zunächst begleitet von den zwei moabitischen Schwiegertöchtern (1,6). Noomi ist im ersten Kapitel eindeutig die Hauptperson und wird es auch am Schluss des Buchs wieder sein (4,14–17). In bitteren Klagen beschreibt sie ihre erloschene Zukunftshoffnung (1,11–13) und klagt Gott an, dass er sich gegen sie gewandt, sie gedemütigt und ihr alles genommen habe (1,13.20–21). Nicht mehr „Liebliche" (Noomi), sondern „Bittere" (Mara) will sie deshalb heißen.

Die Erfahrungen von Flucht und Entwurzelung, der Tod naher Angehöriger und Hadern mit Gott, Verbitterung und trübe Zukunftsaussichten: Das ist die Ausgangslage. Das Rutbuch, oft als Idylle verniedlicht, stellt plastisch bedrückende Lebenssituationen dar, die uns auch heute nicht fremd sind. Erlösungsbedürftig sind Menschen nicht nur aus geistlichen Nöten. Das gilt übrigens auch da, wo Gott im Alten Testament als Erlöser beschrieben wird: Es geht um tatkräftige Befreiung aus Bedrückungen, aus wirtschaftlicher Not und Zukunftslosigkeit. Unsere neutestamentlich und evangelikal geprägte Vorstellung von Erlösung betont die Befreiung des Einzelnen von der Sünde, die ihn von Gott trennt. Damit wird der Fokus auf den Kern lebenszerstörerischer Mächte gelegt. Alttestamentliche Texte weiten unseren Blick: Gott will uns nicht nur aus geistlichen Bindungen befreien, sondern auch im Hier und Jetzt Erlösung erfahren lassen.

Diese irdisch-praktische Erlösung entfaltet sich im Rutbuch nur langsam. Erst am Ende des zweiten Kapitels keimt bei Noomi erste

Hoffnung auf – verbunden mit der Aussicht auf einen Löser. Gegen ihren Willen war eine der zwei Schwiegertöchter mit nach Juda gekommen. Dort hatte sie prompt angefangen, für den gemeinsamen Lebensunterhalt zu sorgen. Auf den Feldern rings um Bethlehem hat Rut das Armenrecht der Nachlese in Anspruch genommen (Rut 2). So großzügig war der Feldbesitzer, dass sie nicht nur Liegengebliebenes aufsammeln durfte, sondern geradezu eine eigene Ernte eingebracht hat. Erst am Ende des Tages, als Rut vollbeladen zu Noomi zurückkehrt und ihr den Namen des Feldbesitzers verrät (Boas), entdecken beide: Rut ist auf dem Feld eines Verwandten gelandet. In einem ergreifenden Satz segnet Noomi Boas und schöpft zugleich Hoffnung, dass Gott sie nicht gänzlich verlassen hat:

> „Da sagte Noomi zu ihrer Schwiegertochter: Gesegnet sei er vom HERRN, der seine Güte den Lebenden und Toten nicht entzogen hat. Und sie erzählte ihr: Der Mann ist mit uns verwandt, er ist einer unserer Löser." (Rut 2,20; LU)

In diesem Nachsatz fällt zum ersten Mal das Stichwort „Löser". Von Anfang an hängt der menschliche Löser geheimnisvoll mit Gottes Wirken zusammen. Noomi wandelt nämlich die übliche Segensformel ab. Normalerweise folgt auf den Satz „gesegnet sei XY vom HERRN" eine lobende Begründung („weil er…"). Hier aber steht plötzlich eine Aussage über Gott! Wer diese Sätze damals las oder hörte, der stolperte kurz und kam ins Nachdenken: Gehört nicht zu dieser Begründung der Satzanfang „Gesegnet sei der HERR, der…"?[9] Es ist, als ob Noomi in einem Atemzug Boas und Gott zugleich segnet.[10] Sie erkennt im Zusammentreffen mit einem Löser offenbar Gottes Führung und Fürsorge.[11]

Es ist also nicht Boas' Großzügigkeit allein, mit der die Erlösung Noomis beginnt. Die Wende bringt erst ihr freudiges Wahrnehmen, dass Gott ihre Not gesehen und ihr zuliebe eingegriffen hat. Dass er sie zu jemandem geführt hat, der helfen kann. Noch ist ihr Jubel gedämpft – das Gotteslob lehnt sich an den Segen des menschlichen Wohltäters an. Aber sie beginnt zu hoffen.

Noch eine zweite Beobachtung: Nicht nur Noomi erwartet Hilfe durch den Löser. „Unser" Löser ist Boas, sagt sie – Rut wird in die Verwandtschaft eingerechnet. Das ist ein besonderer Clou: Zum einen wird Rut häufig als „Moabiterin" bezeichnet (1,22; 2,2.6.21) und fragt Boas an zentraler Stelle, warum er ausgerechnet einer Ausländerin so freundlich begegnet (2,10). Außerdem funktioniert die Löserinstitution nur innerhalb der eigenen Sippe. Noomi selbst ist nur über ihren verstorbenen Mann mit Boas verwandt (vgl. 2,1). Erstreckt sich die verwandtschaftliche Solidarität auch noch auf ihre moabitische Schwiegertochter?

Dass Boas als „unser Löser" eingeführt wird, ist daher auch ein Hoffnungssignal für Rut. Denn zu Noomis Not kommt Ruts prekäre Situation: Ihre fürsorgliche Entscheidung, Noomi nach Juda zu begleiten, hat sie gegen deren Widerstand durchgesetzt. Kann sie dort trotz Noomis Bedenken Glück und Zukunft finden (1,8 f.11–13)? Wird sie in Noomis Volk und bei deren Gott angenommen werden (vgl. 1,16; 2,10–13)?

Besonders heikel ist die Geschichte von Rut, weil in Israel eine lebhafte Debatte um Ehen mit fremden Frauen geführt wurde. In Esra 9–10 und Neh 13, auch in Deut 7 wird scharf gegen solche Ehen argumentiert. Sie gelten als Verstoß gegen Gottes Willen und Bedrohung für die Zukunft Israels. Die Ruterzählung wird häufig als positive Gegenschrift zu solcher Abgrenzung gesehen. Christliche Auslegung hat später weitere Obertöne aus diesem Text herausgehört: Ist Rut nicht auch ein Symbol für die Heidenvölker, die durch Christus einbezogen werden in die Erlösung? In diesem Sinne könnte man in Noomis Freude über „unseren Löser" (Rut 2,20) ein ähnliches Staunen entdecken, wie es Paulus in Eph 2,19 (LU) ausdrückt: „So seid ihr nun nicht mehr Gäste und Fremdlinge, sondern Mitbürger der Heiligen und Gottes Hausgenossen." Es ist keine Selbstverständlichkeit: Auch wir, die wir fremd waren, werden hineingenommen in die

Verwandtschaftsbeziehung mit Gott, als seine Hausgenossen eingeladen! Jetzt ist er, der schon lange Israels Erlöser war, auch unser Erlöser.

Zurück zur Geschichte: Im nächsten Kapitel kehren sich die Rollen um. Statt Rut ergreift nun Noomi die Initiative und treibt die erhoffte Er-Lösung weiter voran.

Warten auf die Erlösung nach der Nacht: Rut 3

„Meine Tochter, ich will dir eine Ruhestatt suchen, dass dir's wohlgehe" (Rut 3,1; LU). Mit dieser erklärten Absicht entfaltet Noomi ihren Plan, den Löser zum Handeln zu bewegen (Rut 3,2–4). Dass die „Ruhe" auf eine Ehe anspielt, verstand sich damals von selbst: Eine Ehe bot Frauen Schutz und Versorgung. Kinderlose Witwen und Unverheiratete lebten in sozialem Abseits und wirtschaftlicher Unsicherheit. Von einem Ruheort für ihre Schwiegertöchter hatte Noomi schon einmal gesprochen, in ihrem Segenswunsch beim Abschied: „Der HERR gebe euch, dass ihr Ruhe findet, eine jede in ihres Mannes Hause!" (1,9; LU). Noomi macht sich jetzt offenbar auf den Weg, ihr eigenes Gebet zu erfüllen! Das wird ihr nicht als Zeichen mangelnden Gottvertrauens angekreidet. Im Gegenteil, Noomis Initiative erweist sich als wichtiger Impuls auf dem Weg zur Erlösung. Noomi erbittet Gottes Segen – und bemüht sich dann nach Kräften, dazu beizutragen, dass Gottes Segen und Güte spürbar werden.

Es ist nicht nur Noomi, die ihrem eigenen Segenswunsch auf die Sprünge hilft. Wenige Momente später wird Rut auch Boas auffordern, seinem Segensspruch Taten folgen zu lassen: Auf dem Feld hatte er sie unter anderem dafür gelobt, dass sie unter den „Flügeln" Gottes Zuflucht gesucht hatte – und ihr göttlichen Lohn gewünscht (2,12). Jetzt fordert sie diesen Lohn mutig von ihm ein: Sie bittet ihn, seinen „Gewandsaum" (das Wort für „Flügel" im Singular) über sie zu breiten (3,9). Damit fordert sie Boas letztlich auf, sie zu heiraten.[12]

Wie kam es zu dieser wagemutigen Bitte? Noomi hatte Rut aufgefordert, sich zu baden, mit Öl zu salben und spätabends allein zur Tenne zu gehen. Dort sei Boas um diese Zeit zu finden, da er im Abendwind die Gerste worfelt (3,1–4). Spannungsvoll wird erzählt, wie Rut auf die Tenne kommt und sich heimlich zum schlafenden Boas legt. Ausdrücklich wird dessen Essen, Trinken und Fröhlichkeit geschildert und das „Aufdecken seiner Füße/Beine" beschrieben. Mit mehrdeutigen Wörtern gestaltet der Erzähler eine erotisch aufgeladene Atmosphäre.[13]

Das also ist der Weg zur Erlösung? Fromme Kommentare haben sich seit Jahrhunderten kräftig bemüht, der Handlung alles Zweideutige zu nehmen. Damit haben sie leider auch das geschickte Spielen des Autors mit den Verdachtsmomenten seines Publikums unter den Teppich gekehrt. Höchste Spannung ist erreicht, als Boas mitten in der Nacht aufwacht, erschrocken eine Frau neben sich entdeckt und fragt, wer sie sei (3,8). Das ist der Moment, in dem Rut ihre symbolträchtige Bitte um eine Heirat vorbringt: „Breite den Saum deines Gewandes über deine Magd, denn du bist der Löser" (3,9; LU). Ruts Erlösung ist demnach schlicht die Ehe. Das wird auch in Boas' Antwort deutlich: Nach einigen begeisterten Sätzen zu Ruts vorbildlichem Charakter und Handeln weist er auf einen näheren Löser hin (V. 10–12). Dann aber verspricht er: Wenn der nähere Verwandte zurücktritt „... will ich dich lösen, so wahr der HERR lebt" (3,13; LU). In diesem innigen Gespräch um Mitternacht steht siebenmal „Löser" beziehungsweise „lösen". Immer bezieht sich die Erlösung ausschließlich auf Rut: Ihre Erlösung durch eine Ehe wird verhandelt. Nur Andeutungen lassen erahnen, dass die Ehe mit einem Löser auch Noomi und deren Familie zugutekommen wird (3,10).

Ob Rut mit der Bitte um Heirat eine Löserpflicht einfordert, ist unklar. Dass ein Löser eine Verwandte heiraten soll, wird sonst jedenfalls nie erzählt.[14] Diese Ehe sprengt also wahrscheinlich alle Grenzen üblichen Rechts. Außerdem ist sie bis obenhin mit Symbolik aufgeladen: Gottes Erlöserhandeln an Israel scheint Pate für diese Ehe zu stehen.

Darauf deutet schon das Bild vom Flügel in V. 9: Sonst ist es Gott, der seine schützenden Flügel über Menschen ausbreitet (vgl. Rut 2,12). Gott ist es auch, der an der engsten Parallele dieser Stelle, Hes 16,8, seinen Gewandsaum über eine entblößte und schutzlose junge Frau breitet – wie in Jes 54 ist diese ein Bild für Jerusalem bzw. Israel. Schützend und erlösend soll die Ehe mit Rut sein – und damit die Zuwendung Gottes zu seinem Volk widerspiegeln. Die Propheten sprechen von Gott als einem, der sein Volk schützend „unter seine Fittiche nimmt" (Hes 16,8) und ihm als liebevoller Ehemann und Erlöser beisteht (Jes 54): Eine ähnlich persönliche Erlösung darf Rut durch die Ehe mit einem Löser erwarten.

Dass dieses nächtliche Gespräch vor theologischen Obertönen strotzt, zeigt auch die Auslegungsgeschichte: Viele hebräische Handschriften schreiben das erste Wort in Rut 3,13 mit einem großen Buchstaben. Der jüdische Kommentar *Daat Mikra* (דעת מקרא) erklärt das mit der „Wichtigkeit dieses Verses"[15] und erläutert: Viermal komme allein hier der Begriff „Erlöser" bzw. „erlösen" vor. Die Erlösung werde am Ende der Nacht versprochen: Schon die frühen Rabbinen lasen das allegorisch als Bild für Gottes Erlösung Israels „nach der Nacht". Viele Erlösungslieder fußten auf den Worten dieses Verses.

Rut 3,9–13 nimmt uns mit hinein in die mutige Bitte um menschliches erlösendes Handeln – und in das Warten auf Gottes größere Erlösung. Auf beiden Ebenen wird keine unmittelbare Rettung versprochen, Komplikationen stehen im Weg. Was Hoffnung schenkt, ist das feste Versprechen: Am Ende der Nacht, nach der tiefsten Dunkelheit, wird die Erlösung kommen.

Die jüdische Überzeugung, dass die Erlösung noch aussteht, mahnt zu einem realistischen Blick in diese Welt: Ist da nicht noch sehr viel Nacht und erst wenig Erlösung sichtbar? Es gibt eine chassidische Erzählung, die das gut auf den Punkt bringt. Ein Priester und ein Rabbi streiten, ob der Messias schon gekommen sei. Irgendwann schaut der Rabbi nur noch schweigend aus dem Fenster. Auf Nachfrage des Priesters erklärt er, was er tut:

„Ich prüfe, ob der Messias schon gekommen ist, ob der Säugling gefahrlos mit der Giftschlange spielt (Jes 11,8), ob Wolf und Lamm sich liebevoll umarmen (Jes 11,6; 65,25), ob die Schwerter zu Pflugscharen geschmiedet sind (Jes 2,4), ob alle satt werden und niemand stirbt, bevor er die Hundert erreicht hat (Jes 65,20–23)."[16]

Das Warten auf den Erlöser bekommt am Ende von Rut 3 einen ungeduldigen Beiklang: Noomi mahnt Rut zwar abzuwarten, was Boas tut. Sie versichert aber, „der Mann wird nicht ruhen, er bringe es denn heute zu Ende."

Umfassende Erlösung jetzt und dann: Rut 4

Tatsächlich werden die nächsten Szenen fast atemlos erzählt. Schon während Rut zu ihrer Schwiegermutter zurückkehrt, begibt sich Boas ins Stadttor. Dort ruft er den näher verwandten Löser und zehn Älteste zusammen. Detailliert nimmt uns der Erzähler in die Rechtsverhandlung mit hinein, in der geklärt wird, wer von beiden als Löser eintreten wird – und was zu dessen Aufgaben gehört. Dabei schreitet das Publikum von einer Überraschung zur nächsten. Der Löser soll zunächst von Noomi das Feldstück ihres verstorbenen Mannes Elimelech abkaufen – bisher wurde dieser Besitz nie erwähnt. Erst nachdem der nähere Löser dem freudig zustimmt, schiebt Boas eine zweite Löserpflicht hinterher: Er müsse dann auch die „Frau des Toten" heiraten. Erst am Ende wird deutlich, dass damit nicht Noomi, sondern Rut gemeint ist. Diese Ehe diene dazu, „den Namen des Verstorbenen zu erhalten auf seinem Erbteil" (Rut 4,5). Damit wird ein weiterer Rechtsbrauch in die Löserpflicht eingebunden: die Schwagerehe. Nach Deut 25,5–10 soll der Bruder eines ohne Söhne verstorbenen Mannes dessen Witwe heiraten. Der erstgeborene Sohn gilt als Nachkomme des Verstorbenen und sichert so dessen „Namen" eine Zukunft, bewahrt seine Familie also vor dem Auslöschen.

Die umfassende Fürsorge für beide Witwen und die Zukunft ihrer Familie würde den näheren Löser so viel kosten, dass er sich ruinieren müsste. Er lehnt ab und damit ist der Weg frei für die feierliche Einsetzung Boas' als Löser:

> „Und Boas sprach zu den Ältesten und zu allem Volk: Ihr seid heute Zeugen, dass ich von Noomi alles gekauft habe, was Elimelech, und alles, was Kiljon und Machlon gehört hat. Dazu habe ich mir auch Rut, die Moabiterin, die Frau Machlons, zur Frau genommen, dass ich den Namen des Verstorbenen erhalte auf seinem Erbteil und sein Name nicht ausgerottet werde unter seinen Brüdern und aus dem Tor seiner Stadt; dessen seid ihr heute Zeugen." (Rut 4,9–10; LU)

Erlösung hat in dieser Szene den Charakter eines pragmatischen wirtschaftlichen Vorgangs. Auch die Ehe mit Rut wird zweimal mit „kaufen" (*kanah*, הנק) ausgedrückt (V. 5.10, im Deutschen meist anders umschrieben). Damit ist kein „Frauenkauf" gemeint. Die Ehe soll so eher als Teil einer umfassenden Lösung dargestellt werden, parallel zum Feldkauf.[17] Der Löser „erwirbt" das Feld und zugleich die Verantwortung für beide Frauen und ihre verstorbenen Männer. Kein Wunder, dass der namenlose andere Löser ablehnt. Umso heller strahlt Boas' selbstloser Akt. Ihm wird von den Anwesenden dafür reicher Segen, Ruhm und große Kinderschar gewünscht – wie Rahel und Lea soll seine Frau das „Haus Israel bauen" (Rut 4,11–12).

Nach der ausführlich erzählten Rechtsverhandlung werden Hochzeit und Schwangerschaft nur in einem einzigen Satz skizziert. Betont ist es Gott, der Rut Schwangerschaft schenkt (4,13). Sie war zuvor schon etwa zehn Jahre verheiratet, ohne Kinder bekommen zu haben (Rut 1,4–5) und galt damit als unfruchtbar. Das Ziel der Ehe, wie es in Rut 4 beschrieben wurde – einen Nachkommen für die Verstorbenen zu zeugen –, war menschlich unmöglich. Nur Gott ist es, der die erhoffte Schwangerschaft „geben" konnte – genau wie er nach

Rut 1,6 seinem Volk nach zehn Jahren Hungersnot wieder Brot „gegeben“ hatte.

Dies sind die einzigen Stellen, an denen Gott im Rutbuch deutlich eingreift. Das Buch ist zwar durchzogen von Klagen und Segenssprüchen, immer wieder wird Gottes Führung im Hintergrund angedeutet oder sein gerechter Lohn erhofft. Gott ist Lebensgrundlage, Segensspender und Gesprächspartner – aber er spricht nie und handelt kaum direkt. Fast alles, was er tut, geschieht durch Menschen. Dieser Theologie des Alltags kann ich für meinen Glauben viel abgewinnen: Es müssen nicht immer große Wunder und Gotteserfahrungen sein. Ich kann mich auch an Gottes vertrautem Dabeisein und seinem praktischen Segen freuen. Erwartungsvoll mit dem Blick nach oben leben. In dem, was andere Gutes tun, Gottes Güte erkennen. Selbst daran mitwirken, dass meine Gebete für andere Wirklichkeit werden: So sieht das bodenständige Glaubensleben im Rutbuch aus.

Nachdem die Lösung in Rut 4,1–12 allein unter Männern verhandelt wurde, gehört das letzte Wort dazu den Frauen der Stadt. In ihrem Gespräch mit Noomi bricht das Gotteslob durch, das Noomi in 2,20 noch nicht aussprechen konnte: „Gelobt sei der HERR, der dir heute den Löser nicht versagt hat!“ (4,14). Man kommt kaum hinterher: In Rut 3 ging es um die Erlösung Ruts durch eine Ehe; in der Rechtsverhandlung um das Wohl der Toten, deren „Name“ durch einen Nachkommen erhalten werden sollte. Am Ende fokussieren die Frauen ganz auf Noomi. Ihr Löser ist aber weder Boas noch der nähere Löser, sondern das Kind Ruts, „die dir mehr wert ist als sieben Söhne“ (4,15). Von ihm erwarten die Frauen, dass es Noomis Versorgung im Alter sichern und „ihr Leben zurückbringen“ wird (4,15): So wird der Enkel zum Erlöser für die einsame Witwe. Diesem Kind (und nicht Boas wie in V. 11) wird jetzt Ruhm gewünscht (V. 14). Ganz am Ende wird erkennbar, wie sich beide, Boas’ und Ruts Sohn, einen Namen machen werden: als Vorfahren Davids (4,17–22).

„David“ ist nicht zufällig das letzte Wort des Rutbuchs. Mit König David verbinden sich die Hoffnungen auf eine messianische Heilszeit:

Ein Davidsohn wird wieder herrschen und die Zeit der Unsicherheit und Gewalt beenden (vgl. Mi 5,1–5). Im Alten Testament bleiben die messianischen Hoffnungen irdisch und politisch – selbst da, wo sie Dimensionen eines Friedens ausmalen, die in dieser Welt kaum erreichbar scheinen.

Die messianische Zeit wird im Judentum zwar als Zeit der Erlösung erwartet,[18] im Rutbuch wird David aber nicht als Erlöser gezeichnet. Wer in ihm also eine Andeutung auf Jesus als künftigen Erlöser erkennen möchte, geht weit über das hinaus, was das Buch erzählt. Der David-Ausblick zeigt aber: Die ganze Geschichte atmet messianischen Duft. Sie weist voraus auf die messianische Zeit, weil Menschen so großzügig handeln, dass durch sie Gottes Liebe erfahrbar wird. Sie bietet damit einen Vorgeschmack auf die volle Erlösung.

Schluss

Mich begeistert die erdverbundene und doch glaubensstarke Erlösungshoffnung des Rutbuchs. Erlösung ist etwas, das Menschen praktisch tun: der Kauf eines Feldstücks, eine schützende Heirat, die Zeugung eines Nachkommens, um eine Familie vor dem Aussterben zu bewahren, die Versorgung zweier Witwen. Und doch wird schon aus dieser Aufzählung deutlich, dass keine normale Verwandtenpflicht erzählt wird. So umfassend, so symbolisch aufgeladen ist diese menschliche Erlösung, dass sie Gottes Handeln durchscheinen lässt (vgl. Rut 2,20 und 4,14).

Gott ist es, der allein das Entscheidende geben kann. Er schenkt das Ende der Hungersnot (Rut 1). Er führt zu einem, der helfen kann und vertreibt damit Hoffnungslosigkeit und Zweifel (Rut 2). Er gibt der Unfruchtbaren die ersehnte Schwangerschaft und schenkt damit zugleich einer kinderlosen Witwe einen Löser und Versorger (Rut 4).

Heute sehen sich viele vor die Alternative gestellt: Müssen wir uns selbst retten oder sollten wir besser glaubensstark, aber tatenlos auf Gottes Erlösung warten? Das Alte Testament und besonders das

Rutbuch zeigen, dass eine reife Erlösungshoffnung beides verbinden kann: mutiges Handeln und den erwartungsvollen Blick in den Himmel. Beide Seiten, Tun und Glauben, bleiben dabei bodenständig-realistisch – und sind dennoch von messianischer Hoffnung durchweht. Das Buch Rut ermutigt dazu, auf Gottes „Erlösung nach der Nacht“ zu warten – und schon jetzt selbst das Menschenmögliche zu tun, damit in dieser Welt Erlösung erfahren wird.

Anmerkungen

1 Luisa Neubauer hat 2021 in einer Fastenpredigt im Berliner Dom ähnliche Worte gefunden. („Gott wird uns nicht retten. Das werden wir tun. […] Wir werden uns retten, weil wir nicht den Glauben verlieren. Den Glauben an eine bessere, gerechtere Welt, die möglich ist, solange wir für sie kämpfen.“) Ihre Predigt ist einsehbar unter https://www.berlinerdom.de/mediathek/predigten-und-gottesdienste/predigten-zum-nachlesen/predigten-2021/ (abgerufen am 8.10.2022).

2 In den Asylstadtbestimmungen wird z. B. selbstverständlich vorausgesetzt, dass der Löser den Mörder zur Rechenschaft zieht. In Num 5,8 beginnt die rechtliche Regelung erst in dem Fall, „wenn er keinen Löser hat“.

3 Der Standardbegriff für den Bluträcher ist „*goel hadam*“ (גֹּאֵל הַדָּם), wörtlich „Blut-Löser“.

4 Ich werde im Folgenden der gebräuchlichen Unterscheidung zwischen „Löser“ und „Erlöser“ manchmal folgen, manchmal aber auch die Grenzen bewusst verwischen („Er-Löser“ oder auch „Erlöser“ für Menschen).

5 Vgl. daneben Jesaja 35,9; 41,14; 43,14; 44,6.22–24; 47,4; 48,17.20; 49,7.26; 51;10; 52;3.9; 54,5.8; 59,3.20; 60,16; 62,12; 63,3.9.16. Die Vorstellung von Gott als Erlöser taucht also erst da auf, wo die Forschung Worte eines unbekannten Propheten aus exilischer/ nachexilischer Zeit vermutet („Deuterojesaja“, Zweiter Jesaja).

6 Ich werde hier wie auch im Folgenden vielfach Forschungsdiskussionen grob zusammenfassen und eigene Thesen darstellen, die ich in meiner Dissertation zum Rutbuch im Einzelnen entfaltet habe (sie wird demnächst bei Mohr Siebeck erscheinen). Zur besseren Verständlichkeit verzichte ich in diesem Kontext auf die explizite Auseinandersetzung mit der Forschungsliteratur.

7 Es gibt drei Textbereiche, in denen *ga'al* häufig vorkommt: 23-mal in Jes 35–66, 19-mal im Rechtstext Lev. 25- und 23-mal im Buch Rut. Im gesamten Buch der Psalmen etwa erscheint der Begriff „Erlösen“ nur elfmal, darüber hinaus nur an wenigen weiteren Stellen. Schon quantitativ zeigt sich damit, dass es im Rutbuch auf unerwartet intensive Weise um eine Erlösung geht.

8 Zenger, Erich: Das Buch Rut (ZBK 8), Zürich ^{2}1992, 14.

9 Über den Satz rätselt die Forschung bis heute (vielleicht ist ja doch Boas' bleibende Güte gemeint?). Schon die alten Textzeugen und frühen Übersetzungen nehmen oft kleine Änderungen vor.

10 Das ist übrigens noch ein Fall, in dem wir im Deutschen einen Abstand zwischen Mensch und Gott erzeugen, wo er im Hebräischen fehlt: Beide werden nämlich mit demselben Wort „gesegnet"/„gepriesen". Im Englischen hat sich bei „to bless" die doppelte Bedeutung erhalten.

11 Darauf deutet auch die Tatsache, dass ihr Gotteslob ein fast wörtliches Zitat aus Gen 24,27 ist, wo der Knecht Gott für seine Führung zu einer Verwandten Abrahams preist. Und bereits Ruts betont „zufälliges" Landen auf Boas' Feld (Rut 2,4) wies zart auf Gottes Führung.

12 Die Stelle ist in der Forschung umstritten: Gab es einen symbolischen Rechtsakt zur Eheschließung, bei dem das Gewand über die Frau gebreitet wurde? Liegt eine Anspielung auf Hes 16,8 vor? Oder geht es gar nicht um eine Ehe, sondern nur um Sex oder aber um einen Schutz in anderer Form? Ohne das hier begründen zu können: M. E. geht es in diesem Kontext mit größter Wahrscheinlichkeit um eine schützende, versorgende Ehe.

13 „Füße" ist im Alten Testament häufiger ein Euphemismus für Geschlechtsteile; „aufdecken" wird im Zusammenhang mit verbotenen sexuellen Beziehungen gebraucht; und „liegen" bezeichnet zusammen mit einer Präposition (wie unser „schlafen mit") ebenfalls Sex.

14 Es gibt nur eine Stelle, an der ein Löser auch als Ehemann auftritt: Jes 54,5 (s. o.). Dort wird Gott der verlassenen Frau „Zion" als ihr Ehemann und Löser vor Augen gehalten. Aber hier stehen eigentlich zwei Bilder nebeneinander – Gott ist nicht darin Erlöser, dass er die „Witwe Zion" heiratet.

15 Auf Hebräisch: „בגלל חשיבותו של הפסוק הזה", zitiert nach Meltser, Faivel: *Rut*, in: Mirsky, Aaron u. a., *Ḥamesh megilot. Rut, Shir ha-Shirim, Ḳohelet, Ekhah, Ester (Da'at Miḳra)*, Jerusalem 1973 [Hebr.], 26 Anm. 13.

16 Hier zitiert nach einer Predigt Rainer Stuhlmanns in der EKD-Arbeitshilfe zum Israelsonntag 2014: https://www.ekir.de/www/downloads/ekir2014arbeitshilfe_israelsonntag.pdf.

17 Ganz ähnlich kann auch gesagt werden, dass Gott Israel als Erlöser „kauft" (Ex 15,13.16; Ps 74,2).

18 Dabei ist es mal Gott selbst, mal der Messias, der als Erlöser erwartet wird. Vgl. die Formulierungen in der *Amidah*, dem täglichen Hauptgebet: „Gelobt seist du, Ewiger, unser Gott und Gott unserer Väter […], der du der Frömmigkeit der Väter gedenkst und einen Erlöser bringst ihren Kindeskindern um deines Namens willen in Liebe. […] Schaue auf unser Elend, führe unseren Streit und erlöse uns rasch um deines Namens willen, denn du bist ein starker Erlöser. Gelobt seist du, Ewiger, der du Israel erlösest!" Vgl. https://www.talmud.de/tlmd/das-morgengebet-fuer-werktage/#Schmoneh_Essre; abgerufen am 17. 10. 2022.

WIE DER RUF ZUR UMKEHR DIE WELT ERREICHT(E): BEKEHRUNGSPREDIGT DAMALS UND HEUTE

Roland Werner

„Die Zeit ist erfüllt, und das Reich Gottes ist nahe herbeigekommen. Tut Buße und glaubt an das Evangelium!"
(Mk 1,15; LU)
„Der von Gott bestimmte Zeitpunkt ist jetzt gekommen. Die Gottesherrschaft ist ganz nahe herbeigekommen. Deshalb ändert euer Leben und setzt euer Vertrauen auf die gute Nachricht von Gott!" (Mk 1,15; DBU)

Jesus von Nazareth begann sein öffentliches Wirken mit diesem Ruf zur Umkehr und zum Vertrauen auf die bahnbrechende gute Nachricht. So berichten es die vier kanonischen Evangelien übereinstimmend.

Auf Griechisch ist dieser Ruf in der Aufforderungsform, dem Imperativ, wiedergegeben: *metanoieite*. Ganz wörtlich wäre zu übersetzen: „Ändert euren Sinn, euer Denken!“ Doch unzweifelhaft ist, dass damit eine den ganzen Menschen umfassende Umkehr, eine Veränderung des gesamten Lebens, von Denken, Reden und Tun, gemeint ist.

Jesus und der Ruf zur Umkehr

Der Ruf zur Umkehr ist demnach konstitutiv für Jesus und somit auch für die Bewegung, die er auslöste. Er ist eng verbunden mit dem Selbstverständnis Jesu. Auf die Frage, wer Jesus war, ist dies nach den Evangelien eine erste Antwort: Er war ein Rufer zur Umkehr, anders gesagt, ein Bekehrungsprediger.

Jesus setzte den Aufruf zur Umkehr an den Anfang seines Wirkens. Verbunden damit war die Aufforderung, ihm nachzufolgen (Joh 1,43; Lk 5,11 u. a.) Diese enge Verbindung zeigt: Wenn jemand Jesus nachfolgen will, setzt das eine Umkehr voraus. Die *metanoia*, die grundlegende Lebensänderung, ist die Eingangstür zu einem Leben im Vertrauen auf Jesus. Umkehren und Jesus folgen sind die angemessene Reaktion auf den Anbruch der Gottesherrschaft. Wenn Gottes Gegenwart durch das Kommen des Messias Jesus in Raum und Zeit einbricht, ist *metanoia* die Antwort und Jesusnachfolge sowie Vertrauen auf ihn die Konsequenz.

Doch dies gilt nicht nur für den Anfang des Wirkens von Jesus. Der Ruf zur Umkehr zieht sich durch. So sagt er, offenbar nachdem seine Jünger schon lange mit ihm unterwegs waren: „Wenn ihr nicht umkehrt und werdet wie die Kinder werdet, könnt ihr nicht in das Himmelreich kommen." (Mt 18,3; NGÜ)

Doch was ist so besonders am Umkehrruf Jesu? Worin unterscheidet er sich von anderen, die ebenfalls das Volk Israel zur Umkehr gerufen haben? Um das zu verstehen, blicken wir auf die Geschichte Israels und in das Umfeld von Jesus.

Der Ruf zur Umkehr im Alten Testament

Der Ruf zur Umkehr ist keine Erfindung von Jesus, geschweige denn der Verfasser der Evangelien. Vielmehr ist er tief verwurzelt in der Geschichte Gottes mit seinem Volk. Besonders bei den Propheten findet sich dieser Ruf zur Umkehr. So sagt Jesaja: „Kehrt um, ihr Israeliten, zu dem, von welchem ihr so sehr abgewichen seid!“ (Jes 31,6; LU) Ähnlich lautet die Botschaft von Hesekiel an seine Volksgenossen im Exil:

> „Darum sollst du zum Hause Israel sagen: So spricht Gott der HERR: Kehrt um und wendet euch ab von euren Götzen und wendet euer Angesicht von allen euren Gräueln." (Hes 14,6; LU)
> Immer wieder ruft Hesekiel: „Darum will ich euch richten, ihr vom Hause Israel, einen jeden nach seinem Weg, spricht Gott der HERR. Kehrt um und kehrt euch ab von allen euren Übertretungen, damit ihr nicht durch sie in Schuld fallt." (Hes 18,30; LU)
> Und später beschreibt der Prophet das als direkten Auftrag Gottes an ihn: „So sprich zu ihnen: So wahr ich lebe, spricht Gott der Herr: Ich habe kein Gefallen am Tode des Gottlosen, sondern dass der Gottlose umkehre von seinem Wege und lebe. So kehrt nun um von euren bösen Wegen. Warum wollt ihr sterben, ihr vom Hause Israel?" (Hes 33,11; LU)

Immer neu ist dieser Ruf in den prophetischen Schriften zu hören: „Doch auch jetzt noch, spricht der HERR, kehrt um zu mir von ganzem Herzen mit Fasten, mit Weinen, mit Klagen!“ (Joel 2,12; LU) Und an anderer Stelle ruft Joel aus:

> „Zerreißt eure Herzen und nicht eure Kleider und kehrt um zu dem Herrn, eurem Gott! Denn er ist gnädig, barmherzig, geduldig und von großer Güte, und es reut ihn bald die Strafe."
> (Joel 2,13; LU)

Ebenso lesen wir im Buch Sacharja:

> „Aber sprich zu ihnen: So spricht der HERR Zebaoth: Kehrt um zu mir, spricht der HERR Zebaoth, so will ich zu euch umkehren, spricht der HERR Zebaoth." (Sach 1,3, siehe auch V. 4; LU)

Weitere Beispiele sind leicht zu finden. Eine letzte Stimme sei hier genannt, die von Maleachi, der Israel verkündet:

> „Ihr seid von eurer Väter Zeit an immerdar abgewichen von meinen Geboten und habt sie nicht gehalten. Kehrt um zu mir, so will ich zu euch umkehren, spricht der HERR Zebaoth. Ihr aber sprecht: ‚Wovon sollen wir umkehren?'" (Mal 3,7; LU)

Doch nicht nur Israel als Gottes Volk wird zur Umkehr gerufen. Auch einzelne Menschen hören den Ruf, ihr Leben zu ändern und von ihrem falschen Weg zu lassen. So kommt der Prophet Nathan zu König David und konfrontiert ihn mit seinem Ehebruch und hinterhältigen Mord. (2Sam 12,1 ff.)

Alle diese Beispiele zeigen: Der Gottesglaube Israels hat notwendigerweise ethische Konsequenzen. Es geht nicht nur um den rituell richtigen Gottesdienst, sondern um das ganze Leben, das in Gottesfurcht, Gerechtigkeit und Liebe gelebt werden soll. So ist dementsprechend das ganz „Alte" oder „Erste" Testament, der Tanach (Thora, Prophetenbücher und Schriften) voller Aufrufe zur Umkehr zu Gott und zu einem gerechten, guten Leben nach seinen Geboten und entsprechend seiner Gnade und Wahrheit als Reaktion auf seine Barmherzigkeit und Heiligkeit.

Der Ruf zur Umkehr an der Zeitenwende

An der Schwelle zum Neuen Testament erscheint nun ein Mann, der sich als Vorläufer des Messias' versteht. In den vier kanonischen Evangelien nimmt er eine entscheidende Rolle ein: Johannes der Täufer. (Vgl. Mk 1,3–15; Mt 3,11 ff.; Lk 3,16 ff.; Jh 1,7–18 u. v. m.) Johannes rief seine Zeitgenossen zur Umkehr auf und tauchte sie unter im Wasser des Jordan als Zeichen ihrer Buße. Von ihm berichtet auch der bedeutende jüdische Historiker Flavius Josephus:

> „Einige Juden aber meinten, dass der Untergang von Herodes' Heer eine gerechte Strafe Gottes zur Vergeltung für (sein Vergehen an) Johannes mit dem Beinamen Täufer war. Diesen hat Herodes nämlich umgebracht, obwohl er ein guter Mann war und die Juden zu einem tugendhaften Leben ermahnt hatte, nämlich Rechtschaffenheit untereinander zu praktizieren und Frömmigkeit gegenüber Gott, und sich so der Taufe zu unterziehen ..."[1]

Johannes kann somit als letzter der großen Bußpropheten des Alten Bundes gelten. Er rief wie sie das Volk als Ganzes dazu auf, sich wieder Gott zuzuwenden und das durch die Taufe und ein erneuertes Leben zu bekunden. Doch er selbst verstand sich nach dem Zeugnis vor allem des Johannesevangeliums als Vorläufer des kommenden Messias (vgl. Jh 1,19–34). So stand der Bußprediger Johannes an der Schwelle zwischen Altem und Neuem Testament, zwischen Verheißung und Erfüllung.

Jesus, der Messias, als Rufer zur Umkehr

Gerade am Anfang seines öffentlichen Wirkens stimmt Jesus in den Chor derer ein, die Gottes Volk zur Umkehr auffordern. Dabei hat sein Ruf eine neue Note, deutlich gegenüber den Propheten in alttestamentlicher Zeit und auch gegenüber Johannes dem Täufer. Die Dringlichkeit seiner Botschaft ergibt sich nicht so sehr aus der Warnung vor dem kommenden Gericht, sondern aus dem gegenwärtigen Anbruch der Heilszeit: „Die Zeit ist erfüllt, und das Reich Gottes ist nahe herbeigekommen!" (Mk 1,15; LU) Die Königsherrschaft Gottes bricht hier und jetzt an, weil der Messias-König endlich erschienen ist.

Noch ist es verborgen, noch wissen es nur seine engsten Nachfolger: Jesus ist der Messias, der erwartete „Sohn Davids". Das gilt aufgrund seiner Abstammung aus dem königlichen Haus Davids (vgl. Röm 1,3; Mt 1,1–17; Lk 3,23–38), und das erkennen immer mehr

Menschen, so der Bettler in Jericho, als Jesus auf dem Weg zu seiner Kreuzigung ist (Mk 10,46 ff. u. a.), und kurz danach die Volksmenge, die Jesus beim Einzug in Jerusalem zujubelt (Mk 11,1 ff. u. a.)

Dass Jesus, wie die Propheten und wie Johannes zur Umkehr aufrief, zeigt die Kontinuität seines Selbstverständnisses und seiner Botschaft mit der prophetischen Geschichte Israels. Dass er dann aber – als Messias – diese Umkehr als Hinkehr zu ihm und Vertrauen auf ihn selbst konkretisierte, war etwas absolut Neues. Jesus präsentierte sich selbst als Fokus der Umkehr und der Nachfolge. Wenn Menschen zu Gott umkehren, folgt daraus, dass sie Jesus nachfolgen. Diese Verknüpfung von Umkehr zu Gott und Bindung an Jesus war und ist revolutionär.

Es war die Absolutheit dieses Anspruchs, durch die seine Zeitgenossen zu einer Entscheidung gezwungen wurden. Die Alternative war deutlich und kulminierte im Prozess gegen Jesus. Der Hohepriester brachte die entscheidende Frage auf den Punkt: „Ich beschwöre dich bei dem lebendigen Gott, dass du uns sagst, ob du der Christus bist, der Sohn Gottes." (Mt 26,63; LU) Die Antwort Jesu ist bekannt. Dass auf diese Selbsterklärung Jesu als Messiaskönig nur zwei Möglichkeiten bestanden, war allen klar: Entweder nimmt man diesen Anspruch an und beugt die Knie vor dem Davidssohn oder man lehnt ihn ab und schafft Jesus aus dem Weg.

Der messianische Anspruch Jesu bildet bis auf den heutigen Tag den Scheidepunkt zwischen denen, die ihm glauben und nachfolgen und denen, die ihn ablehnen – gleichgültig, ob sie Juden sind oder zu einem der nichtjüdischen Völker gehören. Die Entscheidungslinie geht mitten durch Völker und Familien, durch Gesellschaften und Nachbarschaften, ja manchmal selbst durch Gemeinden und durch unser eigenes Herz.

Die Verkündigung der Apostel als Ruf zur Umkehr

Nach der Kreuzigung und Auferstehung Jesu erhielten seine Nachfolger den Auftrag, in seinem Namen Menschen zur Umkehr und zum Glauben an ihn, den Messias Jesus, zu rufen. Ausgehend von Jerusalem und Judäa sollten auch die Menschen in Samaria und bis an die Enden der Erde diese Botschaft hören (Apg. 1,7). Alle Völker sollten nun die Taufe der Umkehr annehmen und zu lernenden Nachfolgern des Messias werden, zu seinen Jüngern (Mt 28,18–20).

Die Verkündigung der Apostel und aller Jesusbotschafter in urchristlicher Zeit orientierte sich an dieser grundlegenden Ausrichtung: Die Umkehr zu Gott ist Hinkehr zu Jesus, dem Messias.

In der Predigt am Pfingsttag, die Lukas an den Anfang seines zweiten Buches setzt, sind diese Merkmale der apostolischen Verkündigung exemplarisch und konstitutiv zusammengefasst:

> „Tut Buße, und jeder von euch lasse sich taufen auf den Namen Jesu Christi zur Vergebung eurer Sünden, so werdet ihr empfangen die Gabe des Heiligen Geistes. Denn euch und euren Kindern gilt diese Verheißung und allen, die fern sind, so viele der Herr, unser Gott, herzurufen wird. Noch mit vielen andern Worten bezeugte er das und ermahnte sie und sprach: Lasst euch erretten aus diesem verkehrten Geschlecht!" (Apg 2,38–40; LU)

Die Reaktion der Zuhörer folgte dann auch in den Spuren, die Johannes der Täufer und Jesus gelegt haben: Sie ließen sich taufen und wurden Teil der Jüngergemeinschaft (Apg 2,41–47). Die apostolische Verkündigung rief auch in der Folgezeit Menschen aus der judenchristlichen Synagoge, den nichtjüdischen Proselyten und Sympathisanten sowie allgemein Angehörige der „Heiden", der nichtjüdischen Völker, in die Nachfolge von Jesus, der in der Fülle der Zeiten (Gal 4,4) als Messias Israels erschienen war und – zugleich und untrennbar damit verbunden – als Erlöser der Welt und Herr über alles.

Das urchristliche Bekenntnis zu Jesus dem „Kyrios" (Röm 10, 9 ff.; 1Kor 12,2; 2Kor 4,5 u. a.) und das geheimnisvolle Symbol des Fisches, das die frühen Christen als Erkennungszeichen und sicher auch als missionarischen Gesprächseinstieg nutzten, fasst diese heilsgeschichtliche theologische Herleitung zusammen: Fisch heißt auf Griechisch ICHTHYS, was als Akronym und Akrostichon für *Iesous Christos Theou Hyios Soter* steht, für „Jesus Christus Gottes Sohn Erlöser". Und das ist nichts anderes als eine in den griechisch-römischen Verständnishorizont übersetzte Wiedergabe der Anerkennung von Jesus als dem von Gott gesandten Messias.

Der Ruf zur Umkehr zwischen Ohnmacht und Macht in der Geschichte der Kirche

Angesichts des jesuanischen und apostolischen Vorbilds verwundert es nicht, dass der Ruf der Umkehr immer wieder ertönte, und zwar sowohl in der initialen Völkermission als auch im Kontext der zunehmend christianisierten Völker.

Aus der unübersehbaren Fülle der kirchengeschichtlichen Entwicklungen und der Akteure in den Jahrhunderten seit der Erstverkündigung der Apostel sind nur wenige gut bekannt. Die meisten waren uns heute unbekannte Glaubensboten, die in ihrer Zeit und in ihrem jeweiligen Umfeld der Aufforderung nachkamen, das Evangelium zu verkündigen und zur Umkehr aufzurufen.

Manche, deren Andenken in der Geschichte der Kirche bewahrt wurden, gehören zu diesen einfachen Christusboten. Die meisten von ihnen traten gewaltlos auf, getreu dem Vorbild Jesu und seinem Wort: „Siehe, ich sende euch wie Schafe unter die Wölfe." (Lk 10,3; LU) Dazu gehörten auch Petrus Waldes und die Waldenser, die ihre Umkehrpredigt mit einem gewaltlosen, einfachen, evangeliumsgemäßen Leben der Bereitschaft zum Martyrium unterstrichen.

Andere waren in herausgehobenen Positionen und erlagen dadurch manchmal der Versuchung, ihren Einfluss und ihre Macht zur Verstärkung ihrer Predigt zu nutzen. Manche stützten sich auch auf obrigkeitliche Macht, während andere allein auf das Wort setzten. Doch die Grenzen zwischen beiden Gruppen sind fließend. Das sehen wir zum Beispiel beim angelsächsischen Missionsbischof Winfrith, besser als Bonifatius bekannt. Er rief die germanischen Stämme zur Abkehr von ihren heidnischen Göttern auf und fällte als Zeichen ihrer Machtlosigkeit die Donareiche in Geismar bei Fritzlar. Damit war der Weg für eine Bekehrung der Chatten (Hessen) geebnet. Auf der einen Seite stand die Macht des Papstes und des fränkischen Reiches hinter ihm, auf der anderen Seite war er bereit, noch im hohen Alter unter Aufopferung seines Lebens wehrlos den Friesen zu predigen.

Oder wir denken an den italienischen Bußprediger Savonarola, der die Verweltlichung der Kirche seiner Zeit anprangerte. Während er sich zu Anfang ganz auf die Macht der Predigt stützte, wurde er später immer mehr zu einer politischen Figur und setzte zeitweise seine Ansichten mit Gewalt durch, bis er zwischen die Fronten der Mächtigen geriet und schließlich selbst auf dem Scheiterhaufen landete.

Die Reformation als Umkehrbewegung

Auch Martin Luther kann als Bußprediger verstanden werden, dessen Botschaft sich an die Kirche seiner Zeit richtete. Darauf weisen seine 1517 an die Tür der Schlosskirche zu Wittenberg angeschlagenen Thesen, die nicht von ungefähr mit dem Satz beginnen: „Als unser Herr und Meister Jesus Christus sagte: ‚Tut Buße, denn das Himmelreich ist nahe herbeigekommen', wollte er, dass das ganze Leben der Glaubenden Buße sei." Für ihn und die anderen Reformatoren war das Wort Gottes ganz im Zentrum. *Verbum Dei manet in Aeternum* – „Das Wort Gottes bleibt in Ewigkeit"! So „protestierten", also bezeugten sie es 1526 auf dem Reichstag zu Speyer. Und dieses ewig gültige Wort Gottes ruft uns immer neu zur Umkehr auf, sodass auch die „reformierte“, also erneuerte, Kirche „immer neu zu reformieren“ ist.

Die Reformation kann somit im Kern als eine Bewegung der Umkehr verstanden werden, welche die Menschen zum einfachen Vertrauen auf Jesus Christus als Erlöser und Herrn zurückrufen wollte und damit zu einer Unmittelbarkeit des Glaubens an die rechtfertigende Gnade aufgrund der Heiligen Schrift.

Doch auch Luther kam nicht ganz darum herum, sich auf den weltlichen Arm zu stützen, und Calvin trieb diese Verknüpfung von Staat und Kirche noch weiter durch den Versuch der Einrichtung eines Gottesstaates in Genf. Und doch bleibt es das Verdienst der Reformatoren, durch eine radikale Neubesinnung auf das Zentrum der christlichen Botschaft diese wieder hör- und erlebbar gemacht zu haben, und zwar nicht nur in den Gelehrtenstuben und Klöstern, sondern beim Mann auf dem Feld und der Frau auf dem Markt.

Viele weitere Rufer zur Umkehr aus dieser Zeit könnten genannt werden, nicht zuletzt die Täufer der Reformationszeit, die mit Ausnahme von Thomas Müntzer gerade nicht auf irdische Gewalt setzten, und stattdessen bereit waren, für ihr Zeugnis und ihre Umkehrpredigt verleumdet zu werden, unter Verlust von ihrem Hab und Gut ins Exil zu gehen oder selbst den Märtyrertod zu sterben.

Diese kurze, stichwortartige Darstellung einiger weniger Beispiele zeigt, dass die Bußpredigt in der Geschichte der Christenheit nicht ausstarb, sondern sich immer neu Gehör suchte und fand.

Die Bekehrungspredigt der Erweckungszeit

Durch die Vorbilder aus der Kirchengeschichte wurde die zur Bekehrung rufende Verkündigung zu einem zentralen Merkmal der folgenden Erweckungsbewegungen ab dem 17. Jahrhundert. Nicht nur im angelsächsischen Raum war sie ein wirksames Werkzeug der Re-Evangelisierung der zunehmend entkirchlichten Namenschristen.

Ebenfalls in den Kernländern der Reformation spürten viele Geistliche und Laien die Verantwortung, ihre Zeitgenossen zur Umkehr und zum Glauben an Jesus zu rufen.

Auch hier waren es nicht nur die großen Namen, die wir kennen, sondern Unzählige, die landauf, landab in den Dörfern und Städten wirkten, oft in der Verbindung von Wort und Tat. Die Erweckungsbewegungen im 18., 19. und beginnenden 20. Jahrhundert brachten nicht nur Verkündiger hervor, sondern zugleich engagierte Sozialreformer und Gründer diakonischer Werke. Bibelverbreitung und Weltmission, Waisenhäuser und Volksbildung, Suppenküchen und Gebetsversammlungen gingen Hand in Hand. Was die Brüder Charles und John Wesley sowie George Whitefield, Dwight L. Moody und Charles H. Spurgeon für die englischsprachige Welt waren, waren Aloys Henhöfer und Ludwig Hofacker, Michael Sailer und Johann Heinrich Volkening für den deutschen Sprachraum. Natürlich könnten und müssten hier unzählige andere genannt werden und zwar nicht nur Männer wie Gerhard Tersteegen und Elias Schrenk, sondern auch Frauen wie die unvergleichliche Juliane von Krüdener und die unerschrockene Catherine Booth.

Die Bekehrungspredigt angesichts globaler Veränderungen

Die bislang dargestellten Linien lassen sich ohne große Mühe bis in unsere Zeit hin weiterziehen. Auch im 20. Jahrhundert wirkten an vielen Stellen Erweckungs- und Bußprediger und entwickelten großen Einfluss auf Kirche und Gesellschaft. Dass dabei vor allem amerikanische Verkündiger wie Billy Graham eine internationale Bedeutung erlangten, hängt sicher auch mit der Tatsache zusammen, dass nicht nur die politische Hegemonie des Westens im 20. Jahrhundert zunehmend bei den USA lag, sondern dass sich auch das Zentrum der Christenheit, zumindest an Kirchenbesuchszahlen und Aktivitäten gemessen, aus der Alten in die Neue Welt verlagert hatte. Diese Tatsache trug und trägt meines Erachtens wesentlich mit dazu bei, dass erweckliches Christentum gegenwärtig starke Impulse von dort empfängt und teilweise bis in die Methodik hinein von amerikanischen Vorbildern geprägt wird. Das ist an und für sich noch nichts Verwerfliches, schließlich ist kultureller und theologischer Austausch ein Zeichen von lebendiger Interaktion. Genauso wie die europäischen reformatorischen Kirchen in andere Länder ausstrahlten, ist es verständlich, wenn die Impulse aus anderen Ländern wieder zu uns zurück wirksam werden.

Dennoch ist wichtig, auch hier kritisch und selbstkritisch hinzuschauen, was übrigens nicht nur für die Bekehrungspredigt und die dabei angewandten Methoden gilt, sondern jegliche Art kirchlicher Aktion und Äußerung umfassen sollte. Gerade angesichts der gegenwärtigen Verlagerung des Schwerpunkts der Christenheit in den globalen Süden – also nach Afrika, Asien, Lateinamerika und Ozeanien – ist es angemessen, weder eine amerikanische Kulturdominanz noch eine europäische, geschweige denn deutsche, für den Normalfall zu halten.

Was bedeutet das für die Bekehrungspredigt heute? Um die neuen Realitäten in den Blick zu nehmen, reichen ein paar Beobachtungen: Der weltweit bekannteste deutsche Evangelist ist der 2019 verstorbene Reinhard Bonnke. Die größten evangelistischen Versammlungen finden auf dem afrikanischen Kontinent statt. Die meisten Evangelisten und Bekehrungsprediger sind dort anzutreffen. Und die von einer meist charismatischen Erweckungsfrömmigkeit geprägten Kirchen Afrikas, Asiens und Lateinamerikas sind voll, während Europa zunehmend zum Kontinent der leeren Kathedralen geworden ist.

Die bleibende Aufgabe, Menschen zur Umkehr zu Jesus Christus einzuladen, gelingt gegenwärtig offenbar andernorts besser als bei uns. Das sage ich aufgrund meiner Erfahrung als jemand, der selbst als Evangelist an deutschen und europäischen Universitäten gesprochen hat, und regelmäßig in Deutschland, auf dem Balkan und andernorts

Verkündigungsdienste übernimmt und zugleich immer wieder neue Einblicke in die Entwicklung der Kirche in anderen Kontinenten gewinnen darf.

Die Krise der Bekehrungspredigt

Die Bekehrungspredigt scheint in unseren geografischen Breiten in einer Krise zu stecken. Das Wort „Evangelisation" hat für nicht wenige Christen einen fragwürdigen Beigeschmack, wohl aufgrund eigener oder von anderen rezipierten Erfahrungen. Was von unseren Vorbehalten und Befürchtungen valide ist und was nicht, müsste eigens besprochen werden. Und doch gilt auch heute für uns Christen: „Wir können's ja nicht lassen, von dem zu reden, was wir gesehen und gehört haben." (Apg 4,20; LU)

Kann es sein, dass wir gerade in unseren deutschsprachigen Kirchen in einem kreisförmigen Dilemma stecken? Leerer werdende Kirchen haben naturgemäß weniger Kraft und Ressourcen, und damit auch weniger Energie zur Evangelisation. Und mangelnde Evangelisation – auf welche Weise auch immer sie geschieht, im Großen und im Kleinen – bedeutet dann auch, dass weniger Menschen die Einladung zum Glauben an Jesus Christus und zur Nachfolge des Messias hören und annehmen können.

Wie kommen wir aus diesem Dilemma, diesem Zirkelschluss heraus? Hier ist guter Rat teuer. Vielleicht kann ein Ansatz darin bestehen, dass wir demütig und lernbereit in die Schule gehen bei den Kirchen und Bewegungen, in denen Evangelisation heute lebendig und wirkmächtig ist. Und das ist wahrscheinlich vor allem in den Ländern der Südhalbkugel und auch in den von uns häufig übersehenen Migrantengemeinden in unserer Mitte möglich.

Lernen von der weltweiten Gemeinde

Im Rückblick auf den Weltkongress für Evangelisation der Lausanner Bewegung in Kapstadt 2010 drängte sich mir diese „neue Wirklichkeit" auf, die ich in einem kleinen Beitrag mit dem Titel *Vom Rand in die Mitte* zu beschreiben versucht habe:

> „Das Zentrum des Christentums liegt nicht mehr im Norden oder Westen, sondern im Süden und verstärkt auch im Osten. Das war für mich eine der Haupterfahrungen: Gottes Geist wirkt überall in der Welt und scheint besonders denen neuen Aufschwung zu geben, die lange eher am Rand standen. Afrika zum Beispiel, das wir häufig nur als Problemkontinent wahrnehmen, wo aber ermutigende Aufbrüche geschehen und der auch für uns in Europa in vielem ein Vorbild sein kann. Afrika ist vom Rand in die Mitte gerückt.
>
> Ähnliches geschieht an anderen Stellen. So ist die Stimme der Frauen nicht mehr zum Schweigen zu bringen. Die notwendige Quote von 35 Prozent für den Kongress machte es möglich, dass die Wirklichkeit leitender Frauen neu wahrgenommen wurde. Dass sich neben einigen ostasiatischen Ländern besonders manche europäischen Länder hier sehr spröde und schwierig erwiesen, empfinde ich als beschämend. Und dass auf der Bühne doch noch eine angelsächsische, weiße männliche Übermacht zu sehen war, richtiggehend traurig. Dennoch bin ich dankbar, dass auch in der weltweiten Kirche die Frauen zunehmend vom Rand in die Mitte rücken ...
>
> Vom Rand in die Mitte – das galt auch bei anderen Themen. So rückte die häufig übersehenen Untergrundkirchen in islamischen Ländern in den Fokus, ebenso die jahrhundertelang als ‚Unberührbare' ausgegrenzten Dalit in Indien, unten denen das Evangelium als befreiende und Würde gebende Botschaft erfahren wird."[2]

Die Umkehr zur Umkehr

Wir nähern uns einem Fazit: Die biblische und kirchengeschichtliche Begründung der Bekehrungspredigt ist uns vor Augen getreten. Die Notwendigkeit der zum Glauben einladenden Verkündigung ist ebenso unbestreitbar. Die Frage bleibt, wie sie heute, hier und jetzt geschehen kann, sodass sie das erreicht, wozu sie antritt.

Schon der Apostel Paulus machte sich Gedanken darüber, wie das gelingen kann. In seinem zweiten Brief an die Christen in Korinth gibt er Aufschluss über seine Theologie der Umkehr und seine Praxis der Bekehrungspredigt. Die von ihm hier formulierten Leitlinien zur Motivation und Methode, zum Inhalt und der Wirkung der zum Glauben an Jesus rufenden Predigt können auch heute noch Hilfestellung und Wegweisung geben. Er schreibt:

> „Weil das so ist, und weil wir diese Beauftragung aus Gottes Hand empfangen haben, und zwar in dem Maß, in dem uns seine Barmherzigkeit erfasst hat, werden wir nicht müde. Stattdessen vermeiden wir verborgene Handlungen, wegen derer man sich schämen müsste, und führen unser Leben auch nicht in bewusster Täuschung und verdrehen auch nicht die Botschaft Gottes. Sondern indem wir die ganze Wahrheit offen darlegen, stellen wir uns offen hin vor dem Gewissen aller Menschen, und damit letztlich auch vor Gott. Wenn es jetzt so ist, dass unsere Verkündigung der guten Nachricht für manche zugedeckt bleibt, dann ist das so bei denen, die ins Verderben laufen. Das sind die Menschen ohne Gottvertrauen, denen der Gott dieser gegenwärtigen Weltzeit das Denkvermögen verfinstert hat. Sie sind daher nicht in der Lage, den Lichtstrahl der herrlichen Gottesbotschaft zu sehen. In ihr geht es um keinen anderen als den Messias, der selbst das deutliche Abbild Gottes ist. Denn nicht von uns selbst reden wir öffentlich, sondern der Inhalt unserer Botschaft ist Jesus, der Messias. Ihn proklamieren wir als Herrn. Und wir selbst sind eure Diener,

weil Jesus der ist, der er ist. Denn: Gott, der sprach: ‚Aus der Dunkelheit soll das Licht hervorleuchten!', der hat es in unseren Herzen hell werden lassen, sodass der Lichtglanz der Erkenntnis der wunderbaren Herrlichkeit Gottes im Angesicht des Messias Jesus sichtbar wird. Diesen wertvollen Schatz bewahren wir in zerbrechlichen, tönernen Gefäßen. Dadurch soll klar werden, dass die überwältigende Kraft von Gott allein kommt und nicht von uns." (2Kor 4,1-7; LU)

Gottes Wirken und menschliches Tun

Paulus unterscheidet hier deutlich zwischen dem, was der Mensch als Verkündiger tun kann, und dem, was Gott allein bewirken kann. Wir können darauf achten, dass unsere Motive klar und dem Evangelium entsprechend sind, dass wir bewegt und motiviert sind von der Erfahrung der Barmherzigkeit Gottes (V. 1), dass wir die Botschaft nicht verfälschen oder aus Scham oder mangelnder Leidensbereitschaft an die Erwartungen der Zuhörer anpassen (V. 2), dass wir uns um eine Verkündigung bemühen, die der Wahrheit und dem Wesen des Evangeliums entspricht (V. 3), dass wir selbst wahrhaftig und transparent agieren und mit unserer Verkündigung nicht auf die Emotionen, sondern auf das Gewissen der Zuhörer zielen (V. 3).

Dabei ist klar, dass das Entscheidende nicht in unserer Hand liegt, sondern dass nur Gott selbst die Erleuchtung schenken kann, die aus den Verblendungen herausführt und Menschen in das Licht des Evangeliums stellt (Vv. 4.6)

Unser Fokus soll darauf liegen, Jesus als Herrn zu verkündigen und, damit verbunden, seinen Anspruch auf unser Leben, den Anspruch an das Leben der Empfänger der Botschaft genauso wie an unser eigenes (V. 5). Und das alles in dem Wissen, dass wir als Verkündiger zerbrechliche, vergängliche Gefäße darstellen, die jedoch – und das ist ebenso wahr – einen äußerst wertvollen Schatz bewahren und weitergeben dürfen, nämlich genau diese Botschaft des Evangeliums, die uns zur Umkehr ruft (V. 7)

Für Paulus – und ich meine, für die meisten Verkündiger und Verkündigerinnen in der Geschichte der Kirche bis heute – war es selbstverständlich, beides im Blick zu halten: Gottes souveränes Wirken und unser Handeln als seine Boten. Sein Werk und unser Tun sind zu unterscheiden, aber gehören zugleich zusammen und sind deshalb nicht zu trennen. Gott wirkt durch die Verkündigung des Evangeliums. Er hat sich daran gebunden und sorgt selbst dafür, dass sein Wort nicht leer zurückkommt. (Jes 55,1)

Und auch wenn die Verkündigung dieses Wortes in Schwachheit geschieht (1Kor 2,3), so darf sie doch „in Erweisung des Geistes und der Kraft" geschehen (1Kor 2,4).

So können wir auch heute mit Paulus sagen: „Ich schäme mich des Evangeliums nicht; denn es ist eine Kraft Gottes, die selig macht alle, die glauben." (Röm 1,16; LU)

Die Buße der Bußprediger

Die „tägliche Buße", die Martin Luther einforderte, gilt auch für die Bußprediger selbst. Nur wer selbst in dieser lebendigen Bewegung von Abkehr und Hinkehr lebt, kann andere zur Umkehr rufen. Sich abzuwenden vom Tun des Bösen und sich hinzuwenden zum Tun des Guten ist eine immer neue Aufgabe gerade für die, die andere lehren und zum Glauben rufen wollen. Das bewegte auch Paulus, der seine Sorge so ausdrückte: „... dass ich nicht andern predige und selbst verwerflich werde." (1Kor 9,27; LU)

So ist die eigene Buße unabdingbar für die Verkündiger des Evangeliums wie auch für alle Christen. Das fasst der alte Satz treffend zusammen: Wir müssen selbst zuerst durch das Feuer unserer eigenen Predigt hindurchgehen, bevor wir zu anderen sprechen.

Die Gnade der Buße

Dass die Umkehr zu Gott jedoch kein eigener Verdienst ist, sondern eine Gnade, davon war auch Paulus und davon waren die Apostel und alle wirklich bevollmächtigten Verkündiger überzeugt und bewegt.

> „Amazing grace, how sweet the sound,
> That saved a wretch like me!
> I once was lost, but now I'm found,
> Was blind but now I see ..." [3]

Dieser Refrain erklingt in immer neuen Variationen. Die im eigenen Leben erfahrene Gnade motiviert zur Weitergabe an andere, die auch dieses Geschenk der Gnade erleben sollen. Und so können auch wir einstimmen in die Bitte des Volkes Gottes im Exil, in der um die Gnade der Umkehr gebetet wird: „Lass du, HERR, uns zurückkehren zu dir, dann kehren wir um!" (Klg 5,21; ELB)

Denn dass wir überhaupt umkehren können, ist in sich schon eine Gnade, ein unverdientes Geschenk Gottes. Es befreit uns dazu, dass wir auf den Ruf zur Umkehr antworten können. Das unterstreicht auch das Ende der ersten Frage im *Heidelberger Katechismus*: „... darum macht er uns auch durch seinen Heiligen Geist von Herzen willig und bereit, fortan Ihm zu leben."

Die Schönheit der Bekehrungspredigt

Wenn die Möglichkeit zur Umkehr ein Geschenk der Gnade Gottes ist, dann spiegelt die Einladung zur Umkehr in der Verkündigung der Botinnen und Boten auch etwas von diesem Glanz wider. Das griechische Wort für Gnade, *charis*, bedeutet auch „Anmut, Grazie". Und diese Wortwurzel ist aufs Engste verbunden mit dem Wort für Freude, *chara*. So endet die größte Geschichte einer Umkehr, die Jesus in beispielloser Weise erzählt, auch mit dem Satz: „Sie fingen an, fröhlich zu sein." (Lk 15,24; LU)

Schon Jesaja lobt die Schönheit der Verkündigung des Evangeliums: „Wie lieblich sind auf den Bergen die Füße des Freudenboten, der da Frieden verkündigt, Gutes predigt, Heil verkündigt, der da sagt zu Zion: Dein Gott ist König!" (Jes 52,7; LU) Kein Wunder, dass Paulus gerade dieses Zitat in seinen Appell zur Weitergabe der Jesusbotschaft einbaut! (vgl. Röm 10,15)

Die Wiederentdeckung der Umkehr

Es ist meine Hoffnung, dass wir in unseren Kirchen und Gemeinden diese Schönheit, aber auch die Notwendigkeit und die Wirksamkeit der öffentlichen Evangeliumsverkündigung einschließlich eines liebevollen und zugleich deutlichen Rufs zur Buße wiederentdecken.

Das Evangelium gehört nicht in die Winkel der Gemeindehäuser und Kirchen, sondern in die Öffentlichkeit. Diese Einladung zur Umkehr kann und soll in besonderen Veranstaltungen und Aktionen an die Menschen gebracht werden. Und auch in den Kasualien kann und sollte sie hörbar werden, gerade da, wo wir als Kirche immer noch eine gewisse Öffentlichkeit erreichen, jedenfalls eine größere als die, die wir meist beim Sonntagsgottesdienst erleben.

Der bleibende Auftrag

Die Beauftragung der Evangliumsverkündigung einschließlich des Rufs zur Umkehr bleibt. Das bekräftigte auch die *Barmer Theologische Erklärung* 1934, die als Grundlagentext in vielen evangelischen Kirchen heute Gültigkeit hat:

> „Der Auftrag der Kirche, in welchem ihre Freiheit gründet, besteht darin, an Christi Statt und also im Dienst seines eigenen Wortes und Werkes durch Predigt und Sakrament die Botschaft von der freien Gnade Gottes auszurichten an alles Volk."[4]

Und an anderer Stelle heißt es:

> „Wir verwerfen die falsche Lehre, als dürfe die Kirche die Gestalt ihrer Botschaft und ihrer Ordnung ihrem Belieben oder dem Wechsel der jeweils herrschenden weltanschaulichen und politischen Überzeugungen überlassen."[5]

Und so bleibt dies unser Auftrag: „Wir treten als Gesandte auf, stellvertretend für den Messias. Er fordert sozusagen durch uns auf, und wir bitten an der Stelle des Messias: Lasst euch mit Gott versöhnen!" (2Kor 5,20; DBU)

Anmerkungen

1 Josephus, Flavius: *Antiquitates Judaicae* XVIII 5,2. zitiert nach: https://www.uni-siegen.de/phil/kaththeo/antiketexte/ausser/2.html?lang, abgerufen am 12.03.23. 116–119.

2 Auszug aus Werner, Roland: *Vom Rand in die Mitte*, in: Winterhoff, Birgit/Herbst, Michael/Harder, Ulf: *Von Lausanne nach Kapstadt. Der dritte Kongress für Weltevangelisation*. Neukirchen-Vluyn 2012.

3 John Newtons weltbekanntes Lied (deutsch: *O Gnade Gottes wunderbar*) wurde 1779 zuerst veröffentlicht.

4 Bekenntnissynode in Barmen: *Barmer Theologische Erklärung. These* 6, Barmen 31. Mai 1934, online verfügbar: https://www.ekd.de/11295.htm, abgerufen am 12.03.23.

5 Ebd., *These 3.*

VON EINER ERLÖSTEN ZUKUNFT HER FÜHREN

Volker und Martina Kessler

Rudolf Bohren, nicht Rudolf Steiner

Der Titel *Von einer erlösten Zukunft her führen* ist halb geklaut. Das Buch des Managementexperten C. Otto Scharmer über seine berühmte *Theorie U* trägt den Untertitel: *Von der Zukunft her führen.*[1] Allerdings unterscheiden Scharmer und wir uns in der Weltanschauung. Scharmer nennt als seine „entscheidende Inspirationsquelle" für die Theorie U die Schriften des Anthroposophen Rudolf Steiner (1861–1925).[2] Dieser Einfluss wird insbesondere deutlich in Scharmers Technik des *Presencing*, welches die Mitte seiner Theorie U darstellt.[3] „Presencing", ein Kunstwort, bezeichnet die Fähigkeit, in der Gegenwart (*presence*) eine umfassendere und tiefere Wirklichkeit zu erspüren (*sensing*). „Presencing ist ein Prozess, in dem dein höheres Selbst zu einem Vehikel wird, durch das die im Entstehen begriffene Zukunft anwesend wird."[4]

Auch wenn Scharmers Theorie U gute Ideen enthält, teilen wir nicht die dahintersteckende Auffassung, dass der Mensch sich durch bestimmte Techniken selbst erlösen kann. Wir glauben, dass unsere Erlösung von außen kommen muss und dass diese Erlösung uns in Jesus Christus geschenkt ist.

Unser Ansatz ist inspiriert vom Schweizer evangelischen Theologen

Rudolf Bohren (1920–2010). Der Heidelberger Professor für Praktische Theologie veröffentlichte 1975 ein Buch mit dem originellen Titel: *Daß Gott schön werde.* Dieser Titel irritiert zunächst. Gott *ist* doch schon schön, oder? Die Zukunftsform, dass Gott schön werde, ergibt sich dadurch, dass Bohren vom Wirken des Geistes Gottes ausgeht. Der Heilige Geist ist ein Neuschöpfer, und deshalb ist eine auf ihn hin konzipierte praktische Theologie zukunftsorientiert.

> „Praktische Theologie, auf die neue Erde und ihre Stadt hin gedacht, orientiert sich nicht bloß primär an der Möglichkeit des Neuen, sondern entwirft Praktische Theologie von der Wirklichkeit her, die im Heiligen Geist schon da und vorhanden ist. Die Möglichkeit des Neuen ist im Heiligen Geist eine Wirklichkeit. Das Noch-Ungedachte ist schon vorgedacht [...] Der Glaube denkt, was bei Gott möglich ist; darin überholt er eine Ratio, die nur das Menschenmögliche denkt."[5]

Diese programmatische Ansage dient als Leitgedanke für unser Kapitel. Wir behandeln dabei vier Aspekte. In „Blick in den Himmel, nicht nur auf die Erde" geht es um die Perspektive für christliche Führungskräfte. Dieser Blick vermittelt Hoffnung, ein sehr zentrales Thema für Führungskräfte, welches wir als zweiten Aspekt thematisieren. Dabei geht es zunächst um die Unterschiede zwischen Hoffnung und Optimismus und dann ganz praktisch um Führen mit Hoffnung. Im anschließenden Abschnitt wollen wir motivieren, heute schon die Sprache des Himmels zu lernen. Im finalen Teil, „Final denken, nicht kausal", geht es um die Notwendigkeit einer zielorientierten Transformation für Leitende. Es zeigt Führungskräften den Gewinn durch eine Umfinalisierung und den Mehrwert geistlicher Veränderung. Wer von alten Mustern erlöst ist, dessen Leitung wird eine andere Qualität haben. – Wer uns kennt, ahnt, dass der letzte Teil von Martina geschrieben wurde und die ersten Teile von Volker.

Blick in den Himmel, nicht nur auf die Erde

Als christliche Leiter und Leiterinnen sollten wir den Blick in die Zukunft, den uns die Bibel offenbart, nicht vernachlässigen. Dieser Blick gibt uns Orientierung, kann uns wie eine Feuersäule leiten, durch die auch Israel in der Wüste geleitet wurde (Ex 13,14–15). Manchmal sind wir als Leitende von den Herausforderungen der Gegenwart gefangen. Wir schauen so sehr darauf, was vor uns liegt, dass die weitere Zukunft außerhalb unseres Blickfeldes gerät.

Auch hier sei noch einmal an Rudolf Bohren angeknüpft. Er stellte 1961 auf einem Vortrag vor der rheinischen Landessynode drei zentrale Fragen: Wer leitet die Gemeinde? Wie tut er das? Wohin leitet er sie?[6] Mit Verweis auf Johannes 16,13 bemerkte Bohren: Der Heilige Geist leitet! „Bis zu seiner Wiederkunft ist der Geist Regent und Statthalter Christi auf Erden. Christus regiert seine Kirche im Geist."[7] Wohin leitet der Heilige Geist?

> „... die Gemeinde ist unterwegs. Sie geht einem entgegen, der auf sie zukommt. [...] Paulus formuliert darum das Leitungsziel für die Gemeinde: ‚Ich eifere um euch mit Gottes Eifer, denn ich habe euch einem Manne verlobt, um euch als eine reine Jungfrau Christus zuzuführen' (2Kor 11,2). [...] Leitung der Gemeinde heißt darum: Hinführen der Gemeinde, dem Kommenden entgegen, Leitung hinein in alle Wahrheit."[8]

Dieser Gedanke wird heute eher selten ausgesprochen. Leitbilder von Kirchengemeinden, die oft unter großem Zeitaufwand entstehen, beziehen sich meist auf die unmittelbare, irdische Zukunft, auf das, was einem mit Gottes Hilfe machbar erscheint. Dass die Bibel noch von einem ganz anderen Ereignis berichtet, zu dem wir Menschen schlichtweg nichts beitragen können, nämlich der Wiederkunft Jesu, wird in heutigen Leitbildern kaum thematisiert. Interessant, dass Bohren 1961 genau diesen Aspekt bei der Frage „Wohin" betonte.

Es gab in der Kirchengeschichte immer wieder Phasen, in denen Kirchen und Gemeinden sich vorwiegend um das Jenseits kümmerten („das ewige Seelenheil") und das Diesseits vernachlässigten. Es ist gut und richtig, dass die Kirche heute auch das Diesseits, die konkreten Alltagssorgen der Menschen, im Blick hat. Allerdings schlägt das Pendel zuweilen in die andere Richtung aus, sodass Gemeindeleitungen nur noch das Diesseits im Blick haben und kaum auf das Jenseits schauen. Die Auferstehung und die Wiederkunft Jesu wird thematisiert bei Beerdigungen, der Begleitung Sterbender und bei Evangelisationen. Auf das konkrete Leitungshandeln haben diese Themen selten Einfluss.

Hoffnungsvoll, nicht optimistisch

Ohne Hoffnung kann man nicht leiten, erst recht nicht in aussichtslos erscheinenden Situationen. Alle Führungskräfte benötigen Hoffnung. Christliche Führungskräfte wissen von einer Hoffnung, die über das menschlich Machbare hinausgeht. Der südafrikanische, anglikanische Bischof Desmond Tutu (1931–2021) wurde bekannt durch seinen Kampf gegen die Apartheid. Dieser Kampf dauerte viele Jahrzehnte, und manchmal wurde die Situation schlimmer als zuvor. Was gab Tutu die Kraft, seine Gemeinde in diesem Widerstand jahrzehntelang trotz Rückschlägen zu leiten? Für ihn war das Bild von der Verklärung Jesu (Mt 17,1–13) eine Motivation.

> „Inmitten der Hässlichkeit der Apartheid und des Kampfes für ihren Untergang öffnete das Bild der Verklärung ein Fenster der Hoffnung, durch das die Transformation Südafrikas vorweggenommen werden konnte."[9]

Wenn wir über Hoffnung schreiben, ist zu klären, was wir damit meinen. Denn der Begriff Hoffnung wird oft in einer Art und Weise verwendet, die nur ein flaches Abbild der christlichen Hoffnung darstellt. Üblicherweise wird von Führungskräften eine optimistische Grundhaltung erwartet („Denk positiv"). Das ist berechtigt, denn einem Griesgram mag keiner folgen. Dennoch sind Hoffnung und Optimismus zu unterscheiden. Darauf wies schon der französische katholische Philosoph Gabriel Marcel (1889–1973) hin: „Der Optimist ist derjenige, der die feste Überzeugung oder in gewissen Fällen einfach das unbestimmte Gefühl hat, dass die Dinge ‚sich einrichten' müssen."[10] Der Hoffende dagegen ist in einen Prozess des Werdens verwickelt.[11] Der englische Literaturwissenschaftler Terry Eagleton schrieb 2015 ein ganzes Buch über den Unterschied zwischen Hoffnung und Optimismus. Eagleton sieht Optimismus in der Persönlichkeit eines Menschen begründet, im Unterschied zu Hoffnung, die er als Tugend ansieht, das heißt eine Gewohnheit, die erworben und trainiert werden muss.[12]

Da es in diesem Kapitel um Leitung geht, illustrieren wir diese Verwechslungsgefahr am Beispiel der *Spiritual Leadership Theory.* Der US-amerikanische Managementautor Louis W. Fry publizierte diese Theorie erstmals 2003, es schlossen sich viele Arbeiten an.[13] Positiv ist zu bemerken, dass Fry sehr bewusst die Begriffe Liebe, Glaube und Hoffnung in sein Leitungsmodell integriert. In der ersten Publikation benutzt Fry eine Definition von Glaube, die er Webster's Dictionary entnimmt: „Faith is the assurance of things hoped for, the conviction of things not seen."[14] Das ist genau der Wortlaut von Hebräer 11,1 in der gängigen English Standard Version. Interessanterweise erwähnt Fry diese Bibelstelle nicht; vermutlich will er den Eindruck vermeiden, zu christlich zu sein, weil sein Ansatz für jegliche Art von Spiritualität gelten soll. Ausgehend von dieser Definition versteht Fry Hoffnung als „Wunsch mit der Erwartung der Erfüllung" und meint, dass der Glaube dieser Hoffnung Gewissheit gebe. Im Kontext von organisationaler Führung kommt Fry dann zu folgender Definition: „Hoffnung/Glaube ist somit die Quelle für die Überzeugung, dass die Vision/der Zweck/die Mission der Organisation erfüllt werden wird."[15] Damit ist der Begriff Hoffnung völlig ins Machbare transferiert. Für das, was Fry meint, wäre der Begriff Optimismus passender. Allerdings würde dann der Link zu Spiritualität verschwinden, welcher Fry sehr wichtig ist.

Eine gute Einführung in das Wesen der christlichen Hoffnung bietet Josef Piepers Schrift *Über die Hoffnung* aus dem Jahre 1935. Danach könne man das Wesen der christlichen Hoffnung nur verstehen, wenn man den Menschen als „Erdenpilger", als „Mensch auf dem Wege" versteht. Dieser Gedanke war auch zentral für Marcel, der seiner Philosophie der Hoffnung den Titel *Homo viator* gab.[16] Hoffnung ist nach Pieper die Tugend des „Noch nicht"[17]. Das „Noch nicht" des Unterwegsseins „schließt ein Negatives und ein Positives in sich: das Nichtsein der Erfüllung und die Richtung der Erfüllung".[18]

Man hofft auf Dinge, die man eben nicht aus eigener Kraft erreichen kann.

> „Hoffen im eigentlichen Sinne meint stets: etwas von jemandem erhoffen, das noch nicht ist, aber künftig sein soll. [...] Wir erhoffen, was uns nicht selber möglich ist. Was wir selbst können, das erhoffen wir nicht."[19]

Ferner sollte christliches Hoffen nicht zu sehr von den eigenen Vorstellungen geprägt sein, wie der populäre Autor Anselm Grün betont:

> „Hoffen heißt nicht, sich an etwas Konkretes, etwa an der Heilung dieser Krankheit, festzuklammern. Hoffen heißt vielmehr, meine Vorstellungen zu übersteigen."[20]

Hoffen bedeutet, darauf zu vertrauen, dass Gott eingreift, aber nach seinen Vorstellungen, nicht nach meinen.

Im Unterschied dazu bezieht Fry Hoffnung auf Unternehmensziele, die man erreichen will. Hoffnung wird so zu einem Begriff des Managements, zu etwas, das messbar und aus eigener Kraft machbar ist.

Christliche Hoffnung geht über das irdische Leben hinaus. Deswegen wird sie eine *theologische* Tugend genannt. Da das Objekt der christlichen Hoffnung unser irdisches Leben übersteigt, können wir den Inhalt der christlichen Hoffnung auch nur durch göttliche Offenbarung erfahren.

Was bedeutet es nun praktisch, mit Hoffnung zu führen? Helen Alford und Michael Naughton, beide an katholischen Universitäten im Vatikan beziehungsweise in Minnesota lehrend, publizierten 2001 das Buch *Managen, als ob der Glaube zähle.* Sie wollen damit eine „christliche Spiritualität der Arbeit" anbieten.[21] Dabei bringen sie die drei theologischen Tugenden Glaube, Hoffnung und Liebe ins Spiel. Laut Alford und Naughton bietet Hoffnung eine Antwort auf die Frage: „Wohin gehe ich?" „Eine christliche Spiritualität der Arbeit wäre mangelhaft, ja im Grunde unverständlich ohne den Bezug zu unserem letzten Ziel."[22] Christliche Hoffnung blickt über den Tod hinaus, und dieser Blick schütze uns vor zwei Gefahren. Einerseits dürften wir „uns nie zu sehr in die Arbeit investieren, als ob sie uns zu unserer vollen Vollendung bringen könnte".[23] Arbeit gehört zum Leben, aber wer die Arbeit zum Sinn des Lebens macht, hat die Prioritäten vertauscht und wird enttäuscht. Andererseits dürfen wir uns nie zu wenig in die Arbeit investieren, als ob die Arbeit unbedeutend oder sinnlos sei.

> „Die Hoffnung gibt uns den Mut, große Dinge zu versuchen, die auf die Größe hindeuten, für die wir geschaffen sind. [...] Wir überwinden den Zynismus und seine Wurzel der Verzweiflung durch die tägliche Gewohnheit der Hoffnung. Hoffen heißt, in der Zusicherung Gottes zu ruhen, dass alles gut werden wird."[24]

Alford und Naughton ziehen das Fazit, dass die Hoffnung eine ausgleichende Wirkung habe und uns daran hindern könne, die Arbeit sowohl über- als auch unterzubewerten.

Ein praktisches Beispiel für Hoffnung erlebten wir in Mbesa, einem kleinen Ort in Südtansania. 1957 begannen Wiedenester Missionare in diesem abgelegenen Dorf eine Arbeit, die zu einem bedeutsamen Krankenhaus für die Region führte. Insbesondere für die ersten Missionare und Missionarinnen war das eine herausfordernde Zeit. Man erzählte uns, dass eine der Pionierinnen damals mit dem Finger auf einen Hügel gezeigt und dabei prophezeit habe: „Hier wird einmal eine Kirche stehen." Diese Missionarin erlebte es nicht mehr, aber wir durften 2005 in dieser Kirche auf dem Hügel Gottesdienst feiern. Die Missionare waren bereit, im Hinblick auf etwas, das Gott hoffentlich einmal schenkt, Kraft und Lebenszeit zu investieren. Die Missionsgeschichte kennt viele solcher Beispiele.

Ein anderes praktisches Beispiel erlebte ich (Volker) bei der katholischen Jugendagentur Leverkusen, Rhein-Berg, Oberberg (KJA LRO). Sie ist eine von fünf Jugendagenturen innerhalb des Erzbistums Köln, die pastorale und soziale Betreuung für Kinder und Jugendliche anbieten. Die KJA LRO hat 450 Vollzeitkräfte, die in 55 Institutionen und Projekten mitarbeiten.[25] Ihre Geschäftsführung hatte sich überlegt, dass sie als katholische Institution ihre Führungsprinzipien an der Bibel orientieren wollten. So kamen sie auf mein Buch *Vier Führungsprinzipien der Bibel*.[26] 2020 gab die KJA LRO ein internes Papier *Handlungsgrundsätze* für alle Mitarbeitenden heraus.[27] Dieses Papier enthält einen extra Abschnitt für Führungskräfte, welcher fünf Führungsprinzipien darstellt. Die ersten vier Prinzipien sind meinem Buch entnommen: Führen durch Dienen, Führen mit Macht, Führen mit Verantwortung, Führen aus und mit Vergebung. Interessanterweise fügte die Geschäftsführung ein fünftes Prinzip hinzu:

> „Führen mit Hoffnung bedeutet, wir vertrauen darauf, dass unser (Führungs-)Handeln zu Positivem führt. Wir handeln mit Zuversicht, besonders in Situationen, die erst mal hoffnungslos erscheinen."[28]

Ich halte diese Ergänzung für sehr wichtig und finde sie gelungen. Im Auftrag der Jugendagentur werden häufig Kinder und Jugendliche aus schwierigen sozialen Verhältnissen betreut. Diese Situationen erscheinen oft menschlich hoffnungslos, deswegen ist es umso nötiger, die christliche Perspektive von Hoffnung einzubringen. Man arbeitet, wo man arbeiten kann, und hofft darauf, dass Gott das Gute vollenden wird, ohne genau zu wissen, wie das konkret aussieht.

Die Sprache des Himmels lernen

Im vorangehenden Abschnitt ging es speziell um die Tugend der Hoffnung. Deren Verbindung zur Eschatologie ist offensichtlich. Wir schauen uns nun allgemein die eschatologische Ausrichtung der Tugenden an. Nach Aristoteles sind Tugenden Fertigkeiten der Seele, die ähnlich wie Fertigkeiten des Körpers erworben und trainiert werden müssen. Noch vor etlichen Jahrzehnten galten Tugenden in der öffentlichen Wahrnehmung als altbacken und überholt. Heute hat man auch in der säkularen Öffentlichkeit die Wichtigkeit von Tugenden wiederentdeckt, insbesondere als Erwartung an jene, die Verantwortung tragen. Beispielhaft offenbarte die Finanzkrise von 2008 die fatalen Konsequenzen, wenn Menschen an Schaltstellen der Finanzen dem Laster der Geldgier verfallen sind.

Die Tugendlehre gab es im antiken Griechenland schon vor der Zeit des Neuen Testaments. Das Neue Testament greift manche dieser Tugenden auf und lehrt zusätzlich Tugenden wie Demut, Feindesliebe und Vergebung.[29] Alle Christen und Christinnen sind aufgefordert, diese Tugenden zu leben, man denke etwa an die neunfache Frucht des Heiligen Geistes (Gal 5,22–23). Aber wie die neutestamentlichen Pastoralbriefe sehr deutlich lehren, wird besonders von geistlichen Leitern und Leiterinnen erwartet, dass die wichtigsten Tugenden in ihrem Leben erkennbar sind (1Tim 3,1–7; Tit 1,5–9).

Ferner bekommt die Tugendlehre im Neuen Testament eine Perspektive, die über das irdische Glück und Wohlergehen hinausgeht. Der englische Theologe N.T. Wright bringt diese himmlische

Perspektive schön auf den Punkt, wenn er die Tugendlehre „im Sinne des verheißenen neuen Himmels und der neuen Erde"[30] neu fasst. Mit Bezug auf Offenbarung 22,3–5 und andere formuliert Wright: „Anbeten und regieren: Das sind die beiden Berufungen der neuen Menschen in der neuen Stadt."[31] Mit neuen Menschen sind die zum ewigen Leben auferstandenen Menschen gemeint. Das ist also das Ziel, das wir im Blick haben sollten. Tugenden werden die Sprache sein, die in Gottes neuer Welt gesprochen wird. Dies ist für uns zunächst einmal eine Fremdsprache. Wer jetzt schon Tugenden einübt, bereitet sich wie beim Erlernen einer Fremdsprache auf das Leben in Gottes neuer Welt vor.[32] Weitere konkrete Anregungen sind im Buch *Lust auf gutes Leben* zu finden. Sie zeigen, wie man die Tugenden im Hier und Jetzt trainieren kann.[33]

Gott möchte, dass wir zu den Menschen werden, die er sich gedacht hat, als er uns ins Leben rief. Konkrete Schritte zu dieser Lebenstransformation nennen wir im nächsten Abschnitt.

Final denken, nicht kausal

Sich selbst besser führen mit Hilfe der Individualpsychologie

Nach einem bekannten Bonmot kann nur derjenige Menschen führen, der sich selbst führen kann. Hier kann die Individualpsychologie unterstützen. Sie ist eine humanistische Tiefenpsychologie mit einem hermeneutischen und holistischen Ansatz.[34] Ihr Gründer Alfred Adler (1870–1937) sieht den Menschen nicht von seinen Trieben gesteuert, sondern von dem Wunsch, das Leben ständig zu vervollkommnen, was zugleich Verantwortung für die Gemeinschaft mit anderen Menschen bedeutet. Der Mensch agiert daher nicht *wegen* seiner Mängel aus der Vergangenheit, sondern um Unvollkommenheit und Mängel zu überwinden. Er nimmt aktiv Stellung und ist nicht durch Anlage und Umwelteinflüsse allein determiniert.[35] Die Individualpsychologie ist als Tiefenpsychologie eine aktuelle, praktische Sozialpsychologie, die den Menschen als einzigartig, unteilbar ganzheitlich, schöpferisch, in untrennbarer Beziehung zu anderen, zielgerichtet, Entscheidungen treffend und selbstverantwortlich sieht.

Adler kreierte den Begriff der Individualpsychologie (Individuum im Sinne von „unteilbar") in Abgrenzung zur Psychoanalyse. Der Titel führte aber zu vielerlei Missverständnissen.[36] Wird er als freiheitlicher Individualismus verstanden, so wird er ad absurdum geführt. Begriffe wie „holistische Psychologie" oder „teleologische Psychologie" wären vermutlich weniger missverständlich gewesen. Der Begriff *Teleologie* beschreibt, etwas vollenden zu wollen beziehungsweise auf ein Ziel hinzustreben, um etwas zu vervollkommnen. Das ist nah an einem Teilbereich der individuellen Eschatologie, der Hoffnung auf Vollendung des Einzelnen, wenn es darum geht, „dass der Mensch in einer Begegnung mit Gott als Richter die Taten seines Lebens im Licht Gottes sieht"[37] und daher ein gottgefälliges Leben führen möchte.

Adler berücksichtigt auch die Vergangenheit, aber anders als Freud suchte er nicht nach objektiven Determinanten in der Vergangenheit, also „objektiven Ereignissen". Die Individualpsychologie sieht Sozialisation und Genetik als Bausteine, die der Mensch verarbeitet und schöpferisch umgestaltet. In den vielfachen Situationen seiner Kindheit trifft er Entscheidungen und gestaltet auf diese Weise schöpferisch zielorientiert sein Leben, um sich zu vervollkommnen und Mängel zu überwinden. Dabei hilft ihm die Automatisierung der Gedanken und Handlungen, mit denen er aus einer Fiktion von sich selbst lebt.

Es ist „für die endgültige Gestaltung der Persönlichkeit nicht entscheidend [...], was einer mitbringt, sondern was er daraus macht".[38] Der jeweilige Gewinn prägt sich dem Individuum ein und er behält weiterhin seine ihm oft völlig unklaren Ziele bei. Neben positiven Aspekten werden leider auch Fehlziele eingeübt. Persönliche Interpretationen werden dann im Jetzt, Hier und Heute vom Individuum gemäß seiner Sicht der Dinge nachkonstruiert. Dies passiert in der vollen Überzeugung, dass die Vergangenheit so gewesen sei und nicht anders. An der „tendenziösen Apperzeption",[39] wie Adler sie häufig bezeichnet, lässt sich die Bewegungsrichtung eines Lebens leicht erkennen. Bei der tendenziösen Apperzeption sind nicht die von außen kommenden Reize allein verantwortlich für das Ergebnis, sondern ebenso die individuellen Sichtweisen des Menschen wie seine Erfahrung, Weltanschauung, Methoden, Konflikte zu lösen, die Art und Weise des Fühlens, Denkens, Stimmungen, Bedürfnisse usw. Hört jemand beispielsweise eine Kritik, so wird er, wenn er nach dem Lebensstil lebt: „Ich muss es den anderen recht machen", unter Umständen ganz anders reagieren als jemand, dessen Leitlinie heißt: „Ich stelle meine Mitmenschen in meinen Dienst".[40]

In der Individualpsychologie werden auch das Macht- und Geltungsstreben eines jeden Menschen betrachtet. „Der Wille zur Macht ist eng verknüpft mit dem Kampf ums Dasein",[41] und kann so stark werden, dass er neurotische Züge aufzeigt.[42]

> „Mit großer Gier, direkt oder auf Umwegen, bewusst oder unbewusst, durch zweckmäßiges Denken und Handeln [...] strebt der nach Macht strebende Neurotiker nach vermehrtem Besitz, nach Vergrößerung seiner Macht und seines Einflusses, nach Herabsetzung anderer Personen und Verkürzung derselben".[43]

Letztlich geht es darum, das eigene Minderwertigkeitsgefühl beziehungsweise den gestörten Selbstwert zu überwinden und vermeintliche Gleichwertigkeit herzustellen – und das geschieht auch mit destruktiven Mustern.[44] Diese Fehlziele können im Coaching oder in der Seelsorge bewusst gemacht werden. Wer seine (Fehl-)Ziele erkennt, kann sie ändern.

Adler sieht das Ziel einer Veränderung in der Gemeinschaft aller Menschen und Völker hin zum anderen. Ihm geht es um das Miteinander von Gemeinschaft und Macht. Somit ist das Ziel der Individualpsychologie ein Abbau des (neurotischen) Machtstrebens und die Entfaltung des Gemeinschaftsgefühls. Die Individualpsychologie kann für alle Menschen hilfreich sein, um sich mit ihrer individuellen Sichtweise des Lebens auseinanderzusetzen. Besonders wünschenswert ist dies natürlich für Leiterinnen und Leiter, da sie andere Menschen führen (wollen).

Die Veränderung mit der Individualpsychologie geschieht nach Dreikurs in vier Phasen: Herstellung und Aufrechterhaltung einer guten mitmenschlichen Beziehung, Analyse der gegebenen Situation, Auslegung, die zur Einsicht verhilft und Umstellung und Umerziehung.[45] Dabei braucht der Mensch notwendige Ermutigung, um den gestörten Glauben an sich selbst wiederherzustellen und ein Gefühl von Wert und Bewusstsein für eigene Fähigkeiten.[46] Gerade bei Leitern und Leiterinnen besteht die Notwendigkeit der Selbstreflexion, damit sie aus erneuertem Denken heraus leiten können und nicht festgehalten sind von ihren typisch menschlichen Minderwertigkeitsgefühlen. Wer sich weniger oder nicht mehr minderwertig fühlt, sondern zur Gemeinschaft zugehörig und für diese von Nutzen ist, steigert sich in der „Fähigkeit, normal zu funktionieren und innewohnendes Potenzial zu nutzen".[47] So reflektierte Menschen können dann häufig auch besser mit der Individualität anderer Menschen umgehen.

Heil werden in der Beziehung zu Gott

Jeder Mensch muss sich vor Gott verantworten. Als Agierender und nicht nur als Reagierender kann ein Mensch sich verändern und Einfluss auf seine Umgebung ausüben. In der Bibel werden Menschen immer wieder aufgefordert, sich einer Veränderung auszusetzen (siehe weiter vorne unter „Tugenden"). Wenn der Mensch sich dem Heilwerden der Gottesbeziehung stellt, hat er bereits die Notwendigkeit dazu erkannt. Bei der Veränderung ist der Geist Gottes mit am Werk. Er hilft, falsche Lebensmuster und -ziele zu erkennen. David bittet in Psalm 139,23–24 Gott, dass er ihn prüfen soll, weil er ihn besser kennt, als er sich selbst. Wenn Gott dem Christen oder der Christin die Notwendigkeit zur Veränderung aufgezeigt hat, hilft er dabei, eine andere Richtung einzuschlagen und neue Ziele zu setzen. In Römer 12,2 (NLB) werden Christen aufgefordert, sich der Barmherzigkeit Gott auszusetzen, damit sie verändert werden:

> „Deshalb orientiert euch nicht am Verhalten und an den Gewohnheiten dieser Welt, sondern lasst euch von Gott durch Veränderung eurer Denkweise in neue Menschen verwandeln."[48]

Die hier in einem passiven Imperativ ausgedrückte Aufforderung bezieht sich auch auf die Veränderung von Wahrnehmung, Urteilsvermögen und Verhalten. Sie meint den ganzen Menschen mit seinem Handeln, den Überzeugungen und die Art und Weise der Wahrnehmung. Dabei ist der Mensch an der Veränderung seiner Lebens- und Persönlichkeitsstruktur beteiligt. Veränderung wird mithilfe des Geistes Gottes Wirklichkeit werden. Es ist ein Entwurf gegen jede Resignation und jedes Selbstmitleid und ermutigt zur initiativen Selbstkorrektur. Dabei wird der Mensch nicht gänzlich umgekrempelt, sondern es geht um die Veränderung der Grundrichtung: Der Christ, die Christin ist fortan von Christus und seiner Liebe angetrieben.[49]

Ziel der Veränderung ist das Wachstum in den „Früchten des Heiligen Geistes" (Gal 5,22–23), dass die Gesinnung Christi im Menschen wächst (Phil 2,5–11) und dass er Christus ähnlicher wird (Rö 8,29; Kol 1,28). Aus dieser Wesensveränderung soll er in einem geistlichen Wachstumsprozess leben, wie Christus gelebt hat (1Joh 2,6).[50] Es ist gut, wenn christliche Leiter und Leiterinnen darin Vorbild sind.

Die Notwendigkeit einer Umfinalisierung

Beide, das Neue Testament und die Individualpsychologie, treten für die Veränderung der Menschen an. Das Ziel beider ist die Veränderung des Menschen – geistlich mit dem Ziel des Heilwerdens in der Beziehung zu Gott und psychologisch mittels der Individualpsychologie durch eine Umfinalisierung mit dem Ziel psychischer oder zwischenmenschlicher (und/oder medizinischer) Heilung. So stellt der Theologe Christen in seinem Modell für geistliche Veränderung Grundannahmen mit Selbst-, Fremd-, Welt- und Gottesbild vor, mit „Zielen" und „Früchten"[51], welche schon allein durch die Bezeichnung an die fünf Lebensstilaspekte des individualpsychologischen Autors Ruthe erinnern: Selbst-, Fremd-, Gottes- oder Weltbild, Finalität und Methode.[52]

Das Ansinnen geistlicher Veränderung und die Umfinalisierung (auch Lebensstilkorrektur genannt) aus der Individualpsychologie lassen sich gut miteinander verknüpfen – wie verschiedene Ausbildungsstätten zeigen.[53] Sie stehen in einer Wechselwirkung zueinander. Denn der Glaube hat therapeutische Wirkung, und die Therapie hat Einfluss auf den Glauben. Dennoch zeigen zwei Unterschiede den Mehrwert einer geistlichen Veränderung:

> „Es geht nicht allein um die Rückkehr in die menschliche Gemeinschaft, sondern um die Rückkehr in die Gemeinschaft mit Gott" und „um Veränderung mit Gottes Hilfe und nicht nur um Selbsthilfe".[54]

Leiter und Leiterinnen, die als veränderte Menschen ihre Führungsaufgabe wahrnehmen, werden reflektiert und damit für sich selbst klarer sehen und sein. Das wird ihnen helfen, mit den geführten Menschen gnädiger umzugehen, besser auf andere eingehen zu können und so nachhaltiger zu leiten.

Erlöst leiten

Wer von einer erlösten Zukunft her führt, orientiert sich an dem, was im Heiligen Geist schon da und vorhanden ist. Wir haben vier konkrete Aspekte vorgestellt: Es beginnt damit, den Blick regelmäßig in den Himmel zu heben und nicht nur auf die Erde. Dieser Blick vermittelt Hoffnung, die über das Irdische hinausgeht. Und christliche Führungskräfte brauchen diese Hoffnung für sich selbst und für die Menschen, die sie führen. Hoffnung ist eine Tugend, und Tugenden sind die Sprache des Himmels, die wir jetzt schon wie eine Fremdsprache lernen sollten. Die Individualpsychologie kann helfen, diese Fremdsprache zu lernen. Wer sich vom Geist Gottes verändern lässt und so von alten Mustern befreit ist, kann erlöster leiten.

Anmerkungen

1 Scharmer, C. Otto: *Theorie U – Von der Zukunft her führen. Presencing als soziale Technik*, Heidelberg 2009.

2 Scharmer, C. Otto: *Essentials der Theorie U. Grundprinzipien und Anwendungen*, Heidelberg 2019, 36.

3 Ebd. 45.

4 Ebd. 114.

5 Bohren, Rudolf: *Daß Gott schön werde. Praktische Theologie als theologische Ästhetik*, München 1975, 14.

6 Bohren, Rudolf: *Dem Worte folgen. Predigt und Gemeinde*, Münchenm1969, 169–188.

7 Ebd. 170. Der Gedanke, dass der Heilige Geist der eigentliche Leiter der Gemeinde ist, wird 50 Jahre später aufgegriffen in der Definition von Böhlemann, Peter/Herbst, Michael: *Geistlich leiten*, Göttingen, 2011, 22: „Geistliche Leitung ist Leitung durch den Göttlichen Geist, vollzogen in der Gemeinschaft der Heiligen durch die vom Geist eingesetzte Leitung."

8 Bohren, 1969, 176.

9 de Gruchy, John W.: *Christianity, art and transformation: Theological aesthetics in the struggle for justice*, Cambridge, 2008, 125. In diesem Kapitel wurden alle englischen Zitate mittels https://deepl.com ins Deutsche übersetzt.

10 Marcel, Gabriel: *Philosophie der Hoffnung*, München1957. 35. Das französische Original wurde 1942 geschrieben und 1944 publiziert.

11 Ebd. 37.

12 Eagleton, Terry: *Hoffnungsvoll, aber nicht optimistisch*, Berlin 2016, 104 f.

13 Im Folgenden beziehen wir uns vor allem auf die erste Publikation Fry, Louis W.: *Towards a theory of spiritual leadership*, in: *The Leadership Quarterly* 14 (2003). 693–727; und das Buch Fry, Louis W./Nisiewicz, Melissa Sadler: *Maximizing the triple bottom line through Spiritual Leadership*, Stanford 2013.

14 Fry, 2003, 713. deutsch: „Der Glaube ist die Gewissheit dessen, was man hofft, und die Überzeugung dessen, was man nicht sieht."

15 Ebd., 713.

16 Marcel, 1957, 8. Das französische Original trägt den Titel *Homo viator*.

17 Pieper, Josef: Über die Hoffnung, München [5]1949, 22.

18 Ebd., 13 f.

19 Wald, Berthold: *Viatorische Existenz. Grundlegung einer Philosophie der Hoffnung bei Josef Pieper*, in Röbel, Marc/Schüßler, Werner (Hg.): *Der Mensch als „homo viator". Existenzphilosophische Perspektiven*, Freiburg 2021, 49–73, hier 62.

20 Grün, Anselm: *Führen mit Werten*, München [3]2009. 131.

21 Alford, Helen J./Naughton, Michael: *Managing as if faith mattered. Christian social principles in the modern organization*, Notre Dame 2001. 207.

22 Ebd., 217.

23 Ebd., 217.

24 Ebd., 219.

25 https://kja-lro.de, abgerufen am 10.10.2022.

26 Kessler, Volker: *Vier Führungsprinzipien der Bibel*. Gießen [3]2022. Die KJA LRO benutzte eine frühere Auflage.

27 *Handlungsgrundsätze der KJA LRO*, Stand 31.08.2020, internes Papier; darf mit Erlaubnis der Geschäftsführung hier verwendet werden.

28 Ebd., 3.

29 Siehe Afflerbach, Horst/Kaemper, Ralf/Kessler, Volker: *Lust auf gutes Leben. 15 Tugenden neu entdeckt*. Gießen 2014.

30 Wright, Nicolas Thomas: *Glaube – und was dann? Von der Transformation des Charakters*, Marburg 2011, 69.

31 Ebd., 76.

32 Ebd., 69.

33 Afflerbach/Kaemper/Kessler, 2014.

34 Einen vergleichbaren Ansatz hat die Transaktionsanalyse.

35 Dreikurs–Ferguson, E.: *Individualpsychologische Theorie. Eine Einführung*, Zürich: Rudolf Dreikurs Institut, 1984. 55.

36 Kriz, Jürgen: *Grundkonzepte der Psychotherapie*, Weinheim 2001. 17.

37 Neidhart, Ludwig, *Eschatologie – die Lehre von den ‚letzten Dingen'*, 2010, https://www.philso.uni-augsburg.de/institute/philosophie/Personen/Lehrbeauftragte/neidhart/Downloads/Eschatologie.pdf, abgerufen am 15.10.2022.

38 Dreikurs, Rudolf: *Grundbegriffe der Individualpsychologie*. Stuttgart [8]1997, 44.

39 Apperzeption bezeichnet das bewusste Erfassen von Erlebnis-, Wahrnehmungs- und Denkinhalten.

40 Hübner, Michael: *Zusammenfassung der Individualpsychologie, Unterrichtsmaterial*; Gummersbach 2005. 4.

41 Pongratz, Ludwig J.: *Macht*, in Brunner, Reinhard/Titze, Michael (Hg.): *Wörterbuch der Individualpsychologie*, München 1995. 308 f., hier 309.

42 Nach Adler kann eine Neurose als „kulturell verfehlter Versuch verstanden werden, sich von dem Gefühl der Minderwertigkeit zu befreien, um das Gefühl der Überlegenheit zu gewinnen". Adler zitiert in Pongratz, Ludwig J.: *Neurose*, in Brunner, Reinhard/Titze, Michael (Hg.): *Wörterbuch der Individualpsychologie*, München 1995. 350–356, hier 351.

43 Ansbacher, Heinz L./Ansbacher Rowena R (Hg.): *Alfred Adlers Individualpsychologie. Eine systematische Darstellung seiner Lehre in Auszügen aus seinen Schriften*, München [2]1995. 94.

44 Acker, Thomas: *Individualpsychologische Lebensstiländerung und Veränderung durch den Heiligen Geist*, in Kessler, Martina/Schäfer, Werner/Utsch, Michael (Hg): *Menschen begleiten: individuell - ganzheitlich - geistlich*. Münster 2018. 163–178, hier 167.

45 Dreikurs, formuliert in Acker. 167–169.

46 Dreikurs, 1997. 134.

47 Ebd., 134.

48 Luther (1984) übersetzt Römer 12,2 aktiv „... ändert euch durch Erneuerung eures Sinnes ... ". Die Elberfelder übersetzt: „... sondern werdet verwandelt durch die Erneuerung des Sinnes ... ". Man könnte es auch übersetzen mit: „Lasst euch umgestalten".

49 So bleiben z. B. Paulus seine Erkenntnisse aus dem Alten Testament, sein scharfsinniger Verstand und sein Engagement. Die Grundrichtung seines Lebens wurde jedoch verändert durch Jesus Christus.

50 Acker, 2018, 173–174.

51 Christen, René: *Hier ist der Himmel los. Persönliche Erneuerung ist möglich*, Gießen. 2007.

52 Ruthe, Reinhold: *Seelsorge - Wie macht man das?*, Gießen [6]2010. 76–83 oder auch Ruthe, Reinhold: *Handbuch der therapeutischen Seelsorge. Die Seelsorgepraxis*, Moers [5]2019. 23–32.

53 Zum Beispiel bei der Stiftung Therapeutische Seelsorge, Gunzenhausen.

54 Acker, 2018, 177.

AUTORINNEN UND AUTOREN

Horst Afflerbach, Dr. theol., Pastor i. R., evangelisch-freikirchlich, bis 2018 Leiter der Biblisch-Theologischen Akademie Forum Wiedenest. Bis 2021 Mitarbeit im Hauptvorstand der Evangelischen Allianz Deutschland und in verschiedenen Gremien (u. a. Christ und Politik). Gegenwärtig ehrenamtlicher Leiter der öffentlichen Tafel, Vorstand der Oberbergischen Tafel e. V. und als Dozent, Referent und Mentor tätig.

Michael Bendorf, PD Dr., evangelisch-freikirchlich, nach einer Ausbildung zum Bankkaufmann in Göttingen Studium der Wirtschaftspädagogik. Nach seiner Habilitation ab 2008 Leitung des Lehrstuhls für Wirtschaftspädagogik und Personalentwicklung. Seit 2006 parallel Theologiestudium an der Universität Göttingen. Seit 2015 Pastor der Braunschweiger Friedenskirche, Dozent und Vorstandsmitglied am Institut für gemeindeorientierte Weiterbildung (IGW) und Dozent an der Akademie christlicher Führungskräfte (AcF).

Michael Borkowski, Pastor i. R., Therapeut und Berater (DGSF; APS; IIST), evangelisch-freikirchlich, nach seinem Theologiestudium in Hamburg Gemeindepastor, Leiter des Gemeindejugendwerkes des BEFG und Geschäftsführer des Sozialwerkes Hannover. Seit 2014 Leitung der Beratungspraxis Aufwind in Laatzen bei Hannover (Therapeutische Seelsorge; Systemische Beratung und Therapie).

Corinna Dahlgrün, Prof. theol., evangelisch, Lehrstuhl für Praktische Theologie an der Friedrich-Schiller-Universität Jena. Studium der Germanistik und der Evangelischen Theologie in Hamburg; 1991 Promotion; 1990–1995 Pastorin in Hamburg; 2000 Habilitation in Göttingen (Eschatologische Predigt), 2001–2004 Lehrstuhl für Praktische Theologie an der Kirchlichen Hochschule Bethel, seit 2005 in Jena.

Margareta Gruber, OSF, Prof. Dr. theol., katholisch, Franziskanerin von Kloster Sießen, Studium der Katholischen Theologie und Germanistik in Tübingen und Jerusalem. 1996 Promotion in Frankfurt/St. Georgen. Seit 2008 Professorin für Neues Testament an der Vinzenz Palloti University Vallander. 2009–2013 Dekanin des ökumenischen Theologischen Studienjahres an der Dormition Abbey in Jerusalem. Engagement im christlich-muslimischen Dialog, Beraterin der Deutschen Bischofskonferenz.

Volker Kessler, Prof. Dr. theol., Dr. rer. nat., evangelisch-freikirchlich, Studium der Mathematik in Köln (Promotion 1989) und der Theologie (2004 Dr. theol.) an der Universität von Südafrika; Habilitation 2022 an der Evangélikus Hittudományi Egyetem in Ungarn. Leitet seit 1998 mit seiner Frau Martina die Akademie für christliche Führungskräfte (AcF) in Gummersbach; seit 2002 Studienleiter der Gesellschaft für Bildung und Forschung in Europa . Seit 1999 internationale Seminare zu wertorientierter Führung. Seit 2012 Professor am Departement für Philosophie, Praktische und Systematische Theologie an der Universität von Südafrika.

Martina Kessler, Dr. theol., Dozentin, Autorin und TV-Moderatorin, evangelisch-freikirchlich, leitet mit ihrem Mann Volker die Akademie für christliche Führungskräfte. Im ersten Beruf Krankenschwester. Seit 2000 freiberufliche psychologische Beraterin. 2014 Promotion in Missionstheologie an der Universität von Südafrika. Leitung des Arbeitskreises „Religiöser Machtmissbrauch" der Evangelischen Allianz in Deutschland und des akademischen Aufbauprogramms der Stiftung Therapeutische Seelsorge.

Jürgen Moltmann, Dr. theol, Dr. h. c. mult, Prof. em., evangelisch, 1948–1952 Studium Evangelische Theologie in Göttingen (Promotion), 1952–1957 Gemeindepastor und Studentenpfarrer in Bremen. Mit der Habilitation 1957 Wechsel an die Kirchliche Hochschule Wuppertal und 1963 an die Universität Bonn. Von 1967 bis zur Emeritierung 1994 Professor für Systematische Theologie an der Eberhard-Karls-Universität Tübingen. Gewann u. a. mit seiner *Theologie der Hoffnung* zunehmend internationale Beachtung und Wertschätzung. Er erhielt von 17 Universitäten die Ehrendoktorwürde und zahlreiche internationale Preise und Auszeichnungen. Viele seiner Bücher wurden in mehrere Sprachen übersetzt.

Heinrich Christian Rust, Dr. theol., Pastor i. R., evangelisch-freikirchlich, Studium der Theologie 1974–1979 in Hamburg. 1979–1983 Landesjugendpastor Niedersachsen im BEFG, parallel zum Dienst als Gemeindepastor in Hannover (1983–1996) Studium an der Evangelischen Fakulteit Leuven/Belgien (Promotion 1992). Engagement im BEFG in Deutschland 1996–2003 u. a. als Referent für missionarischen Gemeindeaufbau. Von 2003 bis 2019 leitender Pastor der Braunschweiger Friedenskirche. Engagiert sich im ökumenischen Dialog als Dozent und Autor.

Deborah Storek, Dr. theol., Pastorin, Dozentin, evangelisch-freikirchlich, 2005 Gemeindepraktikum in Hannover-Kronsberg, 2006–2011 Studium am Theologischen Seminar Elstal (Fachhochschule), 2011–2012 Studienjahr an der Hebräischen Universität Jerusalem, 2013–2018 Dissertationsprojekt und Promotionsstudium an der Hebräischen Universität Jerusalem, 2018–2021 Pastorin in der Baptistengemeinde Hanau. Seit 2021 Dozentin für Altes Testament an der Theologischen Hochschule Elstal.

Athanasios Vletsis, Dr. theol, griechisch-orthodox, 1974–1979 Studium der Orthodoxen Theologie, altgriechischer Philologie und der Byzantinischen Kirchenmusik an der Universität Thessaloniki. 1980–1984 Aufbaustudium an den Katholischen und Evangelischen Fakultäten der Universitäten in Wien, Heidelberg und Tübingen. Promotion 1995 in Thessaloniki. 1996–1998 Lehrauftrag für Systematische Theologie an der Aristoteles Universität Thessaloniki. Seit 1999 Professor für Systematische Theologie/Orthodoxe Theologie der Ludwig-Maximilians-Universität München (Schwerpunkte Ökologische Theologie, Anthropologie und Ökumenische Theologie.

Roland Werner, Dr. phil., Dr. theol., Sprachwissenschaftler und Theologe, evangelisch, 1976–1986 Studium der Theologie, Afrikanistik, Semitistik, Arabistik in Marburg, Münster (Promotion 1986, Dr. phil.). Seit 1986 Dozent am Theologischen Seminar Tabor (heute: Evangelische Hochschule Tabor) in Marburg. 2012 Promotion zum Dr. theol. (Christentum in Nubien). Seit 1981 Gründer und langjähriger Leiter des Christus-Treff Marburg. Leiter des Zinzendorf-Instituts Marburg, Hochschulprofessor für Theologie im Globalen Kontext an der Evangelischen Hochschule Marburg, Bibelübersetzer, Evangelist und Mentor.

MIX
Papier | Fördert gute Waldnutzung
FSC® C014496

1. Auflage 2023
Bestell-Nr. 817784
ISBN 978-3-95734-784-8

Umschlaggestaltung: Andreas Sonnhüter; grafikbuero-sonnhueter.de
Umschlagmotiv: Shutterstock / Catrin1309
Lektorat: Hauke Burgarth
Satz: Uhl + Massopust, Aalen
Druck und Verarbeitung: GGP Media GmbH, Pößneck
Printed in Germany

www.gerth.de